Walther Hohenester

Mord im Paradies

Würmtal-Krimi

Schardt Verlag Oldenburg

Bibliografische Information *Der Deutschen Bibliothek*

Die Deutsche Bibliothek verzeichnet diese Publikation in *Der Deutschen Nationalbibliografie;* detaillierte bibliografische Daten sind im Internet über *http://dnb.ddb.de* abrufbar.

Coverentwurf: Rainer Griese
Photo der Karl-Valentin-Skulptur: Volker Rebhan

1. Auflage 2005

Schardt Verlag
Uhlhornsweg 99 A
26129 Oldenburg
Tel.: 0441-21779287
Fax: 0441-21779286
Email: schardtverlag@t-online.de
Herstellung: Fuldaer Verlagsanstalt

ISBN 3-89841-195-8

Dieses Buch ist ein Roman. Handlung, Personen und manche Orte sind frei erfunden. Ähnlichkeiten mit lebenden oder toten Personen sind rein zufällig.

Der Mann nahm den Rottweiler an die Leine, warf sich in seinen Anorak und verließ mit forschen Schritten das Haus.

Es war noch recht kalt an diesem Montagmorgen, nicht mehr als zwölf Grad, wie Mersebrink gemessen hatte. Aber die kleine Wanderung brachte den Kreislauf in Schwung, bei Herr und Hund, was wollten sie mehr?

Sie liefen durch den Urwald aus Ebereschen, Birken und Dornengestrüpp, der sich am Ende der Martinsrieder Straße gebildet hatte. Links drüben sah man schon die Türme des großen Quetschwerks, und vor ihnen breitete sich die Kraterlandschaft der leergebaggerten Gruben aus. Der Rottweiler, jetzt von der Leine gelassen, jagte hektisch schnüffelnd umher.

»Schöne Gegend«, murmelte Mersebrink sarkastisch, »immer wieder unvergleichlich schön!«

Der Hund hielt in seinem Lauf inne, blieb vor der großen Kiesgrube stehen, mit gespitzten Ohren. Seine Nackenhaare sträubten sich. Auch Mersebrink stutzte.

Die Gestalt, die da unter dem Hartriegelstrauch hockte, schien die beiden nicht zu sehen. Neben der Gestalt, von den Zweigen nur notdürftig verdeckt, lag eine Frau. Und diese Frau, daran gab es keinen Zweifel, war sehr, sehr tot.

Harald Mersebrink griff sich sein Handy und wählte die Rufnummer 110.

Die Schmerzen waren hell, klingend. Es war eine dämliche Beschreibung, er wußte das, aber sie stimmte haargenau. Hell, klingend, andauernd, fortwährend, an der peinlichsten Stelle, die man sich denken konnte.

Hauptkommissar Hofbauer von der Münchner Kripo stürzte den Kaffee hinunter, zerknüllte das vor ihm liegende, schwarz gestreifte Papier und schleuderte es in den Papierkorb. Der Kopier-Apparat war wieder einmal kaputt, kein Wunder, es war ein betagtes, ehrwürdiges Gerät. Und an diesem Montagmorgen genauso lustlos wie der Hauptkommissar selbst.

Es hatte vor etwa einem halben Jahr begonnen.

Wenn der Aktenberg immer höher wurde, wenn das Telephon pausenlos klingelte, wenn es Probleme zu lösen galt, die schier unentwirrbar waren, dann war der Schmerz zuerst nur minutenlang, dann immer intensiver und in immer kleineren Intervallen an Hofbauer emporgekrochen und hatte sich wie ein eiserner Gürtel um seine Lenden gelegt.

Anfangs hatte er versucht, einfach darüber hinwegzusehen, war in jeder freien Minute radgefahren wie ein Irrer, hatte sogar diesen neumodischen Sport des »Nordic Walkings« ausprobiert, aber es hatte wenig genützt.

Ärzte? Untersuchungen? Es gab sie in unendlicher Zahl. Aber sie brachten kaum Linderung und keine greifbaren Ergebnisse. Hofbauer müsse ein Jahr lang Urlaub machen, hieß es. Er müsse gründlich abschalten. Den Streß ausknipsen wie seine Schreibtischlampe.

Nichts war unmöglicher als das. Sechs Wochen Pause hatte sich Hofbauer schließlich erstritten, mit Mühe und Not und List und Tücke, war im Frühjahr nach Ibiza geflogen, ans Meer, an den Strand.

Die Schmerzen hatten sich zurückgezogen, und er war selig.

Aber sie brachen schon beim Rückflug wieder über ihn herein, blitzartig und boshaft wie nie zuvor. Es war alles umsonst gewesen.

Jetzt saß er in seinem Büro, in dem ein falscher Biedermeier-Schreibtisch den stolzen Mittelpunkt bildete, konzentrierte sich auf den nutzlosen Versuch, den Schmerz zu ignorieren, ihn wegzuschieben wie ein lästiges Hindernis.

Mit den Schmerzen leben! Versuchen, sich nicht aus dem Fenster zu stürzen!

Es war Montagmorgen. Und der Kopierer war unbrauchbar. Wie Hofbauer selbst.

Er nahm eine Brezel aus der Tüte, die er mitgebracht hatte, fischte die Butter aus dem Kühlschrank, stellte das Honigglas auf den Tisch. Brezeln mit Butter und Honig! Eine Hofbauersche Leidenschaft.

Als er zwei der salzigen Dinger intus hatte, zusammen mit einer Anzahl von Kalorien, die an die tausend ging, fühlte er sich nicht mehr ganz so mies wie vorher.

Aber es war noch immer Montagmorgen.

Er überlegte, ob er sich mit der Sache Castorius befassen sollte, einem widerlichen Fall von Pädophilie, mit dem man seit ewigen Zeiten nicht weiterkam.

Seufzend suchte er die Unterlagen.

Anita erschien, adrett und gepflegt, von den eleganten Schuhen bis hinauf zu den getönten Haarspitzen. Sie sah wieder einmal aus wie 20, obwohl sie gut zehn, elf Jahre älter war.

Anita roch nach Wochenende und nach erfreulich verbrachtem Liebesleben. Ihr momentaner Freund war Stuntman, er hatte viel Zeit, denn er war seit Monaten arbeitslos, aber voller Zuversicht, bald wieder einen Job zu finden.

»Was gibt's?« Hofbauer bemühte sich, ein nicht allzu verkniffenes Gesicht zu machen.

»Nichts Erfreuliches. Eine Leiche in den Kiesgruben des Würmtals, genauer gesagt in denen von Planegg. Die dortigen Kollegen haben die Lage fest im Griff, melden sie.«

»Dann kann ja nichts mehr schief gehen!«

Hofbauer erhob sich, stellte die Akte Castorius in den Schrank zurück, legte das Butterpaket in den Kühlschrank, zerknüllte die leere Tüte und warf sie in den Papierkorb. Er wartete auf einen Kommentar seiner Kollegin, aber es kam keiner. Hofbauers kleine gastronomische Marotte war bekannt in der Ettstraße. Sie wurde mit einem Lächeln quittiert und wohlwollend übersehen.

Sie hasteten die Treppe hinunter, sprangen in den bereitstehenden Wagen, rauschten mit Blaulicht vom Präsidium aus durch die Altstadt, über den Mittleren Ring und dann rauf auf die Autobahn.

»Planegg ist ja Ihr Revier«, sagte Anita.

Hofbauer nickte. Die Anwesenheit Anitas tat ihm gut. Sie hatte etwas Erfrischendes an sich, etwas, das die triste Montagmorgen-Stimmung ein wenig in den Hintergrund rücken ließ. Die Schmerzen allerdings blieben, wo sie waren.

Hofbauer war in Planegg aufgewachsen, war dort zur Schule gegangen und hatte bis zur Trennung von seiner Frau in Planegg gewohnt und Dienst getan.

Dann war er nach München gezogen und hatte sich zur Mordkommission versetzen lassen. Jetzt war er 53, ein ›alter Hase‹, der allerdings spürbar schwächelte.

»Erzählen Sie mir was!«

»Von Planegg?« Hofbauer lehnte sich zurück. »Kleiner Ort mit großen Plänen. Zwölftausend Einwohner, einschließlich des Ortsteils Martinsried. Viele alte und viele reiche Leute. Dreißig Vereine, Sport, Kultur, Brauchtum. Villen und Reihenhäuser ringsum von Wald umgeben. Böse Zungen behaupten allerdings: Von Kiesgruben.«

»In denen die Mörder ihre Leichen entsorgen?«

»Sieht so aus.«

Sie verließen die Autobahn, kämpften sich durch nach Gräfelfing, die Würm entlang und dann am Ortseingang von Planegg nach links, die lange Gerade bis zum Kiesweg hinein in die öde Grubenlandschaft.

»Ohne Kies kein Bau«, murmelte Hofbauer. »Ohne Kies keine Kohle.«

Grund und Boden gehörten dem Baron, der in seinem Schloß hauste und behauptete, kein Geld zu haben.

Er hieß Carlo von Menkendorf. Die Kiesgruben waren an die Firma »Fortuna. Steine, Bau, Erden« verpachtet. »Fortuna. Steine, Bau, Erden« besaß eine Armada von schweren Lastkraftwagen, die wie ferngelenkt durch Wald und Flur brausten. Wobei der Wald, bestehend aus Tausenden von senkrecht in die Luft strebenden Fichtenstangen, ebenfalls dem Baron gehörte.

Anita hielt an, und sie stiegen aus.

Zwei Streifenwagen waren da, ein Photograph lungerte witternd herum. Drei Beamte standen rund um eine am Boden kauernde Gestalt, die ein grimmig aussehender Rottweiler in Schach hielt.

»Hofbauer, Kriminal-Hauptkommissar, Anita Mauermann, meine Mitarbeiterin.«

Die Beamten nickten.

»Rufen Sie Ihren Hund zur Ordnung!«

Der Besitzer des Rottweilers zerrte seine Bestie widerwillig um ein paar Zentimeter näher zu sich heran.

»Da sind Sie ja endlich«, murrte er. »Wir stehen hier schon 'ne halbe Stunde und bewachen diesen gefährlichen Typen hier.«

»Was ist passiert?«

»Ich gehe spazieren«, sagte der Mann im Anorak, »wie jeden Montagvormittag. Ich denke nichts Böses, da sehe ich, wie dieses Subjekt dort in der Kiesgrube hockt, neben sich eine tote Frau. Das Subjekt versucht zu fliehen. Aber Cäsar und ich sind schneller!«

Er schnupfte zufrieden.

»Übrigens: Mersebrink. Harald Mersebrink. Cäsar ist mein Rottweiler. Zwar nicht mehr der jüngste, aber noch prächtig in Form.«

Er tätschelte das Ungeheuer, das sich hechelnd auf seinen Hintern setzte.

»Haben Sie die Polizei angerufen?«

»Ja.«

Der leitende Beamte der Planegger Polizeistation nickte bestätigend. »Polizeihauptmeister Lederer«, sagte er knapp,

»Kollege Zinner ist am Tatort. Erkennungsdienst und Leichenwagen sind verständigt.«

»Danke!«

Hofbauer tippte Mersebrinks Opfer auf die Schulter.

»Aufstehen, aber dalli!«

»Hund! Bitte erst Hund weg!« kam es von unten.

Der Kommissar scheuchte Herr und Hund ein paar Meter zurück. Die Gestalt erhob sich, zögernd, die Arme schützend vor dem Gesicht.

»Kann ich Ihren Ausweis sehen?«

»Kleinen Moment.«

Der Mann griff suchend in seine Jacke, streckte sich, stieß Lederer zur Seite und sprang in wilder Hast, wie ein Hase auf der Treibjagd, den Kiesweg entlang und hinein in den nahen Urwald.

Lederer zog blitzschnell seinen Revolver.

»Halt! Nicht schießen!«

Unwillig ließ der Beamte die Waffe sinken.

Anita, die bis jetzt schweigend neben Hofbauer gestanden hatte, nahm sofort die Verfolgung auf. Die beiden anderen Polizisten hetzten fluchend hinterher.

»Faß!« brüllte Mersebrink, ließ sein Ungetüm von der Leine und versetzte ihm rüde einen Tritt in die Seite. Aber Cäsar, der gefährliche Rottweiler, dachte gar nicht daran, auf die Jagd zu gehen. Er bewegte sich ein paar Schritte vorwärts, legte sich flach auf den Bauch und schielte unschuldig glubschend nach seinem Herrn. Der lief rot an, rief noch ein gutes Dutzend mal seine Befehle, aber als alles nichts nützte, ließ er sich resigniert auf einen besonders großen Wackerstein sinken.

Schnaufend kehrte Anita zurück. »Nichts zu machen, leider. Dabei bin ich zur Zeit wirklich gut trainiert.«

Die Polizisten waren schon nach gut hundert Metern frustriert stehengeblieben.

»Warum haben Sie den Burschen laufen lassen?« Mersebrink zündete sich vorwurfsvoll eine Zigarette an. »Den kriegen Sie so schnell nicht wieder!«

»Und Ihr Köter? Scheint auch nicht grade in Bestform zu sein.«

»Lassen Sie meinen Hund in Frieden!«

«Ein echter Kampfhund, nicht wahr?«

»Cäsar war in der Hundeschule! In Starnberg! In einem weit über die Grenzen des Würmtals hinaus anerkannten Institut!«

Hofbauer kochte. Das Renommee der Starnberger Hundeschule war ihm reichlich egal.

»Geben Sie eine Fahndung raus!« polterte er. »Personenbeschreibung: Junger Mann, etwa 30 Jahre alt, vermutlich Ausländer, dunkle Hose, kariertes Hemd, braune Jacke.«

»Wird gemacht!« Lederer ging zu seinem Wagen.

»Tut mir leid«, wiederholte Anita zerknirscht, »der Bursche muß Hundertmeterläufer sein.«

Sie standen noch eine Weile verdrossen da, dann stapften sie runter zu der Toten. Der Photograph stolperte verärgert hinterdrein. Er hatte die Flucht total verschlafen.

Die Leiche lag halb verdeckt unter einem Hartriegelstrauch, den Kopf ein wenig zur Seite gedreht, etwa zwanzig Meter unterhalb des Grubenrandes. Polizeimeister Zinner war der einzige, der sie bewachte.

Die junge Frau war auffallend hübsch, hatte die Haare kurz geschnitten, was ihr Gesicht noch jugendlicher aussehen ließ. Das Loch an ihrem Hinterkopf konnte man nur erkennen, wenn man um sie herumging und sie von der Seite her betrachtete.

»Teure Bluse«, erklärte Anita, noch immer recht geknickt. »Billige Jeans. Birkenstock-Sandalen.«

Hofbauer nickte.

»Sie liegt so seltsam da«, dachte er laut. »Wie aufgebahrt. Als hätte man sie ganz vorsichtig hierhergetragen und dann unter diesen Strauch gebettet.«

»Sehr merkwürdig«, Lederer brachte sich wieder in Erinnerung. »Von den Kollegen kennt sie übrigens niemand.«

Hofbauer spürte, wie seine Schmerzen an den Schenkeln entlang nach unten krochen, dabei hatte sich der unsichtbare Gürtel rund um seine Lenden keineswegs gelockert, er saß noch immer unverrückbar fest. Hofbauer wäre am liebsten hochgeklettert und verschwunden, irgendwohin, ganz weit weg, dorthin, wo es keine Peinigungen mehr gab.

»Hat man irgendwo ein Auto gefunden?« brummte er ohne rechte Hoffnung und versuchte dabei, sich gleichsam nach außerhalb zu stellen, neben den Schmerz, obwohl ihm das noch nie gelungen war.

»Auto ist leider Fehlanzeige.«

»Reifenspuren?«

»Ich fürchte, keine«, sagte Anita. »Die Steine sind viel zu trocken. Es hat tagelang nicht geregnet.«

Der Photograph betrachtete die Szene zum hundertsten Mal durch seine Kamera.

Hofbauer kniete sich auf den steinigen Boden, besah sich das Einschußloch sehr genau. »Der Täter muß ganz nahe an sein Opfer rangekommen sein«, stellte er fest. »Er muß sich angeschlichen haben, von hinten, und dann ...« Etwas mühsam rappelte er sich wieder hoch.

Lederer sagte: »Der Ausländer hat keine guten Karten. Warum ist er abgehauen? Doch nur, weil er ein schlechtes Gewissen hat.«

»Daß er Ausländer ist, war nur eine Vermutung.«

»Ich weiß.« Der Planegger Beamte hatte seine eigene Meinung, das sah man ihm an.

»Und wo kommt die Tatwaffe her?« wollte Anita wissen. »Schwarzhandel vielleicht? Oder Mafia?«

»Mafia in Planegg!« Zinner schüttelte entrüstet den Kopf. »Ich bitte Sie! Wir haben da keinerlei Hinweise ...«

Hofbauer klopfte sich umständlich seine Hosen sauber. Er sah hinunter in die Tiefen der Grube, grummelte irgend etwas von einem Kaffee, den er jetzt nötig habe, und kletterte langsam nach oben.

Die Leute vom Erkennungsdienst waren angekommen, er unterhielt sich kurz mit ihnen, dann winkte er seiner Mitarbeiterin und stieg in seinen Wagen.

Die Sonne stand über dem Urwald, ein paar Fußgänger hatten sich drüben, auf der anderen Seite der Grube, versammelt. Einer starrte mit seinem Fernglas herüber.

Anita erschien, mehrere Polaroid-Photos in der Hand.

»Die ersten amtlichen«, sagte sie und setzte sich hinter das Lenkrad.

»Er muß Hundertmeterläufer gewesen sein«, seufzte sie zum dritten Mal.

Die Polizeistation Planegg lag angeklebt an das alte Rathaus, in dem jetzt die örtliche Musikschule ihr subventioniertes Dasein fristete. Die Räume waren klein, eng und sparsam möbliert.

»Wir haben wenig Platz«, sagte Zinner und deutete auf einen Tisch, auf dem sich mehrere Haufen zebrastreifenverzierter Blätter stapelten. »Der Kopierer ist wieder mal hinüber, leider. Und das Nebenzimmer ist besetzt. Kleines Verhör wegen Ladendiebstahl.«

»Ich kenne das!« Hofbauer ließ sich auf einem der abgeschabten Stühle nieder. »Wackelt noch genauso wie früher«, stellte er fest. Daß er jahrelang hier aus- und eingegangen war, verschwieg er. Der junge Mann brauchte es nicht unbedingt zu wissen.

»Stadt und Land, Hand in Hand. Unser teures Uraltgerät in der Ettstraße hat ebenfalls seinen Geist aufgegeben. Scheint eine ansteckende Krankheit zu sein.«

Zinner verzog seine Mundwinkel um gute zwei Millimeter. Man hatte ihm die Betreuung der beiden Kripoleute übertragen, alle anderen Kollegen waren seltsamerweise verschwunden, auf Streife oder sonstwo. Auch Lederer hatte sich stillschweigend verdrückt. Die erfolglose Verbrecherjagd schien noch allen in den Knochen zu liegen.

Er betrachtete Anita, die mit funkelnden Augen neben der riesigen Ortskarte stehengeblieben war. Diese Kollegin konnte man durchaus so lassen, wie sie war, beschloß Zinner großzügig. Sie war verführerisch gekleidet, total charmant, wenn er da an seine Carola dachte, da war einiges nachzubessern!

»Also dann, auf geht's!« rief Hofbauer ein wenig zu energisch.

Zinner verschluckte ein paar unpassende Bemerkungen.

»Die Frau ist seit mindestens zehn Stunden tot«, sagte Anita. »Hat mir der Arzt gerade über Handy mitgeteilt. Gibst du die Dinger an die Presse?« Sie drückte Zinner ein paar Photos in die Hand. »Am besten jetzt gleich. Ich hab sie dem Polizeiphotographen mit Müh und Not noch abgeluchst.«

Diese Anita duzte ihn, Donnerwetter. Zinner fühlte, wie er heiße Ohren bekam.

»Klar!« sagte er. »Mach ich sofort!«

Ein Beamter rauschte herein, sah sich kurz um, kramte nervös in sämtlichen Schreibtisch-Schubladen.

»Hast du das ›Örtliche‹ gesehen?«

»Nein!«

»Knolcke hat sich krank gemeldet.«

»Mist!«

Er verschwand, hektisch wie ein Rennpferd vor dem Start.

Anita meinte, sie sei neugierig, wann die ersten Angehörigen der Toten oder sonst jemand käme, um nach ihr zu fragen.

»Das kann Tage dauern, erfahrungsgemäß«, sagte Hofbauer.

»Erfahrungsgemäß«, knurrte Zinner.

»Wenn die Photos raus sind, geht's ganz schnell. *Wenn* sie raus sind!« Anita schenkte ihrem Kollegen in Grün ein herausforderndes Lächeln.

Der erhob sich elastisch. »Ich kümmere mich drum«, rief er flott. »Ich mail sie schnellstens an die Redaktionen in Planegg und Starnberg. Und an unser hiesiges Informationsblättchen. Erscheint allerdings erst am Donnerstag.«

Er grinste.

»Kennst du unseren unentbehrlichen ›Info‹? Steht alles drin: Wer gestorben ist, wer heiratet, wem ein Kanarienvogel entflogen ist. Wir hatten mal einen Pudel. Eines Tages war er weg, fort, nicht mehr zu sehen. Ein Inserat im Blättchen ...«

Hofbauer räusperte sich ungeduldig.

»Tschuldigung!« Der Beamte zog die Unterlippe nach innen. »War nur so nebenbei.« Er versuchte, sich wieder auf das Wesentliche zu konzentrieren. »Also gut, die Photos. Hoffentlich ist unser Computer nicht auch hinüber«, sagte er.

»Überarbeite dich nicht!«

»Ich liebe dich!«

Von seinem emotionalen Gefühlsausbruch völlig überwältigt, stürzte Zinner davon.

»Wann kommt der Obduktionsbericht?« erkundigte sich Hofbauer amtlich.

»Nachmittags.«

»Dann machen wir mal einen Spaziergang durch mein altes Dorf. Wir müssen Land und Leute studieren. Den Rest der Photos haben Sie?«

»Hab ich.«

Sie gingen zur Tür. Der nervöse Kollege unterhielt sich angeregt mit einer Frau im Lodenkostüm.

»Helfen Sie mir!« rief die Frau ängstlich. »Der S-Bahn-Dieb läuft seit Wochen frei herum! Und ich bin ganz allein in meinem Haus!«

»Wir tun, was in unseren Kräften steht«, sagte der Beamte.

»Das ist zu wenig!«

»So etwas dürfen Sie nicht sagen!«

»Ich habe Angst!«

Der Mann in Grün dachte einen Augenblick nach.

»Geben Sie mir Ihre Adresse«, er wirkte plötzlich sehr väterlich, obwohl er nicht älter als 35 zu sein schien, »wir werden versuchen, Ihr Anwesen in unseren Streifengang mit aufzunehmen.«

»Ich bitte darum!«

Anita öffnete die Tür, pumpte ein paar Hektoliter Frühlingsluft in sich hinein.

»Ihr liebes Dörfchen scheint doch nicht so friedlich zu sein, wie Sie glauben!«

»Hm!«

»Den Wagen lassen wir stehen?«

»Ich bin sicher, daß er hier nicht gestohlen wird«, sagte Hofbauer.

Fatmir war erst zweimal in der Birkenstraße gewesen, hatte Olga mitgebracht und eine ganze Wagenladung voller Traurigkeit. Jetzt stand er da, bei Petra und Gustav Scherle vom ›Helferkreis Asyl‹, klatschnaß und halb wahnsinnig vor Angst.

»Frau«, stotterte er. »Tote Frau! Polizei hat mich erwischt!«

»Welche tote Frau? Erzähl doch mal!«

Petra Scherle war Anfang sechzig, klein, mit weißem Haar, und ständig darum bemüht, ihre Zeit nicht nutzlos verstreichen zu lassen. Sie kümmerte sich im »Helferkreis« um die Asylbewerber und deren Familien, sie saß im evangelischen Kirchenrat und war tatkräftiges Mitglied der Planegger Nachbarschaftshilfe.

Fatmir war polizeilich bei den Scherles gemeldet, aber er wohnte bei seinem Bruder in München, was aus irgendwelchen Gründen verboten war.

»Ganz ruhig«, sagte sie, »ganz ruhig!« Sie packte den schlotternden Menschen an den Händen, strich ihm das wirre Haar aus der Stirn.

»Was ist passiert?«

»Tote Frau ist passiert!«

»Hast du sie totgefahren?«

»Ja!«

»Was? Aber du hast doch gar kein Auto!«

»Nein, kein Auto.«

Petra Scherle spürte, daß sie so nicht weiterkam. Sie rief nach ihrem Mann, aber der war im Garten, war mit dem Komposthaufen beschäftigt, der dringend umgesetzt werden mußte.

»Wo ist die tote Frau?«

»Kiesgrube!«

»Und du hast sie umgebracht?«

»Quatsch!«

»Dann ist ja alles gut.«

»Nicht gut! Polizei ist hinter mir her, mit Streifenwagen! Du weißt, ich habe nur Duldung, wenn sie mich packen, ist alles aus!«

Petra Scherle ließ Fatmir stehen, wo er war, und rannte in den Garten. Sie versuchte, ihren Mann vom Komposthaufen wegzulotsen, verhaspelte sich und fing wieder von vorne an.

»Komm doch mal, Fatmir ist da. Er faselt was von einer toten Frau. Und von der Polizei. Er ist kaum ansprechbar.«

Gustav Scherle lehnte den Spaten an einen Baum und stampfte mit großen Schritten seiner Frau hinterher.

»Fatmir?«

»Hier!«

»Was hast du getan?«

»Nichts. Aber wenn Polizei mich schnappt, dann Abschiebehaft. Sofort. Und Kommissar hat großen Hund gehabt, nein, nicht Kommissar, sondern Typ im Anorak.«

»Und?«

»Ich habe Panik vor Hund, das weißt du doch, oder?«

»Du hast mal davon erzählt.«

Fatmir beruhigte sich nur mühsam.

»Komm mit ins Wohnzimmer«, sagte Scherle. »Oder ruh dich aus, hier, auf dem Sofa.«

»Darf ich Schluck Wasser haben?«

»Aber ja.«

Sie gingen ins Wohnzimmer. Fatmir trank das Wasser, hastig, so als ob er tagelang in der Wüste gelegen hätte.

»Tote Frau«, begann er noch einmal. »Junge Frau. Ich hab sie gesehen, in der Kiesgrube.«

»Und sie war wirklich schon tot?«

»War schon tot. Glaubst du mir nicht?«

Auf diese Frage gab Scherle keine Antwort. »Was machst du so früh bei den Kiesgruben?« fragte er statt dessen. »Und warum läßt du dich so selten bei uns blicken?«

Fatmir ballte die Fäuste. »Ich habe Streß, wegen Olga, sie hat alten Mann kennengelernt, zu Hause, in ihrem Dorf.« Er fauchte irgendwelche bosnischen Flüche. »Es ist verdammte Frechheit, wenn Olga jeden Abend Wein trinkt mit fremdem Mann!« Wieder fluchte er, mit einer Menge unverständlicher Konsonanten.

»Wie alt ist dieser Mann?«

»Weiß ich nicht. Aber ich hab mit Schwester telephoniert, er ist unglaublich alt!«

Scherle überlegte. Was war ›unglaublich alt‹ für einen Zwanzigjährigen? Vierzig? Sechzig? Oder gar noch mehr?

Aber das war jetzt überhaupt nicht wichtig.

Wichtig war dieser Jammerlappen, der da vor ihnen stand. Und der eine Menge Unbehagen in Gustav Scherles Rentnerdasein zu bringen drohte. Der Jammerlappen mußte weg, das stand einwandfrei fest. Er mußte weg, und zwar sofort.

Scherle war schon immer dagegen gewesen, völlig unbekannte Ausländer in seinem Hause aufzunehmen. Das gab Ärger, er hatte es von Anfang an gesagt. Und er hatte Recht behalten, wie man sehen konnte.

»Wir können dich hier nicht brauchen«, sagte Scherle grob. »Du mußt verschwinden! Auf der Stelle!«

»Aber ...«

»Nichts aber!«

»Nur ein Tag!«

»Warum gehst du nicht zu deinem Bruder?«

»Bruder ist illegal, hab ich dir doch schon erzählt.«

»Das ist nicht mein Problem!«

Es klingelte.

Fatmir sprang auf und rannte zur Tür, die in den Garten führte. Gustav Scherle zupfte an seinen Fingern herum, daß es laut knackste.

»Da haben wir die Bescherung«, knurrte er. »Hast du der Polizei deinen Namen gesagt oder was?«

Fatmir schüttelte den Kopf.

»Oder unsere Adresse?«

»Nein!«

»Wieso stehen die dann schon auf der Matte?«

Es klingelte zum zweiten Mal.

»Was machen wir denn jetzt?«

»Keine Ahnung!«

»Ich könnte dich umbringen vor Wut!«

Tapfer ging Petra Scherle zur Tür, um sie zu öffnen.

Von Fatmir Krjezu war nichts mehr zu sehen.

»Planegg bei München«, versuchte Hofbauer ein weiteres Portrait seines Heimatortes zu geben, »hübsche, kleine, paradiesische Schlafstadt. Zwei Kirchen, ein Maibaum, ein quicklebendiger Bach. Karl Valentin hat hier gewohnt. Ist 1948 hier gestorben, er liegt auf unserem Friedhof begraben. Kennen Sie Karl Valentin?«

»*Semmeln-Knödeln!*« zitierte Anita. »Es heißt *Semmeln-Knödeln* und nicht anders!«

Hofbauer lachte.

»Ich sehe, Sie sind eine gebildete Frau!«

Er wurde wieder ernst.

»Der Ortsteil Martinsried ist der Wissenschaft gewidmet«, fuhr er fort. »Universität, Max Planck-Institut. Die ehemaligen Bauern dort sind entweder miteinander verwandt oder ein ganz klein wenig miteinander zerstritten. Oder beides. Aber es sind alles recht brave Leute.«

»Nicht alle.«

»Wenn man davon ausgeht, daß der Mörder ein Hiesiger ist.«

»Er muß sich zumindest hier gut ausgekannt haben.«

»Müßte er.«

Sie gingen die Pasingerstraße hinunter, vorbei am blau angestrichenen Rathaus.

»Hübsche Farbe«, sagte Anita ein wenig verstört.

»Unsere SPD ist rot«, erklärte Hofbauer, »die CSU schwarz, die FDP gelb. Und die Grünen sind grün. Aber, oh Wunder, das Planegger Rathaus ist blau!«

»Eine interessante Farbenlehre!«

»Richtig!«

Sie überquerten die Brücke, unter der sich das Wasser der Würm, von einem Wehr gebändigt und kurz darauf wieder entlassen, schäumend und spritzend seine Freiheit suchte.

»Als Kind hatte ich gräßliche Angst, über diese Brücke zu gehen.«

Der Kommissar deutete nach unten. »Uns gruselte. Wir standen am Geländer und fühlten uns magisch angezogen, in die Tiefe zu springen.«

»Und jetzt?« lachte Anita.

»Hat sich's ziemlich gebessert.«

»Gott sei Dank!«

Ein Wirtshaus lockte mit Kastanienbäumen, deren Blüten kurz vor dem Explodieren waren, und den obligatorischen Sonnenschirmen.

Sie setzten sich. Es war kurz vor eins, und der Wirtsgarten des Bräustüberl gut gefüllt mit korrekt gekleideten Juppies aus den umliegenden Banken, rüstigen Rentnern, und einer schwarzgewandeten Gesellschaft, die von einer Beerdigung gekommen war.

Anita nahm die Photos aus ihrer Tasche und legte sie auf den Tisch. Man hatte der jungen Frau die Augen geschlossen und das Gesicht ein wenig zur Sonne gedreht. Sie war immer noch hübsch, hatte einen schön geschwungenen Mund, den man sinnlich nennen konnte.

Sie warteten, Anita ohne großen Hunger, Hofbauer mit verhalten knurrendem Magen, wie immer um diese Zeit.

»Tengo hambre!« Er grinste. »Die einzigen zwei Wörter Spanisch, die ich kann!«

Hofbauer winkte einem der auffallend hübschen Mädchen, die in einer Art Trachtenlook und adretten Spitzenschürzchen durch den Garten hasteten.

»Könnten's so freundlich sein, Fräulein ...«

Das Mädchen brachte die Speisekarten, unberührt von Hofbauers Ungeduld. Er nahm eines der beiden umfangreichen Werke, gab das andere an Anita weiter und blätterte raschelnd darin herum.

Er entschied sich für das Menü zu 9.80, orderte dazu ein kleines Bier mit einem Cognac, einen Obstsalat als Nachspeise.

Anita begnügte sich bescheiden mit einem Kräutersüppchen.

»Respekt!« murmelte der Kommissar.

Das Essen kam, und sie fanden es vorzüglich. Die Yuppies nebenan erzählten sich lärmend von ihren geschäftlichen Erfolgen, während die Beerdigungsgesellschaft nach und nach begann, recht lustig zu werden.

Hofbauer aß hastig, kämpfte fahrig gegen Braten und Salzkartoffeln. Schlürfte sein Bier, schüttete den Cognac hinterher.

Anita genehmigte sich zu ihrem Süppchen eine etwas zu trocken geratene Brezel.

Eine alte Dame mit Gehwägelchen schob sich an ihren Tisch.

»Derf i, Herr Nachbar?«

»Natürlich!«

Tippelig und zittrig nahm sie Platz.

»Ohne meinen Mercedes«, erklärte sie und warf einen Blick auf ihren Wagen, »geht's leider nimmer.«

Hofbauer steuerte Unverständliches bei.

»Schmeckts eahna?«

»Ja!«

»Solangs no schmeckt, samma zfriedn!«

»Hm.«

Hofbauer schob den Teller zur Seite, beschäftigte sich zügig mit dem Kompott. Er rief das Spitzenschürzchen heran und bestellte Kaffee, echten Kaffee, »schwarz wie die Nacht«.

Die alte Dame entdeckte den Stapel Photos auf dem Tisch, der neben Anitas Tasche lag. Sie beäugte ihn neugierig.

»Kennen Sie die Frau?« fragte Anita auf gut Glück.

»Is die dod?«

»Ja.«

»San Sie von der Polizei?«

»Ja.«

Die Beerdigungs-Party lachte schallend. Ein Hund kläffte schrill und die Autos der Planegger Hausfrauen brausten vorbei, auf dem Weg zum Nachmittagsrennen um die besten Parkplätze des Ortes.

Ihre Nachbarin bestellte Apfelkuchen mit Sahne. Der Kaffee kam, in riesigen Tassen.

Die Yuppies waren inzwischen verschwunden, ein paar Rentner saßen noch da und ließen die Zeit in ihre Bierkrüge fallen.

Die Alte drückte ihre Brille auf die Nase, betrachtete sich das oberste Photo sehr genau.

»Des is die Schwester Ivonn«, sagte sie leise, aber bestimmt. »Arms Hascherl!«

»Sie meinen?«

»Schwester Ivonn aus da Waldklinik. Sie hat oiwei nach mir gschaut. Is scho a Zeitl her.«

Hofbauer schüttelte mißtrauisch den Kopf. »San Sie ganz sicher?«

»Aber ja!«

Anita sprang auf. »Worauf warten wir?«

Der Kommissar fahndete nach seinem Geldbeutel. Er wußte genau, wo die Waldklinik lag; seine Mutter hatte dort ihre letzten Monate verbracht. Er warf einen erbosten Blick hinüber zu der Trauergesellschaft, die in bester Stimmung eine Runde Schoko-Pudding kommen ließ.

»Wir sind Ihnen sehr dankbar für Ihren wertvollen Tip.« Anita fabrizierte ihr bezauberndstes Lächeln. »Sicher werden wir diese Waldklinik finden. Würde es Ihnen etwas ausmachen, uns Ihren Namen zu verraten?«

»Erna Kachlmeier«, sagte die Oma feierlich. »Wohnhaft im hiesigen Altenheim.« Sie sprach plötzlich hochdeutsch. »Zimmer 126. Oder war's 612?«

Anita strahlte.

»Der Apfelkuchen geht auf unsere Rechnung«, hörte sich Hofbauer sagen. Das Spitzenschürzchen kam, sie zahlten, versäumten nicht, sich eine Quittung geben zu lassen.

Oma Kachlmeier mümmelte mit erstaunlicher Geschwindigkeit ihren Kuchen. Sie winkten ihr zu.

»Ois Guade!« flüsterte sie geheimnisvoll.

Vorbei an den Raben traten sie auf die Straße.

Anita sagte: »Wir dürfen unser Auto nicht vergessen, Chef.«

»Die Waldklinik liegt gleich hinterm Bahnhof«, erklärte Hofbauer.

»Wir beide gehen zu Fuß, die berühmten tausend Schritte. Die ›Perle des Würmtals‹ erwartet uns!«

Er stand im Gartenhäuschen und wünschte sich ganz weit weg. In die Antarktis oder irgendwohin. Oder nach München, zu seinem Bruder. Nein, zu seinem Bruder noch nicht, es war unmöglich, jetzt zu seinem Bruder zu gehen.

Fatmir zitterte, er konnte gar nichts dagegen tun, er war machtlos.

Wenn die Bullen ihn jetzt erwischten, saß er morgen im Flugzeug nach Sarajevo. Tausenden anderen war es schon so ergangen. Und er, Fatmir Krjezu, war da keine Ausnahme. Dann saß er ›zu Hause‹, in seinem zerschossenen Dorf.

Warum kamen sie nicht? Er hatte es doch klingeln hören, als er sich mit Gustav und Petra unterhielt. Er war durch das Wohnzimmer gelaufen und dann wie ein Verrückter hinein in dieses Versteck. Jetzt hockte er hier, schwitzend zwischen Rechen und Rasenmähern, und wartete, daß sie ihn abholen würden.

Gustav schien Rasenmäher zu sammeln, massenweise standen sie herum. Es stank nach Öl und Benzin wie in einer Autowerkstatt. Rasen mähen! Das Hauptanliegen dieser Menschen war ihr Rasen.

Sie hatten sonst keinerlei Sorgen, quatschten von Urlaub und teurem Essen. Von ihren Autos und den neuesten Rennmaschinen. Aber er war ungerecht. Gustav und Petra hatten ihm ihr Zimmer zur Verfügung gestellt. Kostenlos. Und die anderen Leute vom Helferkreis waren ebenfalls in Ordnung, das wußte er.

Er dachte an Olga, das tat gut. Bauch an Rücken und Rükken an Bauch, bei Allah! Jetzt auf diesem höllisch quietschenden Sofa zu liegen und ihn reinzustecken, in aller Ruhe, in aller Gelassenheit.

Er schüttelte sich vor Zorn und Verzweiflung.

Was Olga jetzt wohl machte? Ob sie abends wieder zu diesem Greis ging und sich Wein einflößen ließ? Wenn er nur weg könnte aus Planegg! In ein Auto springen und hin zu ihr, hin zu ihr, hin zu ihr!

Oder sie betete zur Schwarzen Madonna, sie hatte ihm erzählt, alle würden zur Schwarzen Madonna beten, es blieb ihnen nichts anderes übrig.

Vielleicht versuchte sie, Arbeit zu kriegen, irgendwas, irgendeine Beschäftigung. Aber es gab keine Arbeit, genauso wie in Fatmirs Heimat, es gab nichts für sie, kein Auskommen, keine Zukunft. »Komm doch zu uns!« hatte sie immer wieder gesagt, und dabei hatte sie ihn angeschaut, mit diesem Blick, der ihm das Wasser in die Augen trieb.

Fatmir und Olga in Polen: Keine Chance. Fatmir und Olga im Kosovo: Aussichtslos. Sein Allah und die Schwarze Madonna, sie vertrugen sich nicht. Sie paßten nicht zusammen.

Und da war noch das Problem mit der Pistole. Diese idiotische Pistole, die in der Innentasche seiner Jacke steckte, ein Wunder, daß Gustav sie noch nicht entdeckt hatte. Das Ding gehörte Haki, Fatmirs Kumpel, und wenn man die Waffe fand, dann war Fatmir erledigt, das war sonnenklar.

Er mußte sie loswerden, er mußte sie in den Bach schmeißen, der am Ende des Grundstücks vorüberfloß. Er mußte es tun, sofort, es war absolut leichtsinnig, sie herumzutragen wie eine alte Semmel vom Bäcker.

Direkt über ihm hing ein halb fertiges Wespennest. Er beobachtete, wie die Wespen durch einen Fensterspalt hereinflogen, in ihrem angefangenen Bau verschwanden. Und dann wieder erschienen, um in Richtung Ausgang zu brummen.

Spaten, Schaufeln, elektrische Kabel, Schwimmflossen, Gartenscheren.

Ein Beil. Er nahm es in die Hand, wog es prüfend, ließ es auf den Hackstock sausen, der neben ihm in der Ecke stand.

Das war das Richtige. Wer eine Frau ermordete, konnte auch einen Polypen um die Ecke bringen, mit dem Beil oder mit der Pistole, das war egal.

Was für ein Irrsinn! Wieso war er nicht bei seinen Freunden geblieben, nach dieser Nacht in der dämlichen Kneipe, in der es beinahe wieder eine Schlacht gegeben hätte mit den Typen vom Pasinger Bella Italia?

Er hätte heimgehen sollen, zu Gustav und Petra, und alles wäre ganz anders gekommen. Ganz und gar anders, das lag auf der Hand.

Er hörte Schritte, ein tapsendes Geräusch, das mußte der Bulle sein.

Fatmir packte das Beil, hob es hoch.

Die Tür flog auf. Vor ihm stand Gustav Scherle, mit krebsrotem Gesicht.

»Hab ich's doch geahnt!« brüllte er. »Du bist also immer noch da!«

Das Beil sank zu Boden.

»Ich dachte, Polizei«, stotterte Fatmir. »Ich dachte, jetzt alles aus!«

Scherle packte ihn und zerrte ihn nach draußen. »Du bist wohl total übergeschnappt!« Er nahm dem schlotternden Fatmir das Beil aus der Hand, schmiß es in die Hütte zurück.

»Polizisten erschlagen, ist es das, was dich happy macht?« Er stieß ihn unsanft Richtung Haus.

»Ich ...«

»Du hast nochmal Glück gehabt, verdammtes Glück sogar! Es waren keine Polizisten, es waren die Malteser, die für irgendwas sammeln wollten.«

»Die Malteser!«

»Und wer jetzt sofort verduftet, bist du! Wir haben schon Scherereien genug! Mach 'ne Fliege, sonst knallts!«

»Gustav!«

»Nix Gustav!«

»Hör doch zu!«

»Wir sind kein Aufbewahrungsort für rumgammelnde Ganoven. Wer anständig ist, kriegt 'ne Chance. Wer nicht, hat die Konsequenzen zu tragen!«

Gustav Scherle packte seinen unwillkommenen Gast, zerrte ihn durch das Wohnzimmer und die Diele und setzte ihn schwungvoll vor die Tür.

»Die Vorstellung ist aus!« schrie er. »Ende der Stange!«

Er knallte die Haustür zu, patschte die Hände zusammen, als habe er einen alten Mehlsack auf den Müllhaufen geworfen.

Er wußte nicht, daß die Angelegenheit Fatmir Krjezu noch lange nicht ausgestanden war.

»Dort drüben ist der Marktplatz!«

Sie standen neben dem Reformhaus, in dem ein nervöser Jüngling preiswerte Karottensäfte verkaufte. Hofbauer deutete nach vorne.

»Der unvermeidliche Maibaum«, grinste er, »als Zeichen eines königlich-bayrischen ›Mir san mir!‹. Obwohl schon unsere Kinder kaum mehr bayrisch reden können.«

»Dafür spricht jedermann englisch.«

»Man redet denglisch, Neusprech, you know?«

Anita nickte.

Sie wanderten an der großen Sandkiste vorbei, ein paar Kinder gruben riesige Löcher in den Boden, schlitterten über die Rutsche ins Tal oder schlugen sich die Sandschaufeln auf die Köpfe. Gerührt sahen die Mütter zu.

»Und hier: Das Valentin-Denkmal«, Hofbauers Stimme klang wie die eines geübten Fremdenführers, »der lange Dürre als Spritzbrunnenaufdreher.«

»*Semmeln-Knödeln* ...«, murmelte Anita.

»*Im Sommer gibt's Ameisen*«, fügte Hofbauer kenntnisreich hinzu, *»aber die gehn ganz leise!«*

Ein gut 85jähriger Mann, mit Bart und Spazierstock, klopfte herausfordernd auf das Pflaster.

»I hab den Fey Vale no kennt«, sagte er. »Er hat bei uns oiwei die Thujen gschnitten. Nachm Kriag. Der arme Hund!«

»Valentin ist bekanntlich bitterarm gestorben«, erklärte Hofbauer. »Man hat ihn erst jetzt zur Kultfigur ernannt.«

»Vui zspät!« knurrte der Alte.

»Das können Sie laut sagen!«

»Und die Karlstadt derfas aa net vergessn!«

»Tu ich ja nicht!«

Hofbauers Handy klingelte, ohne Rücksicht auf die Erinnerung an vergangene Zeiten. »Hallo? Ja, ich höre!«

Sie gingen über den Zebrastreifen zur Kreissparkasse, vor der in einem zierlichen Eselsbrunnen fröhlich das Wasser plätscherte. Der alte Mann sah ihnen traurig hinterher. Er hätte sich gerne noch ein halbes Stündchen unterhalten.

»Eine 7,65? Interessant! Wie? Ohne Zweifel? Das ist allerdings, das ändert natürlich die Sachlage ...!«

Anita nahm Spiegel und Lippenstift aus ihrer Tasche und widmete sich scheinbar hingebungsvoll ihrem Make up.

»Sorry!« Der Kommissar schob das Handy in die Jackentasche. »Das waren die Kollegen vom BKA.«

»Denglisch!« rief Anita spitz. »Neusprech, you know?«

»Schmarrn!« Hofbauer schüttelte zornig den Kopf. Mißmutig sah er zum Mi casa – su casa hinüber, einem Restaurant, das sich nahtlos in die High-Society-Meile Planeggs einzureihen schien.

»Hier gibt's leckeren Kuchen!« rief ein vorbeieilender Pferdeschwanz seinem Begleiter zu. »Kostet allerdings zwei Euro achtzig!«

»Lecker!« knurrte Hofbauer. »Der Kuchen ist ›lecker‹! Und ich sag ›sorry‹! Das ist der endgültige Untergang der königlich-bayrischen Ge-müat-lich-keit.« Er grinste, halb traurig, halb belustigt.

»So schnell geht's auch wieder nicht, Chef!« Anitas Trostworte wurden von einer vorbeiheulenden Funkstreife erbarmungslos weggefegt.

»Und?« rief sie in die eintretende Stille hinein. »Was sagen die Jungs vom BKA?«

»Tja«, Hofbauer versuchte, seine Gedanken zu ordnen, »die Kugel ist gefunden. Steckte im Kopf an einer sehr lateinisch klingenden Stelle. Das Kaliber ist klar. Von der Tatwaffe selbst gibt es allerdings nicht die geringste Spur.«

Er schwieg.

»Sonst irgendwas Neues?«

»Der Täter muß die Waffe seinem Opfer im Abstand von ziemlich genau dreißig Zentimetern an den Hinterkopf gehalten haben. Die Schmauchspuren sprechen eine deutliche Sprache.«

»Yvonne hat ihn also nicht kommen hören.«

»Oder sie hat ihn gut gekannt.«

Hofbauer tauchte die Hand in den Brunnen. ›Kein Trinkwasser‹ stand auf einem kleinen Schild geschrieben.

»Sie muß auf dem Bauch gelegen haben. Oder der Bursche hat sie gepackt, von sich weggedreht und kaltblütig erschossen.«

»Sind irgendwelche Gewaltanwendungen sichtbar?« Anita konnte sich nur mit Mühe beherrschen.

»Keine. Das ist ja das Verrückte. Und noch etwas«, Hofbauer wippte nervös auf seinen Zehenspitzen. »Man hat jede Menge Sperma gefunden. Und unser Opfer war schwanger.«

»Nein!«

Anita fröstelte. Sie stiefelte hinter Hofbauer her, vorbei an illustren Geschäften, an der protzigen Post, an einem weit in den Gehsteig hineinreichenden Blumenladen.

Planeggs Rush-hour war in vollem Gange. Emsige Hausfrauen bugsierten schwere Geländewagen in enge Parkplätze, ein kleiner Omnibus folgte wie ein Hündchen seinem größeren Bruder.

Hofbauer blieb stehen. Dieses Planegg, die »Perle des Würmtals«, deren Zentrum er nun schon seit gut einem Jahr nicht mehr gesehen hatte, wuchs und gedieh.

Die Leute waren bestens gekleidet, Kids und Jugendliche trugen erlesene Markenklamotten, selbst Hofbauer, der von Mode keine Ahnung hatte, stellte es staunend fest.

War sein Planegg eine einsame, aber glückliche Insel im resignierenden Deutschland? Wohnten hier die Wirtschaftskapitäne, die Mini-Essers und -Ackermanns, die über die schmerzhaft spürbaren Reformen der Regierung nur höhnisch lächelten?

Teenies jeglichen Alters stolzierten nabelfrei durch die vollbesetzten Stuhlreihen des Bahnhofscafés, zwei emsig hin- und herhuschende Bedienungen schleppten gewaltige Eisbomben zu den Tischen.

Man süffelte Cappuccino, Rotwein, bunt schillernde Säfte. Selbstbewußte Klein- und Kleinstkinder hockten, die Eistüte in der Hand, am Rande des Gehsteigs und unterhielten sich auf ihre Art.

Ein Fuhrpark erlesener Bikes, Roller, Skateboards versperrte fast den Weg.

»Jetzt zwei Schokokugeln mit Sahne«, sinnierte Hofbauer. »Hier, in der Oase des Wohlstands, das wär's!«

Er dachte an die Demonstrationen, von denen das Fernsehen nahezu allabendlich berichtete, an die Protestwähler im Osten, die NPD und PDS zu ungeahnten Stimmenzuwächsen verhalfen. Und an die Schlagzeilen der BILD-Zeitung: »Jetzt nimmt man uns den letzten Cent!«

Plötzlich fiel ihm Yvonne wieder ein. Und er grübelte darüber nach, zu welchem der beiden Extreme die junge Frau gehört haben mochte: Zum blühenden Paradies oder zu den Schlagzeilen der Blut- und Busenpresse.

Hofbauer sagte: »Kapieren Sie das? Ein hübsches Mädchen wird exekutiert, mitten im Schlaraffenland! Und das betuchte Leben geht ungeniert weiter!«

Hilflos zuckte Anita die Achseln.

Links, direkt neben dem Café, stand ein recht angeschmutzt wirkendes Wesen, das überhaupt nicht in die Gegend paßte. Es trug eine erstaunlich moderne Digitalkamera um den Hals und schwenkte einen mit Bier gefüllten Pappbecher.

»Angenehm, Zeppelin«, nuschelte die Gestalt.

»Wo kommst du denn her?« wunderte sich Hofbauer. »Du bist neu hier, stimmt's?«

Der Angesprochene grinste.

»*Plah*-negg is 'ne Wucht!« erklärte er strahlend. »Schätze mich überglücklich, hier zu sein.« Er wirkte wie ein drittrangiger Kabarettist, der sich beim Publikum anbiedern wollte.

»Es heißt Pla-*negg«,* stellte Hofbauer richtig. »Mit der Betonung auf der zweiten Silbe!«

»Wenn se meinen, Chef. Das is aber doch Jacke wie Hose.«

»Keineswegs!«

Hofbauer warf eine Münze in die am Boden liegende Strickhaube. Das Wesen dankte mit einem sanften Lufthauch aus Mottenduft und Knoblauch.

»Sagen Sie niemals *Plah*-negg!« wandte sich Hofbauer an Anita, mit drohend erhobenem Zeigefinger. »Das ist eine Todsünde!«

»Zu Befehl!«

»Photo gefällig?« brachte sich das Wesen in Erinnerung.

»Ein andermal!« Hofbauer wehrte dankend ab.

Der Mann vom Fahrkartenschalter rümpfte die Nase.

»Auf den können wir verzichten«, erklärte er. »Hat sich einfach hier breit gemacht, ohne uns zu fragen. Säuft wie ein Loch und vertreibt uns die Kundschaft.«

Anita nickte abwesend. »Und wo hat er den Apparat geklaut?« fragte sie mißtrauisch

»Angeblich ein Geschenk von Gönnern und Freunden.«

Der Tippelbruder ließ sich nicht beirren. »Ich bin schon mal in die Luft gegangen«, sein Gesicht verklärte sich. »Mit dem Zeppelin. Daher der Name Hase.«

Der Kioskbesitzer lächelte gequält.

»Und alle mögen Zeppelin. Sogar die gestrenge Ordnungsmacht.« Leicht schwankend setzte er sich in Richtung Parkbank in Bewegung.

»Wenn mancher Mann wüßte, wer mancher Mann wär ...« murmelte er. Aber niemand nahm Notiz von ihm.

Am Tunnelende angekommen, marschierten Hofbauer und Anita noch gut zehn Minuten durch des Baron Carlo von Menkendorf Stangenkulturen.

Plötzlich blieb Hofbauer stehen.

»Sagen Sie niemals *Plah*-negg!« wiederholte er streng. »Und sagen Sie nicht Karl Walentin! Es heißt: Falentin, mit ›f‹, nicht mit ›w‹!«

»Sie sagen ja auch nicht ›Water‹, sondern ›Fater‹!« Anita blieb kühl bis ans Herz. »Ich habe meine Lektionen gelernt«, erklärte sie. »Ich hatte mal einen Liebling, der kam aus dem Chiemgau. Dort ist die Welt noch in Ordnung. Zumindest was Ihr hochgefährdetes Bayrisch betrifft.«

»Dann können wir ja beruhigt unsere Arbeit fortsetzen!«

Hofbauer schien leidlich zufrieden zu sein.

Sie gingen noch ein paar Schritte, dann lag sie vor ihnen: Die Waldklinik, ein respektheischender Bau mit der eindrucksvollen Jahreszahl »1908« über dem Portal.

Sie läuteten. Eine Schwester öffnete. Die beiden Kripobeamten zückten ihren Ausweis.

»Grüß Gott«, sagte die Schwester freundlich und führte sie ins Sekretariat. »Wie geht es Ihnen bei diesem prachtvollen Wetter? Aber so setzen Sie sich doch.«

Behutsam breitete der Kommissar die Photos auf den Tisch.

»Kennen Sie diese junge Frau?« Hofbauer sparte sich jegliche Einleitung. »Sie soll mal bei Ihnen gearbeitet haben.«

»Wann?«

»Vor ein paar Jahren.«

Die freundliche Samariterin schüttelte den Kopf. Sie sagte mit milder Stimme: »Ich bin seit zwölf Jahren hier. Aber dieses bedauernswerte Geschöpf habe ich noch nie gesehen. Wo haben Sie die Ärmste denn gefunden?«

»In der Kiesgrube.«

»Oh!«

Die Schwester griff zum Telephonhörer. Ein kurzes Gespräch, ein paar Minuten vergingen, und drei weitere Samariterinnen erschienen, begleitet von einem Arzt, der aussah wie ein Medizinalrat aus der guten, alten Zeit.

»Wo brennt's?« erkundigte er sich gemütlich.

Wobei sich die beiden Besucher kaum vorstellen konnten, daß er im Brandfall auch nur ein bißchen die Nerven verlieren würde. Die freundliche Schwester erklärte die Lage, mit sorgenvoller Stimme, man betrachtete die Photos in aller Ausführlichkeit, auch der Doktor drehte sie bedächtig hin und her. Aber niemand kannte die Tote.

»Sie heißt Yvonne«, sagte Anita.

Die Corona bedauerte zutiefst.

»Tut uns leid, wir hätten Ihnen gerne geholfen, wirklich zu gerne.«

Anita wollte es genau wissen. »Sie haben auch noch nie etwas von einer gewissen Erna Kachlmeier gehört?« hakte sie nach.

»Wer soll das sein?«

»Eine Patientin.«

Die Freundliche ging zum Computer, trommelte mit großer Routine darauf herum.

»Da muß ich Sie ebenfalls enttäuschen.« Man merkte es ihr an, wie traurig sie auch darüber war. »Eine Erna Kachlmeier ist hier leider unbekannt. Aber wir werden für das arme Ding auf dem Photo beten.« Die Schwestern wurden wieder fröhlich. »Es ist das Einzige, was wir tun können.«

Der Medizinalrat lächelte gütig. Dann sagte er, er sei ehrlich betrübt, aber er müsse nun leider leider wieder nach seinen Patienten sehen. »Ich grüße Sie herzlich!«

Er verschwand ohne große Eile.

Hofbauer erhob sich, ein wenig steif geworden vom längeren Sitzen. »Und auch wir verabschieden uns«, sagte er, auf die gleiche Liebenswürdigkeit bedacht. »Besten Dank für Ihre Bemühungen.«

Man begleitete sie zur Tür.

»Gottes Segen!«

»Wir können ihn brauchen.«

Raschelnd zogen sich die Schwestern zurück.

Hofbauer wünschte sich ein kleines Bier und einen Obstler dazu. Und ein heißes Moorbad, zu Hause in der Badewanne, eine ganze Stunde lang. Die Schmerzen waren dann, wenn er Glück hatte, zumindest erträglich. Anschließend würde er diese Tropfen nehmen, die ihn zwar durch die Gegend taumeln ließen wie einen Betrunkenen, aber mit denen man wenigstens mit einer einigermaßen ruhigen Nacht rechnen konnte.

»Fehlt Ihnen was? Ist Ihnen schlecht?« Die Stimme seiner jungen Kollegin klang besorgt.

»Nicht der Rede wert!« sagte Hofbauer grob.

Anitas Mund wurde schmal und ihre Nase für Sekunden sehr spitz.

Hofbauer versuchte zu lächeln. Das war wieder mal die falsche Schublade gewesen, stellte er grimmig fest.

Aber er konnte doch nicht sagen, tut mir leid, meine Beste, ich habe unerträgliche Schmerzen, schon seit Monaten, wenn Sie wüßten, wie mies mir zumute ist, und am liebsten würde ich alles um mich herum zusammenschlagen.

Er erkundigte sich nach der Uhrzeit, es fiel ihm nichts Besseres ein. Dabei hätte er noch ein wenig mehr Wärme in seine Stimme legen sollen, er wußte das, aber es gelang ihm nicht. Er war kein Samariter, daran lag es wohl.

»Kurz nach vier«, sagte Anita.

Der Kommissar zog sein Handy und ließ Zinner ausrichten, sie mit dem Streifenwagen abzuholen.

Zinner aber hatte schon Feierabend. Ein weiterer Beamter, so hieß es, stehe nicht zur Verfügung.

Der Kollege in Grün bedauerte. »Wir sind katastrophal unterbesetzt«, sagte er.

»Und ich bin katastrophal schlecht drauf!«

Wütend steckte Hofbauer sein Handy in die Tasche. Er hockte sich auf einen Baumstumpf und starrte auf einen keineswegs unterbesetzten Ameisenhaufen.

Ein paar Minuten lang sagte er gar nichts. Er betrachtete Anita, die auch nach acht Stunden Dienst aussah, als käme sie direkt aus dem Wellness-Center.

»Kommen Sie«, sagte er. »Gehen wir zusammen noch ein Stück!«

»Und warum, Chef?«

»Die anderen guten Geister besuchen. Die aus dem Waldkrankenhaus. Wenn wir auch dort kein Glück haben, ändern wir unseren Beruf.«

Sie stiefelten durch ein Gewirr von sauber gereinigten Straßen und Sträßchen, hin zu einem modernen, kühl am Waldrand stehenden zweigeschossigen Flachbau. Er strahlte Kompetenz und vertrauenerweckende Sachlichkeit aus.

Die Dame am Empfang, eine tatkräftige Frau noch diesseits der Midlife-crisis, betrachtete die Photos, dachte kurz nach und sagte dann: »Das ist Patrizia, Moment mal, Patrizia ...«

Sie rief einen der umherschwirrenden Weißkittel zu sich. Der war weiblichen Geschlechts und roch stark nach Operationssaal und Erster Hilfe.

Die Ärztin sagte ohne zu zögern: »Patrizia Keller. Tüchtiges Mädchen.« Und wie Frau Kachlmeier fragte auch sie sofort: »Ist sie tot?«

Auf Hofbauers Nicken und nach einem Blick auf die Ausweise der beiden Beamten reagierte sie allerdings überraschend.

Äußerst schroff rief sie: »Weitere Auskünfte kann ich leider nicht erteilen! Die, nun ja, Vorfälle der letzten Wochen zwingen uns, besonders vorsichtig zu sein. Sie werden dafür Verständnis haben.«

Und schon war sie wieder verschwunden.

»Was hat sie denn?« wandte sich Hofbauer bestürzt an seine Kollegin.

»Ein extremer Fall von Patzigkeit«, wunderte sich auch Anita.

Die Dame am Empfang gab sich plötzlich ebenfalls recht wortkarg. Sie zeigte ihrem Besuch erst einmal, wie gut und wie lange sie telephonieren konnte.

Als sie fertig war, knabberte sie stumm und verschlossen an einem trockenen Keks.

»Schwester Yvonne heißt also Patrizia«, murmelte Hofbauer.

Dann formulierte er einen vorsichtigen Satz, in dem die sehr verklausulierte Frage vorkam, welche Vorfälle die Ärztin wohl gemeint haben könnte. Aber ›die Pforte‹ hörte auf diesem Ohr überhaupt nicht. Sie tat so, als seien der Kommissar und seine Mitarbeiterin gar nicht da.

»Wann war Fräulein Keller denn bei Ihnen beschäftigt?« versuchte es Hofbauer nach einer weiteren Schweigeminute.

»Keine Ahnung!«

»Ungefähr?«

»Schon vor längerer Zeit.«

»Und was war sie für ein Mädchen? Freundlich? Unkollegial? Bösartig?«

›Die Pforte‹ konnte nun nicht länger die Unzugängliche spielen. Sie nahm das Photo, hielt es nachdenklich in den Händen.

»Freundlich? Unkollegial? Böse?« wiederholte sie. »Patrizia war ein Schatz. Sie war, wie soll ich sagen, lassen Sie mich nachdenken, etwas ganz Besonderes, nicht extravagant, neinnein, aber immer auf der Suche, ja, das war sie ...«

»Auf der Suche?«

»Nach einer, wie soll ich mich ausdrücken, nach einer sagen wir: Heilsgestalt.«

Als sie Hofbauers und Anitas ratlose Gesichter sah, mußte sie lachen. »Patrizia suchte nach einer Art Jesus, ich weiß, es klingt verrückt«, man sah ihr an, wie sie ins Grübeln geriet, »sie sprach ständig von einem Menschen, der aus der Menge heraus auf sie zukommen würde, auf ganz einfache Art und Weise, und sie dann segnen sollte. So jedenfalls hat sie immer gesprochen.«

Ein paar Sekunden vergingen, dann kehrte die Frau hinter dem Glasfenster wieder in die rauhe Gegenwart des Waldkrankenhauses zurück.

»Sie war unser aller Liebling«, flüsterte sie. »Wenn sie zur Tür hereinkam, ging die Sonne auf.«

Sie ließ alle berufsmäßige Routine fallen. Erst jetzt schien ihr bewußt zu werden, was der Besuch der beiden Kriminaler bedeutete.

»Mein Gott, was hat man ihr nur getan?« fragte sie tonlos.

»Sie können es morgen in der Zeitung lesen«, antwortete Hofbauer wieder einmal eine Spur zu schroff.

Die Dame am Empfang schlüpfte sekundenschnell wieder in ihre berufsmäßige Routine zurück. Sie telephonierte, wühlte geschäftig in knisternden Papieren. Als Hofbauers Gesicht immer grimmiger wurde, ließ sie ihn einfach stehen. Wie die Jungfrau von Orleans stürmte sie aus dem Zimmer.

Der Kommissar setzte sich an einen der kleinen Tische in der Halle. Ein paar Bademäntel schlurften vorbei, irgend jemand referierte laut über den gelungenen Verlauf einer Totaloperation. »Natürlich war es der Blinddarm!« brüllte ein kraftstrotzender Typ seiner weiblichen Begleiterin ins Ohr. »Ich habe von Anfang an gesagt, daß es der Blinddarm war!«

Hofbauer fühlte sich dermaßen elend, daß er einen abgrundtiefen Haß auf alle bekam, die Anita hießen, hinter einer Glastür hockten oder barmherzige Schwestern spielten.

Seine Mitarbeiterin nahm neben ihm Platz. Ihre Lippen waren schmal und ihre Nase spitz. Sie sagte: »Ich möchte jetzt gerne Schluß machen. Es ist spät. Morgen ist auch noch ein Tag.« Sie sagte das, und es schien ihr egal, ob es passend war oder nicht.

Der Kommissar betrachtete seine ungeputzten Schuhe. Warum sollte Anita nicht nach Hause gehen? Welche »Vorfälle der letzten Wochen« zwangen die Ärztin, besonders vorsichtig zu sein? Was war mit diesem Burschen los, der ihnen durch die Lappen gegangen war?

Sie waren so gut wie ahnungslos.

Plötzlich sah er sich drüben sitzen, im Gang der Entbindungsstation, das war noch vor dem Umbau gewesen, genau, er sah sich sitzen, mit einer wohlgefüllten Thermosflasche in der Hand, früh um halb sechs. Bibbernd wie seinerzeit vor der Mathe-Prüfung.

Und seine Frau sagte, laß mich allein, ich bring dir ein kleines Mädchen zu Welt. Das Mädchen war dann ein Junge, hieß Bastian, und Hofbauer hatte keine Ahnung, was der Bursche momentan trieb. Er hatte ihn seit über einem Jahr nicht mehr gesehen. Aber irgendwann, das wurde ihm schlagartig bewußt, mußte er seinem Sohn über den Weg laufen. Bastian und seine Mutter lebten immer noch hier in Planegg.

Der Fall Patrizia Keller brachte Hofbauers Vergangenheit zurück, auch wenn er sich noch so sehr dagegen wehrte.

Er ging noch einmal die paar Schritte zum Empfang.

Anita stand neben einem sich gleichmäßig drehenden Wasserrad, das von einer schmalen Miniwürm getrieben wurde, und zischte in ihr Handy. Die Farbe ihrer Augen war jetzt nicht mehr silbrig, sondern grün. Wer auch immer ihr Gesprächspartner war, er hatte nichts zu lachen.

Hofbauers Freundin war wieder auf ihrem Posten.

Er sagte: »Ich habe einen langen Tag hinter mir, und Sie sicher auch. Versuchen wir, ihn friedlich zu beenden.«

»An mir soll's nicht liegen.«

Das war ein Wort.

»Können Sie mir sagen«, sein Ton war umwerfend höflich, »wann genau Patrizia Keller hier gearbeitet hat?«

»Ich hab's rausgesucht. Es war vor sechs Jahren. Vom 1. Mai bis zum 31. Oktober. Sie war damals zwanzig.«

»Von Mai bis Oktober? Das ist nicht allzulange.«

›Die Pforte‹ lächelte fein und ein ganz klein wenig sarkastisch.

Als Hofbauer schwieg, meinte sie: »Unsere Patrizia war, wie soll ich mich ausdrücken«, sie suchte auch hier nach den passenden Worten, »sehr entgegenkommend. Zu jedermann. Wobei die Betonung auf dem ›Mann‹ liegen muß.«

Als hätte sie schon zuviel erzählt, schwieg sie erschrocken.

Hofbauer nickte. »Hatte sie ein Gschpusi mit einem Arzt? Ein, hm, Verhältnis?«

»Nicht nur mit einem. Die Gute hat die Hormonspiegel unserer Halbgötter in Weiß ganz hübsch durcheinander gebracht. Völlig unschuldig, natürlich. Zwei unserer Doktores hätten sich beinahe duelliert. Es war zum Piepen!«

Anita erschien, ihr unerfreuliches Handy-Intermezzo war beendet. Ihre Miene drückte noch immer deutliche Mißbilligung aus, war aber dennoch gepaart mit dem Bedauern, vom Gespräch ihres Chefs nicht alles mitbekommen zu haben.

»Ich bin gleich fertig.« Hofbauer erkundigte sich nach der damaligen Adresse Patrizias und erhielt eine Anschrift in Laim.

»Hatte sie irgendwelche Angehörige?«

»Eine Mama. Gräßliche Schreckschraube.«

»Wieso?«

»Klein und dick, nicht wieder loszukriegen.«

Hofbauer nickte verständnisvoll.

»Sie können mir wirklich nicht sagen, welche ›Vorfälle‹ die Frau Doktor anfangs gemeint hat?« startete er einen letzten Überraschungsangriff.

Ein süßsaures Lächeln war die Antwort.

Sie packten ihre Photos ein, bedankten sich wortreich.

Als sie draußen waren, schlug es sechs Uhr vom Planegger Kirchturm. Anita erklärte, sie fahre mit der S-Bahn nach München. Sie habe sich erkundigt, es seien nur ein paar Meter bis zur nächsten Haltestelle. Ihr Freund warte am Marienplatz auf sie.

»Bis morgen!«

Sie kramte in ihrer eleganten Schultertasche und reichte ihrem Chef den Autoschlüssel. Ohne auf eine Antwort zu warten, drehte sie sich um und entschwand Richtung Gräfelfinger Bahnhof.

»Gute Fahrt!« murmelte Hofbauer.

Er wanderte einsam zur Würm zurück, an den Tennisplätzen vorbei zur Polizeistation. Dort warf er einen Blick in die gute Stube. Ein Beamter hockte am Tisch, auch er mit dem störrischen Kopierapparat beschäftigt.

»Irgendwas Neues?«

Der Grüne war einer von der vorsichtigen Sorte. »Ihren Namen bitte, wenn ich fragen darf?«

»Hofbauer, Kripo München. Ich bearbeite den Mord in der Kiesgrube.«

»Aha! Petermann«, stellte der andere sich vor. Er drückte auf eine Taste, wartete, bis das immer noch schwarz gestreifte Blatt erschien. Ließ es knurrend in den Papierkorb segeln. Murmelte ›drei Sekunden‹ und schritt an Hofbauer vorbei ins Nebenzimmer.

Man hörte ihn sprechen, dann tauchte er wieder auf.

»Jede Menge Anrufe von allen möglichen Zeitungen«, meldete er. »Zinner hat mit den Leuten gesprochen. Wir hatten hier selber genug zu tun: Ein Fuchs in der Mathildenstraße. Zwei Aschentonnenbrände. Und dann sind da ja auch noch die Einbrüche nahe der S-Bahn.«

Er wischte sich den Schweiß von der Stirn.

»Ich war im Waldkrankenhaus«, begann Hofbauer.

»Oh!« Petermann unterbrach ihn sofort. »Doch hoffentlich nicht als Patient!«

Der Kommissar spitzte die Ohren. »Was ist los mit den Leuten dort drüben?« fragte er. »Geht dort die Legionärskrankheit um oder die Schwarze Pest?«

Petermanns Antwort klang vorsichtig. »Es hat ein paar mysteriöse Vorfälle gegeben«, er gebrauchte den gleichen Ausdruck wie die eilige Ärztin. »Man weiß nichts und redet trotzdem sehr viel. Ich selbst«, er grinste verlegen, »nehme mich da nicht aus. Jedenfalls: Die Gerüchteküche kocht!«

»Und wie kocht sie?«

Der Grüne zuckte die Achseln. »Man sagt, wer herzkrank ist, sollte besser draußen bleiben. Und wer Asthma hat, auch.« Es war ihm alles schrecklich peinlich.

»Hatten diese Vorfälle«, Hofbauer zögerte, »ein tragisches Ende?«

»Ich hab schon viel zu viel verpetzt.« Petermann hüstelte verstört.

»Und unser Amtsarzt ist absolut integer, da gibt es keinen Zweifel. Ach, lassen wir das!«

»Hatten sie ein tragisches Ende, ja oder nein?«

»Keine Ahnung!« Übereifrig befaßte er sich wieder mit dem Kopierapparat.

»Was ist aus meinem armen Planegg geworden?« murmelte Hofbauer. »Wurde von irgend jemandem Anzeige erstattet?« setzte er hinzu.

»Natürlich nicht!« war die zu erwartende Antwort.

»Saudumm!«

Verärgert über sich selbst stand der Kommissar noch eine Weile in dem dienstlich kargen Raum, dann verabschiedete er sich. Petermanns Gruß war deutlich zurückhaltend.

Hofbauer fand sein Auto, fuhr noch einmal zum Bahnhof, zur dortigen Apotheke.

Zeppelin war schon verschwunden, wahrscheinlich auf der Suche nach einem halbwegs komfortablen Nachtlager. Die

Teenies vor dem Café süffelten Milchshakes, wippten mit ihren Pferdeschwänzen und bearbeiteten konzentriert ihre Handys.

Hofbauer spürte erneut den intensiven Drang, seinen darniederliegenden Serotoninspiegel ein wenig zu heben und sich eine Tafel Schokolade zu kaufen.

Aber er beherrschte sich heldenhaft, parkte den Wagen, klingelte. Der Apotheker winkte ihm, hereinzukommen. Hofbauer trat ein, reichte sein Rezept über den Tresen. Der Mann in Weiß, zupackend und lebhaft, schritt an seiner Armada von schmalen Schubladen entlang, fand das Gewünschte, legte es seinem Kunden auf den Tisch.

»Sie haben starke Nervenschmerzen?«

Hofbauer nickte.

»Polyneuropathie?«

»Ja!«

»Ein klangvoller Name für eine scheußliche Angelegenheit!«

»So ist es.«

Der Kommissar erinnerte sich an das Gespräch mit dem Planegger Beamten. Er zögerte. Schließlich sagte er: «Ich habe eine herzkranke Mutter. Sie soll hier ins Waldkrankenhaus eingeliefert werden.«

»Ja und?« Der Apotheker steckte die Schachtel mit Hofbauers Tropfen in eine kleine Tüte. »Hervorragende Adresse! Ausgezeichnete Ärzte! Wo liegt das Problem?«

»Man erzählte mir von, hm, gewissen Vorfällen ...«

»Man erzählt sich viel in Planegg«, der Pharmazeut faltete die Tüte zu, knickte die beiden Ecken um. »Den Leuten ist langweilig. Da brauchen sie was zum Schwätzen. Die täglichen Greuel draußen in der Welt reichen ihnen nicht mehr aus.«

»Also keine Unregelmäßigkeiten?«

»Keine!«

»Das klingt beruhigend.«

Hofbauer nahm das Tütchen, zahlte, ließ das Wechselgeld in seinem Geldbeutel verschwinden, fuhr langsam und nachdenklich über den »Mittleren Ring« nach München-Giesing.

In der Perlacherstraße angekommen, setzte er sich auf seinem Stammplatz beim Griechen. Außer einem nicht mehr ganz jungen Ehepaar, das sich stumm gegenüber saß, war Hofbauer der einzige Gast.

Er bestellte Giros und einen öltriefenden Fladen, aber als das Essen kam, stellte er fest, daß er überhaupt keinen Appetit hatte. Hofbauer stocherte auf seinem Teller herum, betrachtete die leeren Tische und wunderte sich erneut über die seit Monaten ausgebrochene Sparwut seiner Mitbürger.

Odysseus setzte sich zu ihm und klagte ihm sein Leid.

»Keine Umsätze mehr«, sagte er, »seit über einem Jahr. Wenn das nicht besser wird, geh ich zurück nach Griechenland.«

»Ist das dein Ernst?«

Der Mann zog ein trauriges Gesicht.

»Ich bin pleite! Kann die Pacht nicht mehr zahlen. Was glaubst du, wieviel die Brauerei von mir verlangt?«

Hofbauer nippte an seinem Bier.

»Und woran liegt das alles? Warum geht es immer nur abwärts?«

»Die Politiker sind schuld. Und der Euro. Und die ›German Angst‹.«

Die letzten beiden Wörter formulierte Odysseus mit deutlicher Verachtung. Aber dann erschrak er, schüttelte unwillig den Kopf, fuhr hoch und brachte zwei bis an den Rand gefüllte Gläser Ouzo.

Er stellte eines davon neben Hofbauers Teller.

»Entschuldigung! War nicht so gemeint!«

»Macht nichts«, antwortete Hofbauer. »Du hast ja vollkommen recht. Du brauchst dich nicht zu entschuldigen.«

Sie prosteten sich zu, ein wenig verlegen.

Hofbauer fragte: »Haben die Griechen keine Angst?«

Sein Freund schüttelte den Kopf.

»Wovor sollten wir Angst haben? Seit wir Europameister im Fußball sind, kann uns nichts mehr passieren!«

Er grinste breit und voller Stolz. Plötzlich beugte er sich zu dem Kommissar hinunter.

»Siehst du das Ehepaar dort drüben?« flüsterte er. »Die beiden kommen seit Jahren, haben sich jeden Luxus geleistet. Aber heute haben sie nur ein einziges Essen bestellt. Ein einziges Essen mit zwei Bestecken! Ist das nicht verrückt?«

Er schüttelte sich, verdrehte verzweifelt die Augen.

Hofbauer zwang sich, sein Giros zu vertilgen, er genierte sich, mehr als die Hälfte wieder zurückzugeben. Er bestellte ein weiteres Glas Bier.

Odysseus verschwand wieder hinter seiner Theke.

Hofbauer blieb noch etwa zehn Minuten sitzen, betrachtete das stumme Ehepaar. Die beiden naschten tatsächlich mit zwei Löffeln an einer bescheidenen Nachspeise, nippten gemeinsam an einem Gläschen Wein. Dabei sprachen sie noch immer kein einziges Wort.

Als er zahlen wollte, stellte er fest, daß ihm der Apotheker vom Planegger Bahnhof zwanzig Euro zuviel herausgegeben hatte. Hofbauer war sich absolut sicher, er wußte über seine jeweilige Barschaft genauestens Bescheid.

Irritiert beglich er seine Rechnung, ging hinüber zu dem Hochhaus, das von außen aussah wie eine jener unpersönlichen Wohnmaschinen, in denen keiner seinen Nachbarn zur Kenntnis nimmt. Immer noch kopfschüttelnd rauschte er mit dem Lift in den sechsten Stock.

Auf dem Fußabstreifer seiner Wohnung fand er einen blaßblauen Teller mit Leberwurstbroten, eingehüllt in eine Plastikfolie. Obendrauf lag ein zierliches Zettelchen: »Guten Appetit! Love, Milly.«

Milly mit den roten Haaren!

Milly wohnte in der Wohnung über ihm, sie war Studentin der Germanistik und der Philosophie. Aber eigentlich war sie

Bardame in einem schummrigen Lokal. Und ganz eigentlich war sie Striptease-Tänzerin, hochgeachtet von Publikum und Kolleginnen.

Außerdem hatte sie sich in den Kopf gesetzt, das Schlagwort von den sterilen Wohnmaschinen Lügen zu strafen. Indem sie für Hofbauer sorgte wie für einen verhungernden Bruder. – Mit überraschenden gastronomischen Leckerbissen und kurzen, aufmunternden »Botschaften aus dem Rotlichtmilieu«, wie sie es selbstironisch nannte.

Ob die allgemein schlechte Stimmung auch schon bis in Millys Etablissement vorgedrungen war? Er nahm sich vor, seine Schutzpatronin bei nächster Gelegenheit zu fragen.

Hofbauer schnappte sich den Teller und verstaute ihn im Kühlschrank.

In seinen Lehnstuhl gegossen, betrachtete der Kommissar eine dämliche Talkshow, in der drei Experten wortreich erklärten, warum die deutsche Nationalelf mal wieder gegen die Faröer Inseln über ein Unentschieden nicht hinausgekommen war.

»German Angst«, knurrte er.

Mißmutig schaltete Hofbauer den Kasten aus, lehnte sich zurück, schloß minutenlang die Augen.

Wie konnte man diesen Menschen, der ihnen bei der Kiesgrube entwischt war, dingfest machen? Gab es eine Chance, ihn im Umfeld Patrizia Kellers zu finden? War es möglich, ein Phantombild anzufertigen?

Hofbauer erhob sich, wanderte ins Badezimmer und ließ den Tag ausklingen mit einem heißen Moorbad in seiner angegrauten Badewanne. Er nahm von den frisch gekauften Tropfen, die zumindest ein paar Stunden Schlaf versprachen.

Patrizia Keller war ausnehmend hübsch gewesen.

Und irgendwelche seltsamen Vorkommnisse im Waldkrankenhaus beunruhigten unbescholtene Planegger Bürger. Bis auf den Apotheker, der genau das Gegenteil behauptete.

Hofbauer spürte, wie die Tropfen zu wirken begannen. Er mußte sich um Bastian kümmern. Bastian, seinen Sohn. Aber wie?

»Ois is Blues«, murmelte er. Dann tauchte er ab.

Der nächste Morgen saß Hauptkommissar Hofbauer um neun Uhr in seinem Büro in der Münchner Ettstraße. Anita hatte sich krank schreiben lassen, was ihn ärgerte.

Bei einer Tasse schwarzem Kaffee studierte er die Zeitungen. Die Süddeutsche hatte er schon zu Hause gelesen. Sie brachte im Bayernteil einen kurzen Bericht über den Mord, mit einem Photo der Toten.

Der Merkur, den irgend jemand auf Hofbauers Tisch geworfen hatte, schrieb wolkig über die »geheimnisvolle Unbekannte in der Kiesgrube«. Der entsprungene Zeuge oder Täter, man war sich da nicht einig, gab Anlaß zu wagemutigen Theorien. Beide Presseorgane hatten die Kripo München und die Polizeidienststelle Planegg als Meldestelle für die üblichen »sachdienlichen« Auskünfte angegeben.

Gewohnt hektisch zeterten BILD und Abendzeitung. Es gab schon im voraus Schelte für die Polizei, die »wieder einmal blind im Dunkeln tappte«.

Den Mörder vermutete man in Ausländerkreisen, bei kiffenden Jugendlichen und frei herumlaufenden Einbrechern, die angeblich seit Monaten in den Planegger und Gräfelfinger Villen ihr Unwesen trieben. Man zerriß den Kommissar förmlich in der Luft wegen des geflohenen »Gangsters«.

Die Reporterin der Abendzeitung mußte im Nebenberuf, so vermutete Hofbauer, engagierte Friseuse sein. Sie schrieb ausführlich über des Mordopfers »Stufenschnitt«, eine Formulierung, die Hofbauer noch nie gehört hatte.

Eine Tatsache allerdings stand fest: Man hatte die Kollegen aus Planegg ganz hübsch ausgequetscht. Hofbauer schleuderte seinen Wohnungsschlüssel wütend auf den falschen Biedermeier-Schreibtisch. Der Schlüsselbund nahm das übel, und der

Anhänger, den der Kommissar aus Ibiza mitgebracht hatte, zersprang in die üblichen tausend Stücke.

Hofbauer suchte im Internet nach den Landkreisbeilagen von SZ und Merkur, studierte die beiden Artikel, die korrekt waren, aber sich natürlich noch auf dem Kenntnisstand vom vergangenen Tag bewegten.

Für wieviele ehemalige und aktuelle ›ständige Begleiter‹ von Patrizia brach jetzt eine Welt zusammen? War einer dieser Begleiter der Mann, der sie umgebracht hatte? Und wie stand es mit den Frauen der Männer, die jetzt Trauer trugen?

Patrizia war schwanger gewesen, er durfte das auf keinen Fall vergessen.

Hofbauer klappte sein Notizbuch auf und rief die Laimer Adresse an, die man ihm gegeben hatte. Eine Patrizia Keller allerdings kannte dort niemand.

Als er mitten im Aufsammeln der Bruchstücke seines Schlüsselanhängers war, erschien Patrizias Mutter. Und in ihrem Kielwasser Anita, im Safari-Look, mit merkwürdigen Löchern in den Ärmeln und einem kecken Lachen im Gesicht.

Hofbauer konnte seine Verblüffung nicht verbergen. »Ich dachte, Sie sind krank?« wunderte er sich.

»Es war nur ein Unwohlsein«, erklärte Anita. »Vielleicht krieg ich ein Kind?«

Es gelang ihm, ein »geschmacklos« gerade noch hinunter zu schlucken. Anita sagte, Frau Keller habe unten nach Hofbauer gefragt. Sie habe das Photo ihrer Tochter in der Zeitung gesehen. »In der BILD-Zeitung«, fügte sie empört hinzu.

Mama Keller war tatsächlich klein und dick. Und völlig aufgelöst in Tränen, Rotz und Wasser.

Sie drückten ihr Beileid aus, ehrlich und ernst.

Mutter Kellers Trauer war herzzerreißend.

»Sie war so ein gutes Mädchen«, schluchzte sie auf ihrem Stuhl. »Mein einziges Kind. Wissen Sie, was es bedeutet, sein einzig Fleisch und Blut zu verlieren?«

Hofbauer dachte an seinen Sohn, an die Tatsache, daß er ihn schon seit über einem Jahr nicht mehr zu Gesicht bekommen hatte. Aber was war ein Jahr gegenüber dem Leben, das diese Frau noch vor sich fand?

Dabei stimmte irgend etwas nicht mit ihr, er war sich da ganz sicher. Diese Augen, die Nase, sie waren charakteristisch, er hatte es schon x-mal gesehen. Es würde nur noch ein paar Minuten dauern, dann würde er es wissen.

»Ich dachte, so etwas trifft immer nur die anderen«, flüsterte Mutter Keller.

»Man denkt immer, es geht einfach alles so weiter.« Hofbauer ließ ein weiteres Atom Schlüsselanhänger in die dafür vorgesehene Streichholzschachtel fallen.

Frau Kellers Stimme war kaum mehr zu hören. »Warum haben sie das getan?« flüsterte sie.

Er betrachtete das kleine, dicke Etwas, das ihm da gegenüber saß, und es gelang ihm einfach nicht, sich vorzustellen, daß die schlanke, hübsche Patrizia ihre Tochter sein sollte.

»Wen meinen Sie mit ›sie‹?« erkundigte er sich vorsichtig.

»Wie?«

»Sie haben gesagt: ›Warum haben *sie* das getan?‹.«

Frau Keller putzte sich die Nase. Sah ihn unter dicken Augenlidern verschwommen an.

Patrizias Mutter hatte ein Problem, jetzt war ihm alles klar. Sie war Trinkerin. Er wettete um jeden Betrag, daß sie ein nicht allzukleines Fläschchen in ihrer abgewetzten Tasche trug.

Das Leben war zuweilen schwer erträglich, sie würde ihr Trostpflaster in der nächsten Zeit gut gebrauchen können.

»Die Scientologen haben es getan.«

»Wer?«

»Diese Sekte aus Amerika. Sie sind schon seit Jahren hinter Patrizia her. Rauben ihr ganzes Geld. Hunderte. Tausende.«

Der Kommissar lehnte sich zurück. Er sah zu Anita hinüber, die in einer Mischung aus Ablehnung und Mitleid der Vorstellung folgte.

Hofbauer dachte kurz nach, bevor er die nächste Frage stellte: »Ihre Tochter hat also, möglicherweise, Feinde gehabt?«

»Feinde? Wo denken Sie hin? Patrizia war beliebt bei Jung und Alt!«

»Bei jedermann«, er unterdrückte ein Lächeln.

Die Scientology Sekte!

Hofbauer erinnerte sich an das, was ›die Pforte‹ des Waldkrankenhauses Planegg gesagt hatte. An die ständige Suche Patrizias nach einem Erlöser. War also etwas dran an den Aussagen ihrer Mutter?

Die kramte nun tatsächlich in ihrer Tasche, man konnte das ominöse Fläschchen sehen. Aber Frau Keller beherrschte sich, sie forschte vorerst nur nach einem frischen Taschentuch.

Sie sagte: »Mein Mann lebt in Düsseldorf. Er hat von nichts eine Ahnung. Wir sind außerdem geschieden.«

»Verstehe.«

»Patrizia verdient gut.« Das frische Taschentuch wurde gegen das alte ausgetauscht. »Sie ist Apothekerin, müssen Sie wissen. In Starnberg. Oder sonst irgendwo. Sie erzählt mir ja nichts.«

Sie schnaubte unter neu fließenden Tränen.

»Ich dachte, Ihre Tochter ist Krankenschwester?« Hofbauer und Anita wechselten einen überraschten Blick.

Die kleine, dicke Frau ließ ein erbärmliches, fast schweineähnliches Quieken hören.

»Pat hat Pharmazie studiert! Mir zuliebe, mir ganz allein! Sie ist ja so intelligent! Sie *war,* muß ich ja jetzt sagen.«

Hofbauer rutschte nach vorne an die Kante seines Schreibtischstuhls. Aber Anita kam ihm zuvor.

»Wie heißt die Apotheke in Starnberg?« platzte sie heraus.

Frau Keller unterbrach ihr Tränenvergießen, hauchte ehrfurchtsvoll: »Obsidian-Apotheke.«

»Moment!«

Anita lief nach draußen. Man hörte sie in ihr Handy reden, halblaut ein paar Fragen stellen. Strahlend kam sie wieder.

»Ich habe mit der Auskunft gesprochen«, der Triumph in ihrer Stimme war unüberhörbar. »In Starnberg gibt's keine Obsidian-Apotheke. Aber in Planegg!«

»Des is allerdings ...« Hofbauer mußte das erst einmal verdauen.

Sie fragten die kleine, dicke Frau, ob sie bereit wäre, mit einem Beamten zum Krankenhaus zu fahren, um ihre Tochter zu identifizieren. Frau Keller besprach sich kurz mit Anita und verschwand dann wortlos in der Toilette, der Kommissar ahnte, was das zu bedeuten hatte.

Er griff zum Telephon und gab ein paar Anweisungen. Die kleine, dicke Frau erschien aufs Neue, sah jetzt unsagbar müde aus.

Sie versprachen, sich um alles zu kümmern und sie stets auf dem Laufenden zu halten.

»Nehmen Sie sich in acht«, Frau Keller kam ganz nahe an Hofbauer heran, »die Sekte kennt keine Grenzen. Sie rafft zusammen, was sie kriegen kann. Schonungslos!«

Der Smog des frisch inhalierten Cognacs waberte durch den Raum, aber Hofbauer störte er nicht.

»Ich möchte sterben«, sagte sie unvermittelt. »Ich schaffe das alles nicht mehr.«

Anita rettete die Situation.

»Aber nein«, rief sie. »Sie müssen am Leben bleiben! Sie müssen die Erinnerung an Patrizia bewahren. Das können nur Sie ganz allein!« Und dabei strich sie der Unglücklichen zärtlich über die Wangen.

»Solange Sie an Ihre Tochter denken, solange ist sie nicht tot!«

Frau Keller sah Anita entgeistert an.

Wann war sie zum letzten Mal von irgend jemandem gestreichelt worden? Der Kommissar warf einen erstaunten Blick auf seine junge Kollegin. Die gab den Blick lächelnd zurück.

Ein griesgrämig dreinblickender Beamter erschien.

»Ich soll zu einer Identifikation rausfahren«, meldete er. Er nahm die widerstrebende Frau unter seine Fittiche, stolperte mit ihr die Treppen hinunter.

Hofbauer warf sich entschlossen die Jacke über und ging zum Automaten im Parterre, um sich einen Kaffee rauszutrillern. Der Becher erschien, randvoll, das Getränk allerdings war lauwarm wie immer.

Hofbauer packte den Becher, tippelte vorsichtig zum Wagen und nahm neben der wartenden Anita Platz.

Er murmelte: »Die Limonade ist matt wie deine Seele.«

Ergeben goß er die Flüssigkeit in sich hinein.

»Friedrich von Schiller«, sagte Anita, »Kabale und Liebe.«

»Und ganz ohne Joker!«

Anerkennend runzelte Hofbauer die Stirn.

Münchens Dauerstau ließ sie nur langsam vorwärtskommen.

Auf Schleichwegen zuckelten sie Richtung Lindauer Autobahn, brauchten über eine halbe Stunde durch die City.

Hofbauer wählte die Nummer der Planegger Kollegen. Zum Glück war Zinner am Apparat, er wirkte gestreßt, aber leidlich gefaßt. Der Kommissar informierte ihn ausführlich über die Ereignisse der letzten 24 Stunden.

Zinner räusperte sich bedeutungsvoll.

Acht Planegger Bürger hatten bis jetzt auf die Zeitungsberichte hin bei ihm vorgesprochen, persönlich, wie er betonte. Zwölf meldeten sich per Telephon, drei per Fax und 17 per Internet.

Die meisten kannten Patrizia Keller als Mitarbeiterin der Obsidian-Apotheke, sie erzählten immer wieder das Gleiche. Gut ein Drittel der Leute aber hatte den Mordfall zum Anlaß genommen, sich über vogelzeigende Autofahrer, rücksichtslos grillende Nachbarn und ruhestörende Biergartenbesucher zu beschweren,

»Wie finden Sie das?« schnarrte Zinner empört.

»Blöd«, beruhigte Hofbauer, »aber nicht zu ändern.«

Eine kurze Stille trat ein, dann war der Kollege wieder zu hören.

»Soll ich Ihnen kurz durchgeben, was ich mir aufgeschrieben habe?« erkundigte er sich.

»Bitte!«

Patrizia Keller hatte, so der Bericht Zinners, erst seit ein paar Monaten in der Obsidian-Apotheke gearbeitet, wie lange genau, wußte niemand. Inhaber sei ein gewisser Gerald Kobol, 37 Jahre alt, verheiratet, ein Kind.

Patrizia Keller war stets freundlich zu den Kunden und Patienten. Sie war meistens mit dem Bus in die Apotheke gefahren, manchmal auch mit dem Rad. (Ein sehr teures Rad, wie ein Spezialist behauptete.)

Sie hatte ein Verhältnis mit Herrn Kobol unterhalten. Sie hatte kein Verhältnis mit Herrn Kobol gehabt. Sie war sehr charmant, die Leute seien empört und verunsichert, betonte Zinner. Man solle den Flüchtigen vom Tatort schleunigst festnehmen.

Hier unterbrach Hofbauer den Zinnerschen Monolog. »Hat die Fahndung schon irgendwelche greifbaren Ergebnisse gebracht?« forschte er gespannt.

Zinners energisches Kopfschütteln war beinahe hörbar.

»Aber nein!« Er schien sich zu konzentrieren, dann beendete er seinen Bericht mit dem ›Ansinnen‹ der Leute, auch den Einbrecher an der S-Bahnstrecke schleunigst dingfest zu machen. Außerdem müsse die Polizei die Jugendlichen, die sich rund um die Skateboardbahn des Feodor-Lynen-Gymnasiums zusammenrotteten, besser in den Griff bekommen.

Hofbauer hörte Papier rascheln und das empörte Räuspern des Planegger Kollegen.

»Der Apotheker selbst hat sich nicht gemeldet?« fragte er.

Zinner dachte kurz nach. »Nein«, sagte er dann.

»Das ist sonderbar.«

»Ja«, bestätigte Zinner. Der Kommissar teilte ihm mit, sie seien jetzt eben dabei, die Autobahn zu verlassen. »Wir fahren direkt zur Apotheke.«

»Selbstverständlich.«

»Wir kommen dann noch bei Ihnen vorbei.«

»Wie Sie meinen.« Die Begeisterung in Zinners Stimme klang eher verhalten.

»Bis später.«

»Ende!«

Anita bog in die Pasingerstraße ein. Ein Kieslaster ratterte scheppernd vor ihnen her, Richtung Gräfelfing. Sie schlichen hinter ihm drein, bis der Laster nach links zum Quetschwerk abbog.

Die Obsidian-Apotheke lag in einer kleinen Siedlung, eingebettet zwischen einem Supermarkt und einem Schreibwarenladen.

Ein Damenfriseur kümmerte sich um Waschen und Legen der weiblichen Bewohner. Zwei stolze ›Wolkenkratzer‹ überragten die zeilenförmig aneinandergeklebten Reihenhäuser, direkt gegenüber der Apotheke gab es noch einen halbfertigen Neubau. Friedlich plätscherte ein Brunnen in den späten Vormittag.

Anita chauffierte das Auto gekonnt neben eine buntbemalte Ente auf den weit ausladenden Parkplatz.

»Alsdann, pack ma's wieder!« Erleichtert stellte Hofbauer fest, daß es einigermaßen forsch und kämpferisch klang.

Sie stiegen aus und betraten die Apotheke.

Der Besitzer stand im blütenweißen Kittel hinter seinem mit bunten Schachteln bedeckten Verkaufstisch, eine übergroße Packung Tabletten in der Hand. Er sprach mit einer älteren Frau, die eine abgewetzte Einkaufstasche an sich drückte.

Der Apotheker wirkte angegriffen. Sein Blick ging zu Hofbauer und seiner Mitarbeiterin, er taxierte sie kurz, wandte sich dann wieder der Frau mit der Tasche zu.

»Sie war immer so ein nettes Mädchen«, sagte die Frau.

Kobol nickte.

»Was machen Sie denn nun ohne sie?«

»Ich bin ohne sie völlig aufgeschmissen.«

Die Frau beugte sich über den Ladentisch. »Sicher war es dieser Terrorist«, flüsterte sie erschauernd.

Der Apotheker nahm die Tablettenschachtel, knallte sie etwas zu laut auf den Tisch.

»Wenn Sie die Doppelpackung nehmen«, wieder huschte sein Blick zu Hofbauer hinüber, »sparen Sie gute fünf Euro! Es ist das Mittel der Wahl in Ihrem Fall. Und seit Jahrzehnten bewährt.«

Die Frau mit der Tasche hatte gar nicht zugehört.

Sie fing laut an zu klagen: »Und das Allerneueste! Haben Sie davon schon gehört? Unsere Tabletten kommen jetzt aus Ägypten oder was weiß ich. Ist das nicht unheimlich?«

»Sie sollten sich nicht verrückt machen lassen«, sagte der Apotheker.

Die Tür sprang auf und ein Mann mit einer grünen Plastikwanne stürmte herein. »Mens Sana A.G.!« brüllte er. Rannte an Kobol vorbei nach hinten, man hörte ihn rumoren und herumräumen, dann erschien er wieder, mit einem Stapel leerer Wannen beladen. Bei Kobol machte er Halt.

»Herzliches Beileid!« raunte er. »Das wird jetzt schwer werden für Sie!« Und schon war er verschwunden.

Die Frau mit der Einkaufstasche schnüffelte empört: »Wer war denn das?«

»Der Fahrer vom Großhandel«, erklärte der Apotheker. »Er hat es immer eilig.«

Der Kommissar räusperte sich. »Hofbauer«, sagte er förmlich. Sie präsentierten ihre Ausweise. »Kripo München. Anita Mauermann, meine Kollegin. Können wir Sie kurz sprechen?«

Der Apotheker stutzte.

»Frau Kriebig?« rief er über die Schulter. »Jetzt müssen Sie doch mal bitte, es geht nicht anders ...«

Eine etwas zu aufwendig bemalte Apothekerin erschien.

Sie war das, was man früher ein »spätes Mädchen« genannt hatte, sehr beflissen verbarg sie doch eine deutlich sichtbare Unsicherheit, wobei ihr eine ständig ins Gesicht fallende Haarsträhne argen Verdruß zu bereiten schien.

Sie trat ganz nahe an Kobol heran, was diesen sichtlich störte.

»Frau Kriebig wird Sie beraten«, wandte sich Kobol an seine Kundin. »Unsere liebe Frau Müller hat Probleme mit dem Blutdruck«, er drückte der Kollegin die große Schachtel in die Hand. »Wir haben den Blutdruck gemessen, und er war ein ganz klein wenig erhöht. Ich habe Knoblauch-Kapseln empfohlen. Sie werden das schon schaffen!«

Die Kollegin nickte.

Der Apotheker führte seinen Besuch ins Nachtdienstzimmer, einem über und über mit Angelhaken, Angelruten, Fischernetzen und ähnlichen Utensilien vollgestopften Raum. Zwei Computer standen auf dem schmalen Schreibtisch neben Telephon und Faxgerät. Fernseher und Musikbox hatten in der freien Ecke gegenüber der Tür Platz gefunden. Ein prachtvoll geschnitzter Bauernschrank versuchte die Erinnerung an gute, alte Zeiten wachzuhalten.

»Was kann ich für Sie tun?« fragte der Apotheker.

Bastian Hofbauer saß im »Sagittario« und trank eine Cola. Der Vormittag war mal wieder extrem öde verlaufen, mit einer verhunzten Mathe-Probe und einem total bekifften Physiklehrer. Wenn es so weiterging, rasselte er durch, ein persönliches Sonderlob vom Direktor inklusive.

Bastian fingerte sich eine Zigarette aus der Hemdtasche, zündete den Glimmstengel an. Er nuckelte an seiner Cola.

Mathe schwach, Physik sehr schwach, alles andere mieser Durchschnitt: Fröhliche Weihnachten!

Doch es war nicht immer so gewesen. Der Schüler Bastian Hofbauer lag mal ganz oben in den Charts, Leistungsklasse, B-Jugend, harter linker Schuß. Der Liebling von Trainer Bieliki. Gute Noten. Mütterchen war glücklich. Und Bastian auch.

Er schnippte die Asche auf den Boden. Sein Alter war abgehauen, ging in München auf Gangsterjagd, und kümmerte sich einen Dreck um seinen Sohn.

Die Ehe seiner Eltern war im Eimer, schon seit ewigen Zeiten, warum, wußte er nicht. Sie hatten zum Schluß kein Wort mehr miteinander gesprochen, waren stumm durch das Haus geschlichen und hatte sich seitenlange Briefe geschrieben, die voller schwerer Vorwürfe waren.

Bastians Mutter hatte einmal ein paar Bemerkungen gemacht, von denen er nur die Hälfte kapiert hatte. Aber er spürte, daß nichts mehr zu retten war.

Carola!

Wenn Carola kam, konnte er sie anquatschen und ein wenig Spaß haben. Vielleicht ein paar Dauerbrenner landen, ganz intensiv. Nicht die übliche kindische Busselei. Aber dann?

Es ging nicht weiter mit Carola, ein bißchen Gefummel im Kino, das war alles. Dabei hatte er total intensive sexuelle Bedürfnisse, so nannte man das wohl. Beim Zeus, er war jetzt 16, und noch immer Jungfrau. Manche machten an ihrem Penis rum, er wußte das, fand es aber schrecklich daneben.

Carola mal mit nach Hause bringen!

Das wär's gewesen! Ganz dicht neben Carola hocken, auf Carola liegen, ihre Brüste bestaunen, ihren Nabel küssen, alles unter die Lupe nehmen. Und dann am Morgen mit ihr zusammen aufwachen.

Aber die Mutter war sauer auf ihren Sohn.

Schon seit Monaten. Wegen der Noten und weil er ständig Geld brauchte. Nicht für sich, sondern weil er in die Hände von skrupellosen Verbrechern gefallen war, die sich entschlossen hatten, ihn fertigzumachen. Aber davon hatte seine Alte keinen Schimmer.

Bastian warf die Kippe in den Aschenbecher, stellte fest, daß der Saft schon wieder weggesoffen war. Ein neuer war nicht drin, die paar Euro, die er noch hatte, galten als eiserne Ration. Und seit die Besitzer des »Sagittario« auf Inflation umgestellt hatten, war für ihn sowieso schon nach kürzester Zeit Feierabend. Der Geldbeutel, den er auf den Tisch legte, fühlte sich schmal an und sehr dünn.

Er sah nach draußen.

Es war nicht zu fassen! Sie waren wieder da, Jerome und Thorben! Kein Mensch wußte, woher sie kamen. Bastian wußte nicht einmal, ob sie in Planegg wohnten oder sonstwo. Sie tauchten auf und verschwanden wieder, wie sie grade wollten.

Er duckte sich, aber die beiden hatten ihn schon entdeckt. Sie stolperten über die Straße, quetschten sich durch die Tür, hockten sich neben ihn. Nahmen ihn in ihre Mitte.

»He, Kumpel«, dröhnte Thorben, »ist aber Klasse, daß wir dich auch mal wieder sehen. Warum machst du dich so rar?«

Er bestellte drei sündteure Drinks, ein dickes Schinkenbrot für sich und eine zusammenklappbare Pizza für Jerome. Der tätschelte Bastian linkisch die Wange.

»Du wolltest doch am Sonntag mit in die Stadt fahren? Wir haben dich echt vermißt!«

»Ich mußte lernen«, log Bastian.

Jerome wieherte: »Kann ich verstehen. Wer mal Professor werden will, muß büffeln.«

Von der Theke schlich Jimmy herbei und stellte die Drinks schweigend auf den Tisch. »Cheers!«

»Warum säufst du nicht mit uns, Bastian Hofbauer?«

»Keine Lust!«

»Na sowas!«

Gönnerhaft legte Jerome den Arm um ihn, aus der Umarmung wurde ein Schwitzkasten, triumphierend griff sich Thorben Bastians Geldbörse.

»Laß mal sehen!« Sie kippten den Inhalt auf den Tisch.

Jerome fletschte die Zähne. »Fünfzehn Euro, immerhin! Die kann ich gut gebrauchen.«

Einen Schlager summend ließ er das Geld in seinem Hemd verschwinden. »Du hast hoffentlich nichts dagegen.«

»Kriegst es bestimmt wieder«, beruhigte Thorben.

Pizza und Schinkenbrot erschienen. Die beiden begannen zu fressen wie die Weltmeister.

»Erinnerst du dich an das letzte Mal?«

Bastian schwieg.

Jerome mampfte ein widerwärtig dickes Stück. »Da bist du wesentlich großzügiger gewesen. Hast 'nen Hunni rausgerückt, das war echt Klasse! Übrigens, dein Mini-Disc-Player ist super. Wenn du heute die Rechnung zahlst, kriegst du ihn wieder. Wir sind nämlich gar nicht so.«

Bastian warf einen flehentlichen Blick zu Jimmy hinüber, doch der tat, als habe er nichts gehört und nichts gesehen.

Steckte er mit den Gangstern unter einer Decke? Aber auch die beiden Greise, die neben der Garderobe gelangweilt zum Fernseher glotzten, kümmerten sich nicht um ihn. Und die Frau in der Ecke blätterte seelenruhig in ihrer Illustrierten.

Ein paar Minuten vergingen, dann fing Jerome wieder an: »Wem gehört denn der geile Schlitten vor eurem Haus? Dem Herrn Papa?«

»Oder deiner fucking Mama?« Thorben wollte zeigen, daß er ebenso viel drauf hatte wie sein Freund.

Da erschien Carola.

Zusammen mit Lisa schwebte sie herein, betrachtete staunend das seltsame Trio und ging zögernd zur Musikbox.

»Deine Liebste, hm?« Jerome schob sich das letzte Stück Pizza in den Mund. »Spiel uns das Lied vom Tod!« Er lachte sich kaputt.

»Nächstes Mal«, Bastian konnte Jeromes ekligen Atem spüren, »gehn wir in den Wald. Dort liegen noch mehr verbuddelt, die nicht spuren.«

»Du hast sie wohl nicht alle!« Bastian wurde übel vor Scham und Angst. »Was wollt ihr denn von mir?« stotterte er. »Ich hab euch doch nichts getan!«

Das Pickelgesicht seines Peinigers kam jetzt noch näher. »Wir ziehen dich ab«, er roch widerlich nach Pizza und kaltem Rauch, »bis du fix und foxi bist. Kommenden Freitag treffen wir uns am Kino. Gleiche Zeit. Da brauche ich 1500. Oder du wirst abgespritzt!«

Er verpaßte Bastian einen Hieb in den Bauch, erhob sich im Zeitlupentempo und schlurte davon, Thorben hinterher.

»Unser Kumpel zahlt!« rief er Jimmy fröhlich zu.

Carola drückte eine Taste der Musikbox. »Yesterday ...«, schallte es durch den Raum.

»Sind das jetzt deine neuen Freunde?« fragte sie unsicher.

»Ich hab nichts mit diesen Typen zu tun.«

»Warum redest du dann mit ihnen?«

»Weil, versteht ihr, die Sache ist die ...«

Die beiden flüsterten miteinander, gaben sich hochmütig, hatten Geheimnisse wie zwei Kindergartenkids.

»Eigentlich hab ich jetzt gar keinen Bock mehr, hier rumzuhängen«, sagte Carola laut.

»Wir könnten auch bei Paolo vorbeigucken«, schlug Lisa vor.

»Paolo wär nicht übel!« Und schon waren sie draußen.

Bastian saß auf seinem Platz und kam sich vor wie der echte Looser.

Was sollte er tun?

Seine Geldbörse war leer, wie sollte er da die Rechnung seiner Feinde bezahlen? Er mußte Jimmy anpumpen oder sich etwas ganz Witziges einfallen lassen, einen Ohnmachtsanfall oder sonst irgendeine starke Zirkusnummer.

Wenn er einfach zu Carola rausging und ihr alles erklärte? Ein toller Gedanke, wirklich umwerfend! Er sah sich um. Jimmy paffte versunken seine Roth Händle. Die Greise schienen zu schlafen, die Frau ergötzte sich noch immer an ihrem Kreuzworträtsel. Bastian erhob sich. Er konnte ja nicht ewig hier sitzen bleiben. Außerdem war sowieso alles egal. Was konnte ihn heute noch erschüttern?

Er ging durch die Tür, Schritt für Schritt, an den Mädchen vorbei, die ihn mit großen Augen bestaunten, hin zu seinem Rad. Sprang auf und fuhr davon, als ob nichts gewesen wäre.

Niemand folgte ihm.

Sie setzten sich auf ein geblümtes Sofa, etwas zu eng nebeneinander, wie Hofbauer verwirrt feststellte. Außer dem Sofa gab es für Besucher keinen Platz in der Herberge.

Kobol ließ sich, merkwürdig steif, auf seinem Schreibtischstuhl nieder. Hofbauer wartete, aber als auch der Apotheker beharrlich die Lippen zusammenpreßte, stellte er seine erste Frage.

»Sie sind Angler?« sagte er mit Blick auf die erlesenen Geräte an der Wand.

»Früher war ich das mal«, antwortete Kobol. »Jetzt kann ich keine Fische mehr töten.« Er zuckte die Achseln.

Hofbauer nickte. »Wir kommen wegen Patrizia Keller«, sagte er. »Haben Sie sich nicht gewundert, daß Ihre Mitarbeiterin am Montagmorgen nicht erschienen ist?«

Er betrachtete Kobol genau, der Mann saß direkt neben einem großen Photo, das ihn in Badehose und T-Shirt zeigte, einen gewaltigen Hecht quer vor seinem Bauch. Hofbauers Gegenüber wirkte auf dem Bild nur unwesentlich schmäler als in vollem Ornat, aber in der Tat um ein paar Jährchen jünger.

»Es ist ein großer Verlust für mich«, begann der Apotheker, »Patrizia war ein so wertvoller Mensch. Sie hat uns viel gegeben, uns allen, hier in unserem kleinen Unternehmen, ich meine, sie war ...«

Er hielt mitten im Satz inne, rutschte nervös auf seinem Stuhl hin und her.

»Sie haben meine Frage nicht beantwortet«, sagte Hofbauer kühl.

Kobol starrte ihn an, beugte sich nach vorne, lehnte sich jählings wieder zurück.

In der Offizin hörte man Frau Kriebig geschäftig Schubladen auf- und zuziehen, draußen, direkt unter dem Bürofenster, rauschte ein Auto in die Tiefgarage.

Kobol versuchte, seinen silbernen Kugelschreiber senkrecht auf die Tischplatte zu stellen. Der Kugelschreiber fiel zur Seite und rollte auf den Boden, wo ihn Kobol schlicht zu vergessen schien.

»Patrizia hatte ein paar Tage Urlaub«, sagte er, »einen Kurzurlaub, nicht wahr, ich weiß nicht, wohin sie gefahren ist, möglicherweise nach Wien oder so ähnlich. Sie sollte erst übermorgen wieder mit der Arbeit beginnen. Ich habe sie also keineswegs vermißt, wenn Sie das meinen oder darauf hinaus wollen ...«

Wieder beugte er sich ruckartig nach vorne.

»Finden Sie den Mörder! Ich bitte Sie dringend! Finden Sie ihn! Wir sind es ihr schuldig!«

Anita lehnte sich lässig zurück, unbeeindruckt von den Worten des Apothekers.

»Wann haben Sie von dem Mord erfahren?« fragte sie sachlich.

»Heute morgen, durch die Zeitung. Und von meinen Kunden, natürlich.« Kobol hob nun doch den Kugelschreiber auf. »Ich bin noch ganz betäubt, Sie werden das verstehen. Patrizia war ...«

»... ein so wertvoller Mensch«, ergänzte Hofbauer gereizt.

»So ist es.«

Hofbauer konnte diesen Onkel Sanftman nicht leiden.

Er redete wie ein Prediger, der es nicht fertigbrachte, die berühmte Fliege zu erschlagen. Dabei hatte er, nach den

Mordwerkzeugen an der Wand zu urteilen, schon hunderte von Fischen umgebracht. Aber das war edles Weidwerk, das war etwas ganz, ganz anderes! Und außerdem: Der Apotheker war ja jetzt angeblich clean, zumindest behauptete er das.

Aber wieso war er so nervös? Was hatte er zu verbergen?

»Wie lange haben Sie schon diese Apotheke?«

»Fünf Jahre.«

»Zufrieden mit dem Umsatz?«

»Leidlich, ich meine, es geht!«

Die Antwort kam zögerlich, gequält, so als ob sie dem Apotheker schon zu oft gestellt worden wäre. Und er sie schon zu oft falsch beantwortet hätte.

Hofbauer betrachtete die Photos ferner Länder, in deren Gewässern dieser Petri-Jünger schon herumgewühlt hatte, und machte sich seine speziellen Gedanken.

»Wann haben Sie Patrizia Keller zum letzten Mal gesehen?« fragte er mit dienstlicher Stimme.

»Samstagmittag.«

»Und wo waren Sie in der Nacht vom Sonntag auf Montag?«

Der Apotheker schien auf diese Frage gewartet zu haben.

»Ich hatte Nachtdienst«, sagte er ein wenig zu schnell. »Wenn Sie im Plan nachschauen wollen.« Er kramte in einem Stoß gestapelter Papiere, reichte Anita einen zusammengefalteten Kalender, die blätterte ein wenig ratlos darin herum.

»Paßt schon!« nickte Hofbauer. »Dürfen wir den Plan behalten?«

»Selbstverständlich!«

Frau Kriebig erschien in der Tür, wischte sich ihre Strähne aus der Stirn. »Entschuldigung«, sagte sie, »daß ich störe. Aber Kollege Delft ...«

Ein sportlich gebauter Mann tauchte auf, schob Frau Kriebig ungestüm zur Seite und stürzte sich auf Kobol.

»Da sitzt er ja, unser Pechvogel!« Er schüttelte ihm die Hand. »Sowas kann aber auch nur dir passieren!« Und dabei tat er so, als sei das Ganze eine ungemein lustige Angelegenheit.

Kobol verlor jetzt doch für einen kurzen Augenblick die Fassung. Er machte eine hilflose Geste Richtung Frau Kriebig, dann stotterte er: »Das ist aber nett, daß du ... Hör mal, kannst du dir vorstellen, wie mir zumute ist?«

Der andere gab sich souverän.

»Scheußliche Angelegenheit«, er zündete sich eine Zigarette an, »absolut bescheuert. Ich war kurz in der Fabrik, als ich es erfahren habe. Die sind dort alle von den Socken. Schönen Gruß von Evelyn soll ich dir übrigens sagen, wenn du Hilfe brauchst, kannst du sie jederzeit anrufen. Mich übrigens auch, ist doch selbstredend, was ich sagen wollte, meine neuen Antihypertonica entwickeln sich prächtig.«

Erst jetzt schien er die beiden Beamten zu bemerken.

»Ich sehe, du hast Besuch«, er nahm einen tiefen Zug von seiner Zigarette, streute die Asche, ohne mit der Wimper zu zucken, in seine hohle linke Hand. »Naja, muß auch mal sein.«

»Kommissar Hofbauer von der Kripo München«, stellte Kobol vor. »Kollege Gernot Delft von der Bahnhof-Apotheke. Und das hier ist Frau, äh ...«

»Mauermann«, half Anita.

»Ach ja.«

Hofbauer erhob sich. Er hatte den Pharmazeuten sofort erkannt, seine hektische Art, sich zu bewegen und die Worte in die Gegend zu schleudern.

»Ich war bei Ihnen«, sagte er. »Gestern abend. Ich habe ein Rezept eingelöst. Sie haben mir zwanzig Euro zuviel rausgegeben.«

Gernot Delft war so perplex, daß es ihm für Sekunden die Sprache verschlug.

In der linken Hand hielt er das Häufchen Asche, in der rechten den Zigarettenstummel. Und ehe Hofbauer irgend etwas sagen konnte, zog sein Widerpart ein verschmitztes Gesicht und seine Sprachgewalt gewann wieder die Oberhand.

»Das ist der Gipfel«, trompetete er. »Was meint ihr?« Und als niemand antwortete, rief er: »Apothekern, die zwanzig Euro in den Sand setzen, gehört die Konzession entzogen. Oder etwa nicht?«

Er streute die Asche in den Papierkorb, der neben dem Fernsehapparat stand, drückte die Zigarette im Aschenbecher aus. Als Hofbauer seinen Geldbeutel zückte, hob er abwehrend die Hand.

»Um Gottes Willen«, er sprang einen Schritt zurück, »behalten Sie die Kohle! Stiften Sie sie der Polizeikasse oder sonst irgendwem!«

Er boxte dem verblüfften Kobol in die Seite. Und zu Hofbauer gewandt sagte er: »Die Politik nimmt uns das allerletzte Scherflein, die Krankenkassen plündern uns aus wie die Strandräuber. Da kommt's auf einen Zwanziger auch nicht mehr an, stimmt's, Gerald?«

Der Besitzer der Obsidian-Apotheke gab keine Antwort. Er schien geistig völlig weggetreten.

Delft ließ sich nicht beirren. »Aber wir halten unser Fähnlein aufrecht!« trompetete er. »Angriff ist die beste Verteidigung! Wir wehren uns! Mit ehrlichen Mitteln! Nicht mit«, er suchte nach den richtigen Worten, »nicht mit Lug und Trug. Mit Nettopreisen. Mit dem ›schnellen Taler‹, wenn Sie wissen, was ich meine.«

»Ich bin da anderer Ansicht«, sagte Kobol leise. Aber sein Freund schien ihn gar nicht zu hören.

Die beiden Kripoleute hatten nicht die leiseste Ahnung, wovon die Rede war.

»Wir telephonieren«, schnaubte Delft in Richtung seines Kollegen. »Am Freitag ist Versammlung. Du kommst doch, oder?«

»Wie?«

»Ob du zur Versammlung kommst!«

»Ob ich?«

»Ob du wieder mitgehst, zum großen Palaver? Am Freitag!«

»Aber ja, natürlich, selbstredend.«

Delft grinste diabolisch.

»Wenn Sie mal echte apothekerliche Luft atmen wollen«, riß er Hofbauer aus dessen Gedanken, »Arabella-Hotel, 9 Uhr. Apotheker gegen Apotheker. Sie werden sich köstlich amüsieren!«

Kobol zog ein unglückliches Gesicht.

Genierte er sich für seinen Freund? Oder hatte er andere Sorgen? Sein Kollege verbeugte sich sportlich, murmelte irgend etwas, in dem das Wort Mitgefühl vorkam und eilte davon.

Sie hörten die Ladenglocke klingeln.

Frau Kriebig war die erste, die sich faßte. »Soll ich zuschließen?« wollte sie wissen, scheinbar unberührt von der ganzen Vorstellung.

»Ich mach das schon«, nickte ihr Chef.

Seine Angestellte zuckte unmerklich zusammen, irgend etwas schien ihr Kummer zu bereiten. Schließlich wünschte sie, nicht unbedingt sehr höflich, einen »Schönen Nachmittag«.

»Sie sind Apothekerin?« fragte Hofbauer schnell.

Frau Kriebig bejahte, mit deutlichem Stolz in der Stimme.

Der Kommissar erklärte: »Unsere Fragen sind reine Routine, Sie werden das verstehen. Aber wir kommen nicht drum herum. Wo waren Sie in der vergangenen Nacht?«

»Ich war im Bridgeclub«, die Apothekerin sagte es ohne zu zögern. »Bis ein Uhr. Brauchen Sie die Telephonnummer unserer ersten Vorsitzenden?«

Anita notierte sich die Nummer.

»Kann ich dann gehen?«

»Von mir aus, ja.«

Noch einmal der Wunsch für einen »Schönen Nachmittag«, ein merkwürdiger Blick zu ihrem Chef, dann war sie verschwunden. Hofbauer steckte den Zwanziger, den er noch immer in der Hand hielt, in seinen Geldbeutel zurück.

«Patrizias Adresse«, flüsterte Anita.

»Können Sie uns die Anschrift von Patrizia Keller geben?« sagte der Kommissar laut, mit einem dankbaren Blick auf seine Kollegin.

Kobol nahm einen dünnen Ordner aus dem antiken Schrank, schlug eine Seite auf. »Agnes-Bernauer-Straße 138«, sagte er. »Dritter Stock.« Er schob den Ordner wieder zurück.

»Hatte sie irgendwelche privaten Sachen hier?«

»Eine Jacke, glaube ich, oder ein paar Schuhe, vielleicht, ich weiß es nicht. Und natürlich die üblichen weißen Kittel.«

Anita verschwand, kam nach zwei Minuten wieder.

»Birkenstock-Sandalen«, meldete sie. »Wie wir sie schon in der Kiesgrube gefunden haben.«

Hofbauer setzte das Gespräch fort. »Und wie lange war Fräulein Keller schon bei Ihnen?«

»Seit Februar. Oder war es Januar? Das arme Mädchen! Ich kann es immer noch nicht fassen.«

»Sie haben keinerlei Verdacht?« fragte Hofbauer.

Dieser Mensch wirkte fahrig wie ein Prüfling vor dem Examen. Geistig völlig abwesend.

»Gab es irgendwelche Eifersüchteleien? Feindschaften und dergleichen?«

Die Antwort überraschte ihn.

»Da waren Türken«, sagte Kobol. Er setzte sich wieder auf seinen Drehstuhl, versuchte erneut, seinen Kugelschreiber zu dressieren. »Junge Burschen, vielleicht 25 oder so.«

»Und?«

»Ich kenne mich ja nicht aus mit deren Ritualen«, Kobols Stimme war jetzt fast gehässig. »Aber sie warteten nahezu täglich vor der Tür. Saßen in ihrem Auto und warteten, stundenlang. Und wenn Patrizia rauskam und zu ihrem Fahrrad ging, sind sie hinter ihr her. Wie hinter der läufigen Hündin.«

Er stockte. »Entschuldigung! Das ging jetzt zu weit!« Er knipste ein paarmal mit seinem Kugelschreiber, hatte sich aber schnell wieder in der Gewalt. »De mortuis nil nisi bene«, murmelte er, »so heißt es doch wohl?«

»Wenn sich mein Lateinlehrer nicht geirrt hat, heißt das so«, bestätigte Hofbauer.

»Und Sie sind sicher, daß es Türken waren?« hakte er nach. »Könnten es nicht auch Jugoslawen gewesen sein? Oder Italiener?«

»Vielleicht.«

»Würden Sie den einen oder anderen wiedererkennen«?

»Möglich.«

Der Apotheker erhob sich, zog seinen Kittel aus und warf ihn über den Stuhl.

»Lassen Sie mich jetzt bitte in Ruhe«, sagte er. »Ich habe Mittagspause. Das alles war doch ein bißchen zu viel für mich. Sie müssen wissen«, flüsterte er, »Patrizia war ein Engel!«

»Sie war schwanger«, sagte Hofbauer.

»Aber nicht von mir«, erklärte Kobol kühl.

Und sanft, aber sehr bestimmt lotste er die beiden Beamten durch die leere Offizin und zur Türe hinaus.

Das »Menü des Tages« bestand aus Kartoffelsuppe, Tafelspitz und Himbeer-Sorbet.

Sie saßen im Biergarten des Bräustüberls, im Schatten der original bayrischen Kastanienbäume und studierten die Speisekarte. Die Yuppies glänzten heute durch Abwesenheit, auch hatte es zum Glück niemanden zu beerdigen gegeben.

Hofbauer hatte Hunger, aber keinerlei Appetit. Dennoch bestellte er das Menü, wobei er sich vornahm, das Himbeer-Sorbet seiner Kollegin zu überlassen.

Die gab, wie konnte es anders sein, nur die Kartoffelsuppe in Auftrag. Der Wirt tauchte auf, ein lustig aussehender Mann mit kunstvoll gezwirbeltem Schnauzbart. Er wanderte von Tisch zu Tisch und lobte den blauseidenen Planegger Himmel.

Von German Angst war im Bräustüberl nichts zu spüren. Der Mann mit dem Schnurrbart schien mit sich und den Umsätzen zufrieden zu sein, auch wenn am heutigen Tag ein paar Tische unbesetzt geblieben waren.

»Wir müssen in die Agnes-Bernauer-Straße fahren«, sagte Hofbauer. »Damit wir mehr über Patrizia rauskriegen. Wir wissen noch viel zu wenig über sie.«

»Sie war ein Engel.« In Anitas Stimme lag deutlich hörbar ein Schuß Sarkasmus. »Everybody's darling.«

»Denken Sie an das, was ›die Pforte‹ des Waldkrankenhauses gewußt hat.«

»An die Hahnenkämpfe?«

»Genau die.«

Die Bedienung kam und servierte die dampfenden Suppen. Sie bliesen und rührten und begannen dann, schweigend zu löffeln. Niemand störte sie.

Hofbauer unterbrach die feierliche Stille.

»Warum war dieser Kobol so nervös?« Er schien nicht unbedingt eine Antwort zu erwarten. »Er hat ein erstklassiges Alibi. Aber er hat etwas zu verbergen, darauf wette ich!«

»Jeder hat vor der Polizei ein schlechtes Gewissen«, sagte Anita.

»Und wenn's nur wegen ein paar mieser Tricks bei der Steuererklärung ist.«

Der Kommissar nickte.

»Patrizia hatte keine Feinde«, dachte er laut, »jedenfalls kennen wir sie nicht.«

»Und die Scientology-Sekte?«

»Schmarrn!« Er zerbröselte ein Stück Brezel zwischen seinen Fingern. »Sie glauben doch nicht etwa an den Senf, den uns ihre Mama verzapft hat?«

Anita sammelte ein paar Tröpfchen Kartoffelsuppe in ihren Löffel.

»Ich hatte mal einen Freund«, sie sagte das mehr zu sich selbst als zu ihrem Chef, »der hat fünftausend Euro im Monat verdient. Prima Job, absolut krisensicher. Dann ist er zur Sekte gestoßen. War jahrelang dabei.«

»Und?«

»Jetzt lebt er unter der Brücke!«

Der Tafelspitz kam, zusammen mit dem üblichen kleinen Bier, und Hofbauer war für Minuten sehr beschäftigt.

»Wissen Sie, was unser neuer Mitbürger, der ehrengeachtete Zeppelin früher mal war?« Er versuchte, eines der Spitzenschürzchen herbeizurufen. »Genialer Photograph, Stern, Geo, Spiegel. Der Mann vom Kiosk hat es mir erzählt. Dann kam die Scheidung, der Bursche hat sich bis über die Ohren verschuldet, hat angeblich mehrmals versucht, wieder hochzukommen. Hatte jedoch keine Chance. Der totale Absturz war nicht mehr aufzuhalten. Die Endstation kennen Sie: Planegger S-Bahnhof.«

Hofbauer nahm einen tiefen Schluck.

»Und an allem sind die Frauen schuld«, höhnte Anita.

»Wie immer!«

Gleichsam als Trost servierte die Bedienung das Himbeer-Sorbet.

Auf Hofbauers Angebot, das Sorbet zu essen, ging Anita jedoch nicht ein. Standhaft schob sie den Teller wieder zurück.

»Schau mal da rüber.« Ohne es zu merken, verfiel Hofbauer in das freundschaftliche ›du‹.

Etwas abseits, neben ein paar aufeinander gestapelten Bänken, saß der Fahrer der Mens Sana AG, diesmal allerdings ohne grüne Plastikwanne. Neben ihm ein unglaublich dickes Mädchen, das ihm verliebt in die Augen blickte.

Sie tuschelten intensiv, nuckelten mit einem gemeinsamen Strohhalm Saft aus einem Glas. Das dicke Mädchen lachte immer wieder schelmisch und überaus albern.

Als sie den Saft ausgetrunken hatten, stellte der Fahrer eine große Tüte auf den Tisch. Das dicke Mädchen packte eine kleinere Tüte daneben. Die beiden unterhielten sich noch eine Weile, dann nahmen sie die papierenen Behälter an sich, allerdings vertauscht: Der Mens-Sana-Fahrer die kleinere Tüte und das dicke Mädchen die große. Auf beiden Tüten prangte ein nicht zu übersehendes, rotes Apotheken-»A«.

Sie warfen ein paar Münzen auf den Tisch, nickten sich kurz zu und verschwanden, der junge Mann Richtung Parkplatz, das Mädchen ging hinüber zur Bahnhofsstraße.

»Merkwürdig!« Blinzelnd setzte sich Anita ihre Sonnenbrille auf.

»Sie tauschen Whisky gegen Mäusegift«, sagte Hofbauer.

Stirnrunzelnd schob er das Sorbet wieder zu Anita hinüber. »Oder Gras gegen Morphium. Schmarrn!«

Ohne zu wissen, was er tat, griff er nun doch nach dem Sorbet und begann, es gedankenverloren aufzulöffeln.

Anita sah ihm belustigt zu.

»Sie tauschen Ware gegen Ware«, überlegte Hofbauer. »Heilsalben gegen wasweißich. Oder Kopfschmerztabletten gegen Mullbinden. Und das ist nicht verboten!«

Er deutete mit einer Kopfbewegung zu den aufgestapelten Bänken. »Wir könnten unseren Herrn Kobol fragen«, sagte er. »Oder den smarten Herrn Delft. Die müssen uns doch sagen können, ob es üblich ist, aus Wirtshausgärten eine pharmazeutische Tauschbörse zu machen.«

Das Handy piepste. Ein Kollege aus München meldete sich mit dienstlicher Stimme. Man plane eine Phantomzeichnung des geflüchteten Burschen bei der Kiesgrube, erklärte er, zusammen mit Herrn Merseburger, der den Kerl ja lange genug beobachtet hatte. Und der sich als sehr kooperativ erweise.

Wann Hofbauer und Kollegin Mauermann ins Präsidium fahren könnten? Am besten, der Kommissar spürte, wie der Mann selbst daran zweifelte, am besten jetzt gleich.

»Wir kommen«, sagte Hofbauer, der froh war, daß wenigstens diese Sache ein wenig vorwärts ging. »Allerdings nicht gleich. Wir erlauben uns, vorher noch einen Blick in das Zimmer von Fräulein Keller zu werfen. In der Agnes-Bernauer-Straße.«

Und ohne eine Antwort abzuwarten, drückte Hofbauer auf die Taste mit dem roten Telephon. Er betrachtete den leeren Dessertteller, sah kurz zu Anita hinüber, schüttelte peinlich berührt den Kopf.

»Was hat der Mensch gesagt, als ich ihm befahl aufzustehen?« fragte er in das entstandene Schweigen hinein. Anita dachte lange nach. Die Erinnerung war ihr unangenehm. Schließlich war der Sportsfreund ihr ganz hübsch durch die Lappen gegangen.

»Wäre gut, wenn wir ihn schleunigst festnehmen könnten!« fauchte sie, zunehmend zornig.

»Allerdings!«

»Weil er ein wichtiger Zeuge ist. Vielleicht sogar der Täter.«

»Was hat der Bursche gesagt?« Hofbauer trommelte ungeduldig auf den Tisch.

»Hund!«

»Was?«

»Hund weg!« Anita entnahm den Tiefen ihrer Schultertasche eine Schachtel Zigaretten, klopfte einen der Glimmstengel heraus, zündete ihn an. Der Kommissar betrachtete sie erstaunt.

»Seit wann ...« begann er, aber seine Kollegin wandte sich mit solcher Entschlossenheit ab, daß er nicht weitersprach.

»›Hund!‹ hat er gerufen«, wiederholte sie und blies den Rauch in Richtung Bushaltestelle, »›bitte Hund weg!‹.«

»Also war er tatsächlich Ausländer, wie ich vermutet habe«, Hofbauer versuchte, den Gedanken weiterzuspinnen. »Weil er sonst: ›Nehmen Sie den Hund an die Leine!‹ oder etwas Ähnliches gesagt hätte.«

»Vielleicht.«

Der Kommissar winkte nach der Rechnung. »Es könnte also einer von den Türken gewesen sein, die Patrizia vor der Apotheke, hm, nachgestellt haben.«

Dann sagte er: »Wir müssen diesem Kobol die Phantomzeichnung zeigen. Unser Freund ist eifersüchtig, ganz eindeutig.«

»Auf eine Tote?«

»So was soll's geben.«

Hofbauer erhob sich, schob seinen Stuhl über den knirschenden Kies. Der kleine Garten hatte sich geleert. Sogar die Rentner waren heimgegangen. Planegg verfiel in seinen kurzen, aber tiefen Mittagsschlaf.

Er zahlte die Rechnung und schob die Quittung in seine Jackentasche.

»Das Sein bestimmt das Bewußtsein«, murmelte er.

»Karl Marx!« ergänzte Anita ungerührt.

»So ist es.« Hofbauer blieb stehen. Mein Sein ist schmerzhaft, überlegte er stumm. Also ist es auch mein Bewußtsein. Schmerzhaft, allerdings auf andere Weise, ist jetzt auch das Sein und das Bewußtsein von Patrizias Mutter. Und, in gewissem Maße, auch das des Apothekers Kobol.

Er nickte. »Schau ma mal, was uns die Agnes-Bernauer-Straße für Überraschungen bringt«, sagte er laut.

Sie gingen zum Auto und fuhren durch den ruhenden Ort Richtung Innenstadt.

Bastian stand im Wohnzimmer, kalter Schweiß auf der Stirn. Der Tresor war offen, sperrangelweit, es war kaum auszuhalten. Seine Mutter steckte in der Arbeit, niemand außer ihm war zu Hause. Sie hatte vergessen, die Tür abzuschließen, das war noch nie vorgekommen, fast schien es wie ein Zeichen zu sein zuzulangen.

1500 Euro verlangte das Pickelgesicht.

Er hatte noch drei Tage Zeit, drei lange Tage. Oder drei kurze Tage, die Zeit war knetbar wie Plastilin.

Bastian hatte keine Ahnung, ob Bargeld in dem Tresor lag oder nicht. Er hatte seine Mutter noch niemals bestohlen. Okay, mal eine Münze aus ihrem Mantel oder aus ihrer Jacke, aber da war er noch klein gewesen, hatte Bonbons gekauft und der Mutter dann die ganze Geschichte gebeichtet. Aber jetzt? 1500 Euro waren ein Vermögen!

Seine Rückkehr in die Fußballmannschaft war mit Glanz und Gloria in die Hosen gegangen. Trainer Bieliki ließ ihn noch nicht einmal mit warmlaufen, gestern, er nahm in beiseite und verklickerte ihm grob, daß Spieler, die wochenlang nicht zum Training erschienen, schlicht und einfach indiskutabel seien.

Hätte er Jerome doch nie kennengelernt! Aber der machte ihn fertig und preßte ihn aus wie eine Zitrone. Bastian hätte sich von Anfang an wehren sollen. Und sich zusammenschlagen lassen. Dann hätte er jetzt wenigstens seine Ruhe. Mannomann, was war er doch für ein Feigling! Ein totaler Versager. In der Schule, beim Sport, bei den Weibern. Und den Taekwondo-Kurs im Winter, den hatte er sausen lassen. Eine fatale Dummheit!

Dieser Schlitten vor der Tür, dieser Ferrari, der gehörte dem Großkopf von gegenüber, und nicht seinem Alten, wie Jerome dauernd auskotzte. Sein Alter war abgetaucht, hatte sich schlicht und ergreifend verdünnisiert. Mit dem war nicht mehr zu rechnen, so einfach war das!

Bastian kaute an seinen Nägeln herum. Es tat höllisch weh, aber es war ihm egal. Im obersten Fach des Tresors lagen Papiere, ein paar Aktenordner, ein Kästchen mit Schmuck oder ähnlichem, darunter Bankauszüge. Er schlich sich näher, mit trockenem Mund. Sein Herz klopfte irgendwo im Bauch und im Hals, er hatte dergleichen noch nie erlebt.

Ein paar alte Notizbücher waren noch dabei. Ein Blankoscheck. Er sah es ganz deutlich, der Scheck war von seiner Mutter unterschrieben, lag neben einem Brillenetui aus Opas Zeiten.

Er griff sich den Scheck. Dabei entdeckte er, daß es mehrere waren, insgesamt acht Stück, er konnte es nicht fassen. Vielleicht hatte die Mutter eine Ahnung von seinem Dilemma, vielleicht wußte sie mehr, als sie ihm andeutete? Und jetzt gab sie ihm eine Chance? Damit er endlich Ruhe hatte?

Bastian schob den Scheck in seine Hosentasche, hastig, wie elektrisiert, ließ die Tresortür offen, wie sie war, und stolperte die Treppe hoch und in sein Zimmer. Er setzte die Stereoanlage in Betrieb, warf sich aufs Bett, sprang hinein in den ohrenbetäubenden Lärm.

Gerettet? Für wie lange?

Bastian war Realist genug, um zu wissen, daß die Katastrophe nur aufgeschoben war.

Eine schwitzende Hausmeisterin hatte ihnen den Schlüssel gegeben, war mit Hofbauer und Anita hinaufgerauscht in den dritten Stock.

Patrizias Wohnung war klein, bestand aus zwei Wohnlöchern, Küche, Bad und einem Mini-Balkon.

Die Einrichtung schien von Flohmärkten gekauft, statt Bildern hingen Verkehrsschilder an den Wänden. Ein zerbeultes Stopschild prangte über dem zerwühlten, ungemachten Bett, das nichts anderes war, als zwei nebeneinandergelegte Matratzen.

Gebrauchtes Frühstücksgeschirr stand auf einem kurzbeinigen Glastisch, zusammen mit zwei verschmutzten Tellern, einer Schüssel mit Spaghettiresten und einer Handvoll halbleerer Gläser.

Unmengen von Kosmetika im Bad, daneben Medikamente aller Art. Sie fanden Schachteln mit Asthma-Sprays und -Tropfen, die wiederum eingehüllt waren in zerknitterte Beipackzettel.

In einem Stringregal der Sechziger Jahre waren Bücher aufgereiht, Bildbände und Broschüren.

Neugierig traten sie näher. Sie bestaunten Werke von Kübler-Ross, Abhandlungen über den Bhagwan aus Poona, eine zerlesene Bibel, eine Veröffentlichung über den Islam. Daneben eine Menge Druckwerk mit Titeln und Verfassern, von denen sie noch nie etwas gehört hatten. Obendrauf, als einziger Hinweis auf Frau Kellers Beruf, ein Skript über Arzneimittelanalyse.

»Die Suchende«, sagte Hofbauer respektvoll.

»Einmal hat sie sogar zwei Frauen von den Zeugen Jehovas dagehabt.« Auch die Hausmeisterin schien von Patrizias Faible etwas zu ahnen. »Aber da bin ich schnell wieder gegangen.«

»Verstehe.«

Anita war noch immer mit der seltsamen Bibliothek beschäftigt. »Kein einziger Roman«, wunderte sie sich. »Keine Illustrierte, keine Zeitung. Sie muß in der Tat eine eigenartige Frau gewesen sein. Sie wird mir immer sympathischer.«

Auf einem Sideboard lagerten Zigarettenkippen im Aschenbecher, der aus einem apart geformten Lavabrocken bestand.

»Fuerteventura!« sagte Hofbauer.

»Seychellen«, schlug Anita vor.

»Gomera«, verbesserte ihre Führerin. »Fräulein Keller hat dort immer Urlaub gemacht. Zusammen mit ihrem Klaus.«

Leise pfiff Hofbauer durch die Zähne. »Kennen Sie diesen Klaus?«

»Und ob!«

»Na, dann erzählen Sie mal!«

Die Hausmeisterin knetete ihre dicken Finger. Von Sekunden zu Sekunde mehr wurde ihr bewußt, welch wichtige Rolle sie spielte.

»Darf ich mich auf den Stuhl hier setzen?« schnaufte sie aufgeregt.

»Ich meine, damit ich keine Spuren verwische. Ich hab ja schon über tausend Krimis geguckt, ich weiß Bescheid.«

Hofbauer und Anita wechselten einen kurzen Blick.

»Sie können sich ruhig ausruhen«, sagte Anita amüsiert. »Wir schaffen das schon!«

»Und wer ist Klaus?« nahm Hofbauer den Faden wieder auf.

Die Hausmeisterin setzte sich auf einen der Flohmarktstühle, auf die vorderste Kante. Sie überlegte eine Weile und sagte dann: »Er ist ein Hallodri, wenn Sie eine Ahnung haben, was das ist. Ein Bong-vivang sozusagen. Aber ich glaube, ich tu ihm unrecht.«

Sie schwieg bestürzt. »Er hat mir manchmal Blumen mitgebracht. Und die Tabletten für meine Krampfadern.«

Ihre Ausdünstungen nahmen eine bedrohliche Stärke an. Anita eilte zur Balkontür, riß sie auf und trat zwei Schritte hinaus.

»Dort haben sie immer gesessen, wenn sie frühstückten, nach«, die Hausmeisterin senkte ihre Stimme, »nach ihrem, Sie wissen schon ...«

Hofbauer blinzelte verständnisvoll.

»Sie saß draußen, und er saß drinnen. Zu zweit hatten sie ja keinen Platz auf dieser winzigen Plattform.«

»Und woher wissen Sie das alles?« erkundigte sich Hofbauer mißtrauisch.

Die Antwort war kryptisch: »Im Hause bleibt nichts geheim.«

»Aha!«

Hofbauer nahm sein Taschentuch, begann die Schubladen eines blau bemalten Schränkchens aufzuziehen.

»War dieser Klaus am Sonntag hier?« fragte er.

»Vielleicht.«

Der Kommissar hielt in der Bewegung inne. »Sie sind sich nicht ganz sicher?«

»Doch!«

»Na, also. Und wie lange war er hier?«

Ihre Informantin aber schaltete plötzlich auf stur. »Ich bin kein Auskunftsbüro«, schmollte sie. »Ich habe andere Sachen zu tun, als immer nur auf andere Leute aufzupassen. Und mein Gatte möchte zweimal am Tag was Gutes zu essen.«

»Wer will das nicht?« Hofbauer lächelte. »Eine Frage noch. Oder zwei, einverstanden?«

»Weil Sie es sind.«

»Klaus ist ebenfalls Apotheker?«

»Nein nein!« Ihre Ehrfurcht war deutlich spürbar: »Er ist Arzt!«

»Und wo?«

»Im Waldkrankenhaus.«

Hofbauer fuhr herum. »Sagen Sie das nochmal!«

Anita trat wieder ins Zimmer, leise, um ja nicht zu stören. Die Hausmeisterin schluckte, knetete die Finger und war sich ihrer wichtigen Rolle durchaus bewußt.

»Er ist Arzt im Waldkrankenhaus von Planegg«, wiederholte sie. »Ist er – der Mörder?«

»Schön wär's!« Der Kommissar stockte verwirrt. »Quatsch!« Entschuldigend zuckte er die Achseln.

»Kennen Sie seinen Nachnamen?« fragte Anita sachlich.

»Nein!«

»Das ist bedauerlich.«

Hofbauer versuchte, die ganze Wohnung in sich aufzunehmen, herauszufinden, was Patrizia Keller einmal gewesen war, ihre Persönlichkeit hinter diesem Wirrwarr von Blechschildern und Secondhand-Utensilien zu entdecken.

»Ich geh dann mal wieder«, sagte die Hausmeisterin. »Ich hab noch 'ne Menge Arbeit.« Sehr langsam ging sie zur Wohnungstür.

Hofbauer legte einen Packen Photos, den er auf dem blauen Schränkchen gefunden hatte, auf den Tisch. Er breitete die Photos aus, schön nebeneinander, in drei bunten Reihen.

Es waren die üblichen Urlaubsbilder. Sie zeigten Patrizia an einem Swimmingpool, am Meer, vor irgendwelchen Bars. Und hoch oben auf dem Rücken eines geduldigen Kamels.

»Marokko«, sagte Hofbauer.

»Türkei«, verbesserte Anita.

»Selbstverständlich wieder Gomera«, erklärte die Hausmeisterin, die neugierig zurückgekehrt war. »Ich hab auch so ein Photo. Vom vorigen Jahr. Da war ich auf einer Insel-Rundreise mit meinem Gatten.« Sie war voller Stolz. »Das ist übrigens in den Feuerbergen. Wie die auf Spanisch heißen, hab ich allerdings vergessen.«

Anita deutete auf einige der Bildchen.

»Ist das Klaus?« fragte sie hoffnungsvoll.

Die Weltreisende zierte sich. Sie sah die Photos nur ganz kurz an, blickte stumm zur Seite, mehr als eine Minute lang.

»Nun sagen Sie schon!« Hofbauers Geduld näherte sich rapide ihrem Ende.

»Er ist es«, antwortete sie. »Dabei hat er mir sogar mal Pralinen mitgebracht! Müssen Sie ihn jetzt verhaften?«

»Aber nein! Er ist nur ein Zeuge, vorläufig wenigstens.«

»Gott sei Dank!« Sie blieb noch kurze Zeit stehen, verließ dann aber doch recht widerwillig den Raum, und man konnte spüren, wie gerne sie noch geblieben wäre.

»Ich bemühe mich, dieses Zimmer zu lesen«, sagte Hofbauer. Er setzte sich auf einen Stuhl, kniff die Augen zu, als betrachte er ein wertvolles Gemälde. Aber er sah nur die verbeulten Verkehrsschilder, die Essensreste und das zerwühlte Matratzenlager.

»Patrizia war Apothekerin«, er dachte laut nach, in der Hoffnung, auf diese Weise einen brauchbaren Gedankenblitz zu erleben. »Apotheker sind ordentliche Leute. So jedenfalls stellt man sie sich vor.«

»Sie sammeln Angelgerten. Und Fischernetze.« Anitas Spott war mal wieder nicht zu überhören.

»Oder Stopschilder! Und sie räumen ihre Teller nicht auf und schlafen auf schlampigen Matratzen.«

»Ist das so schlimm?«

Hofbauer ging auf diese Frage nicht näher ein.

»Vielleicht hat Patrizia keine Zeit gehabt, Ordnung zu schaffen?« überlegte er statt dessen. »Vielleicht wurde sie von irgend jemandem weggelockt?«

»Und diesen Jemand müssen wir finden.«

»So ist es!«

Hofbauer sprang auf.

»Fahren wir zu den Leuten im Präsidium! Könnte doch sein, daß uns die Phantomzeichnung ein Stückchen vorwärts bringt! Unser Mann aus der Kiesgrube! Könnte doch sein, daß er einer von den Türken ist, die Apotheker Kobol so auf den Wecker gingen.«

»Der Typ aus der Kiesgrube war kein Türke!«

»Was dann?«

»Jugoslawe.«

»Und das wissen Sie so genau?«

»Ich weiß es nicht, aber ich hab's im Gefühl!«

Hofbauer schwieg. Seine Erfahrung sagte ihm, daß Frauen die Dinge zuweilen entscheidend anders sahen als Männer. Nicht nur im Beruf.

Sie benachrichtigten die Kollegen von der Spurensicherung, schlossen sorgfältig die Tür und klebten die übliche Banderole fest.

Die Hausmeisterin stand unten im Hof, bedachte sie mit einem vertraulichen Grinsen. Sie grüßten freundlich. Anita ging ein paar Schritte voraus, sie hatte es sichtlich eilig.

»Darf ich Sie was fragen?« Ihre Freundin kam geheimnisvoll näher.

»Wenn's nicht allzu lange dauert.«

Die Hausmeisterin betrachtete Hofbauer sehr nachdenklich und sehr besorgt. Sie hatte etwas auf dem Herzen, das sah man ihr an.

»Eahna geht's net guat«, flüsterte sie in perfektem Münchnerisch, »hab i Recht?«

»Mir geht's prächtig!« log Hofbauer.

»Des stimmt net! Sie schaung so ernst aus und so streng. So trocka und so niachtan!« Sie wußte nicht mehr weiter. Sie wurde rot, wischte sich verlegen die Hände an ihrer Schürze ab und sagte dann plötzlich: »Patrizia hat an unsern Herrgott glaubt. Ham Sie des gwußt?«

Und über und über rot, aber doch erleichtert, als sei sie etwas absolut Erdrückendes losgeworden, lief die Hausmeisterin ins Haus.

»Atmen Sie!« Herr N'Guyen stach die letzten Folterinstrumente in Hofbauers Gesicht, dann schaltete er das Tonband ein, knipste das Licht aus und verschwand.

Der Kommissar lag auf einer unbequemen Liege, splitternackt, mit etwa drei Dutzend Akupunkturnadeln im Körper. Es war 18 Uhr, und es war ein Ausklang, der nahtlos paßte zu den wenig erfreulichen Ereignissen der vergangenen Tage.

Er versuchte zu atmen, kurz und heftig, wie es der Meister befohlen hatte. Er versuchte, den irren Drang loszuwerden, Schreie auszustoßen und die Grammophonnadeln einzeln rauszureißen. Er versuchte, nicht aus dem Fenster zu springen.

»Atmen Sie!«

Er hatte diesem Menschen aus dem fernen Osten vor drei Wochen erzählt, wie es um ihn stand, und der Mensch aus dem fernen Osten hatte kurz gesagt »Ja! « und ihm einen Preis genannt, fern jeglicher asiatischer Bescheidenheit.

Jetzt lag Hofbauer da, atmete stoßweise, und hoffte auf eine wenigstens temporäre Besserung seines idiotischen Leidens. Aber die Sphärenklänge aus dem Tonband brachten ihn aus dem Takt. Langgezogene, schier endlos ausgedehnte Akkorde paßten nicht zu Herrn N'Guyens Befehlen.

Hofbauer ließ das stoßweise Schnaufen einfach sein und atmete so, wie es eben möglich war.

Ein neuer Name geisterte durch seinen Kopf. Sie hatten die Photos, die sie in Patrizias Wohnung gefunden hatten, vom Präsidium aus ins Waldkrankenhaus gemailt. Minuten später hatte ›die Pforte‹ zurückgerufen und ihnen den vollen Namen von Patrizias Freund verraten: Dr. Klaus Woerner, 35 Jahre alt, wohnhaft Schumannstraße 183, Westkreuz. Er arbeitete in der Chirurgie und war seit Sonntag in Urlaub.

Das war mehr als seltsam. Patrizia Keller hatte ebenfalls Urlaub gehabt!

Die Sphärenklänge ließen sanfte Meereswellen in Hofbauers Koje plätschern, vermischt mit dem Rauschen noch nicht abgeholzter Urwaldriesen des brasilianischen Regenwalds.

Er versuchte, nicht an die Nadeln zu denken. Nicht an seinen Penis, der schlaff auf der Seite lag, ungespießt, Gott sei Dank. Aber auch völlig unbrauchbar, schon seit Wochen.

»Lies öfter mal ein gutes Buch!« dieser aufrüttelnde Spruch fiel ihm ein. Milly hatte ihn in eins der Tagebücher Thomas Manns gekritzelt, ein Geburtstagsgeschenk vom vergangenen Herbst.

Thomas Mann, so ging aus den Tagebüchern hervor, besaß unzählige Schinken, dazu eine sogenannte Handbibliothek, die er auf allen seinen Reisen mit sich führte. Und er war ein Hypochonder, ständig krank, der ›nierenleidende Rittmeister‹, wie ihn seine Verwandten respektlos nannten.

Die Arzneimittel in Patrizias Wohnung! Die Sprays! Die Tropfen!

Hofbauer richtete sich ruckartig auf und ließ sich sofort wieder nach hinten sinken. Herrn N'Guyens Nadeln vereitelten jede abrupte Bewegung.

Aber Hofbauers Gehirn arbeitete auf Hochtouren.

Wozu brauchte eine junge Frau derartig viele Medikamente? Gut, sie war Apothekerin, möglicherweise versorgte sie ihren Freundeskreis, vielleicht war sie selbst auch recht gerne ein wenig krank gewesen, wer konnte das wissen?

Er forschte diesen Fragen hinterher, eingelullt in scheinbar ewigwährende musikalische Sequenzen.

»Atmen Sie! Suchen Sie Ihre Mitte!« Herr N'Guyen stand vor ihm, wie ein Gespenst, und lächelte asiatisch.

Es funktioniert nicht! Es nützt nix! Es hat alles keinen Sinn! Hofbauer dachte es, formte die Worte in seinem Mund und schwieg. Fing wieder an zu atmen, stumm und gehorsam. Herr N'Guyen schwamm aus dem Zimmer. Er hatte bis jetzt etwa drei zusammenhängende Sätze von sich gegeben, und er schien nicht vorzuhaben, noch weiter aus sich herauszugehen.

Die Minuten tröpfelten ins Stundenglas.

Warum, grübelte Hofbauer, bewegt sich die Zeit nur in eine Richtung? Warum geht sie nur vorwärts, nie rückwärts? Hatte man jemals schon über dieses Phänomen nachgedacht?

Patrizias Mörder lief noch immer frei herum und die Erfolge, die sie bis jetzt zu verzeichnen hatten, waren mehr als karg.

Was ist das Jetzt, die Vergangenheit, die Zukunft?

Nichts als Illusion. Das Universum nimmt nicht teil an unserer Idee vom Jetzt, war es nicht so?

»Die Zukunft war früher auch besser!« Dieses Zitat stammte wieder einmal von Karl Valentin! Hofbauer konnte ein Grinsen nicht unterdrücken.

Sein Freund war in der Tat wahrhaft weise gewesen.

Es war wichtig, die Phantomzeichnung unter die Leute zu bringen. Es war wichtig, sich nach den Ergebnissen der Fahndung zu erkundigen. Alles war wichtig, alles mußte möglichst jetzt und sofort erledigt werden. Obwohl es dieses Jetzt und Sofort gar nicht gab. Es existierte einfach nicht.

Was für ein epochemachender Blödsinn!

Das Jetzt und Sofort existierte durchaus, es existierte äußerst spürbar, besonders dann, wenn man mit drei Dutzend Nadeln versehen auf der harten Liege des Herrn N'Guyen lag.

Von der Tür her drangen ätherische Düfte in Hofbauers Appartement, wahrscheinlich Eukalyptus oder Waldmeister oder gesammelter Orient, es war unmöglich, das festzustellen.

Ein himmelblauer Himmel wölbte sich über karstigen Bergeshöhen. »Ich liege auf einer grünen Wiese, ich liege auf einer sehr grünen Wiese, ich liege auf einer grünen, grünen

Wiese ...« Irgendwann einmal hatte er versucht, autogenes Training zu machen, auf seinem Stuhl im Büro, er war lächerlich gescheitert.

Es duftete und roch, daß er kaum zu atmen wagte.

Wenn er wieder gesund sein würde – und es mußte doch möglich sein, irgendwann einmal wieder ein ganz normales Leben zu führen –, dann würde er seine Arbeit so erledigen, wie er es gewohnt war: Schnell, zuverlässig, korrekt.

Bis dahin allerdings, bis zu diesem weit in der Zukunft liegenden Zeitpunkt, mußte man in Kauf nehmen, es war nicht zu verhindern, das Sein bestimmt das Bewußtsein ...

Wenn Hofbauer ehrlich zu sich selber war, dann mußte er zugeben, daß er nahe daran war, daß er nicht umhin konnte, ein ganz klein wenig einzuschlafen ...

»Ois is Blues ...«

»Jetzt geht's dir endgültig an den Kragen!«

Die Gestalt, die vor Gustav Scherle kauerte, wurde noch um ein ganzes Stück kleiner.

Die Gestalt hieß Fatmir Krjezu, und sie hatte es geschafft, noch immer in der Birkenstraße 17 zu bleiben, vor sich hin zu vegetieren wie ein zum Tode Verurteilter in seinem Kellerverlies.

Denn der Mann aus dem Kosovo war plötzlich wieder da gewesen, wie ein Wiedergänger, und Petra und Gustav Scherle hatten sich machtlos in ihr Schicksal ergeben.

Fatmir lebte bei ihnen wie ein geprügelter Hund. Neben einem haßerfüllten Gustav Scherle und seiner von Tag zu Tag verzagter werdenden Frau. Jetzt stand dieser haßerfüllte Mensch vor Fatmir, mit einer Seite der Süddeutschen in der Hand.

»Sie haben eine Phantomzeichnung angefertigt. Sieh sie dir an!«

Scherle hielt seinem Gefangenen die Zeitung vor das Gesicht.

»Gut getroffen, nicht wahr?«

Fatmir wagte kaum aufzuschauen.

Als er aber die Zeichnung sah, durchfuhr ihn ein eisiger Schreck. Sein eigenes Konterfei starrte ihm entgegen und der Text, der darunter stand, gab ihm den Rest.

»Dringend der Tat verdächtig!« Scherle hatte die Zeitung wieder an sich gerissen. »Aller Wahrscheinlichkeit nach Ausländer!« Seine Stimme überschlug sich. »Steckbrieflich gesucht!«

Fatmir stand auf, kreidebleich.

»3000 Euro Belohnung, das wäre doch was für uns!« Gustav sah aus, als überlegte er sich schon, was er sich für die 3000 Euro alles kaufen würde.

Petra Scherle, die neben den beiden Kontrahenten gestanden hatte, bekam einen Weinkrampf. »Wir schaffen es nicht mehr!« schluckte sie. »Wir wollen unsere Ruhe haben, sonst gar nichts. Begreifst du das denn nicht?«

Keine Antwort.

»Du hast uns erzählt von Haki, der hinter einer Frau aus der Apotheke her war.«

»Haki ist Sprüchemacher.«

»Der eine Pistole hat.«

Fatmir schwieg erneut.

»Wer war diese Frau? Kennst du sie?«

»Nein!«

»Hast du sie umgebracht?«

»Niemals! Ich habe euch schon so oft gesagt ...«

»Bitte geh jetzt!« flüsterte Petra Scherle. »Ich halte es nicht mehr aus! Diese Zeichnung, sie müssen jeden Augenblick hier sein. Was machen wir dann?«

Fatmir sah sie nur hilflos an.

Die Pistole steckte noch immer in seiner Jackentasche. Er hatte es einfach nicht fertiggebracht, sich von ihr zu trennen. Was für ein Fehler!

Er hatte überhaupt nur Mist gebaut in den letzten Tagen.

Er streckte Petra Scherle die Hand entgegen, aber die reagierte nicht. Fatmir versuchte zu lächeln, aber das Lächeln ging komplett daneben.

»Danke für alles!« quetschte er hervor. »Ich bin kein Mörder!«

Und mit langsamen Schritten ging er zur Haustür. Öffnete sie, drehte sich noch einmal um und zuckte resigniert mit den Achseln.

»Endlich!« stieß Gustav Scherle erleichtert hervor. »Ich hoffe bei Gott, er kommt nie mehr wieder! Ich will von eurem Helferkreis Asyl nichts mehr wissen. Begreifst du das?«

Seine Frau sagte keinen Ton.

»3000 Euro! Was sind wir doch für Schwachköpfe!«

Es war Freitag, der 12. Mai, und Hofbauer saß an einem Ort, von dem er bis dato noch nicht einmal geahnt hatte, daß es ihn überhaupt gab: Er saß im Sitzungssaal Europa des Münchner Arabella Hotels, unter etwa hundert Apothekern, die aber alle ihre weißen Kittel in ihren Farmacias gelassen hatten.

Der großspurige Delft hatte ihn eingeschleust, damit er, Hofbauer, »Apothekenluft schnuppern« könne, wie Delft sich ausdrückte. Hofbauer war sich allerdings nicht recht klar, warum. Was wollte dieser Typ überhaupt von ihm? »Sie müssen uns näher kennenlernen«, hatte er ins Telephon geplärrt, »uns und unsere Sorgen.«

Er genehmigte sich eine Tasse Kaffee aus einer der Thermosflaschen, die dankenswerterweise auf jedem zweiten oder dritten Platz standen. Zierliche Täfelchen halbbitterer Schokolade häuften sich in anmutigen Schüsselchen. Immerhin, die Herrschaften wußten zu leben, sie dachten auch an die läßlichen Sünden unterbezahlter Kriminalkommissare, das war doch schon was!

Eine Glocke klingelte, oben auf der Bühne hatte die Vorstandschaft Platz genommen, lauter Herren, weibliche Wesen waren in übergroßer Zahl im Plenum vertreten. Zu Hofbauers

Erstaunen saß Delft neben dem ersten Vorsitzenden, einem grimmig dreinblickenden Mann mit dunkler Hornbrille und öligem Gesicht.

Es klingelte ein zweites Mal, das Geschwätz im Saal erstarb, und der Ölige begann, der Versammlung die anwesenden VIPs vorzustellen: Pharmazieräte (was immer das auch war), Herren der Regierung, einen Stadtrat, verschiedene Figuren des Gesundheitsamts. Zum Schluß die Damen und Herren der Standespresse, die, wie auch die Honoratioren, mit beifälligem Gemurmel begrüßt wurden.

Hofbauers Befürchtung, ebenfalls namentlich genannt zu werden, erwies sich glücklicherweise als Trugschluß.

Der Ölige putzte sich die Nase. Er gebe zuerst dem Kollegen Delft das Wort, erklärte er. Delft werde ein improvisiertes, aber höchst aktuelles Kurzreferat halten. Er reichte das Mikrophon hinüber.

»Kolleginnen und Kollegen«, begann der Besitzer der Bahnhofs-Apotheke Planegg. »Wie Sie aus der Standespresse erfahren haben, wird der durch Arzneimittelfälschungen verursachte Schaden allein in Deutschland auf mindestens zwei Milliarden Euro geschätzt.«

Neugierig fuhr Hofbauer seine unsichtbaren Antennen aus.

»Nicht nur Umverpackungen, Beipackzettel, Gelatinehüllen werden nachgemacht, sondern auch«, und hier erhob Delft empört seine Stimme, »auch gewisse Präparate selbst werden schändlicherweise gefälscht. Skrupellose Banden scheuen nicht davor zurück, hochwertige Arzneimittel gegen billige Placebos auszutauschen.«

Delft nannte ein Medikament, das bei AIDS in Anwendung kam und das bei einer Razzia auf dem Flughafen Frankfurt sichergestellt worden war: »Gefälscht!«

Die Charge eines Krebsmittels sei von Deutschland aus nach Südafrika geflogen, via Köln über Belgien geführt worden und wieder hier gelandet. »Ausgetauscht und gefälscht!«

Er selber, so Delft, sei als Apotheker und kleiner Hersteller über diesen Skandal tief deprimiert. »Was hier an Image verloren geht, ist nie wieder gutzumachen!« rief er in die Versammlung. Ganz abgesehen von dem unermeßlichen Schaden an der Volksgesundheit. Er bitte alle Kolleginnen und Kollegen inständig zusammenzuhalten, wach zu bleiben und im gemeinsamen Kampf nicht zu erlahmen.

»Wir können nicht jedes einzelne Medikament prüfen«, bedauerte er, »dazu sind uns die Hände gebunden. Aber wenn es den ersten Todesfall gibt, wird die Hölle los sein!«

Verlegener Beifall und bedrücktes Schweigen folgte seinen Worten. Der Präsident gab ihm die Hand, sichtlich aufgewühlt.

Nach einer kurzen Pause, in der die Apotheker verstört miteinander debattierten, sagte ein weißhaariger Herr des Vorstandstisches, die Tagesordnung wende sich nun dem Alltäglichen zu. »Aber leider auch durchaus wenig Erfreulichem.«

Darauf begann der Präsident, eine Rede zu halten, von der Hofbauer nur Bruchstücke kapierte. Es ging um den »existenzbedrohenden Sparkurs« der Regierung, soviel bekam er immerhin mit, um »drastische finanzielle Kürzungen«, um einen »ruinösen Dauerstreit« mit den Krankenkassen.

»Rund ein Viertel aller deutschen Apotheken wird die nächsten Jahre nicht überleben!« sagte der Präsident. »Der Wind, der uns entgegenbläst, wird von Tag zu Tag eisiger.«

Es ging aber auch, Hofbauer registrierte es mit Erstaunen, um den Kampf der weißen Kittel untereinander. Links hinten im Saal nämlich saß eine kleine Schar aufmüpfiger Geister, die den Präsidenten ständig mit frechen Zwischenrufen und schallendem Gelächter unterbrach.

»Das sind die Bunten!« Der Apotheker neben ihm raunte es Hofbauer mit Verachtung ins Ohr. Der Kommissar sah zu der lärmenden Gruppe hinüber, er erkannte Kobol, der ihn ebenfalls kurz fixierte, dann aber zerstreut und fast ängstlich wieder nach vorne starrte.

»Die machen uns endgültig kaputt«, sein Nachbar hustete entnervt, »mit ihrem unkollegialen Wettbewerb. Übrigens, Gerlach, wenn Sie gestatten, Apotheker Erwin Gerlach, Gräfelfing. Bei Planegg«, fügte er grinsend hinzu.

Auch Hofbauer stellte sich vor.

»Ich weiß, ich weiß«, wisperte der andere, »der Mord in der Kiesgrube. Ganz fürchterlich, in der Tat ganz und gar traurig!«

Er goß sich eine mickrige Menge Selterswasser in sein Glas. Der Präsident hatte inzwischen aufgehört zu reden.

Einige klatschten, das Gebrumm im Saal wurde lauter, man sprang auf, streckte und dehnte sich, eine größere Schar lief nach draußen, um einen Glimmstengel zu inhalieren.

»Was ist ›unkollegialer Wettbewerb‹«? erkundigte sich der Kommissar, neugierig geworden.

Der erneute Hustenanfall Gerlachs klang lebensbedrohlich. »Die Kollegen nehmen Dumping-Preise«, schluckte er. »Für Kosmetika. Und Kindernährmittel. Und Windeln.« Eine neue Attacke drohte heraufzuziehen: »Verstehen Sie: Windeln!«

Nachdenklich trank Hofbauer einen Schluck des wohlschmeckenden Kaffees. Er erinnerte sich vage an die Pampers-Einkäufe für Bastian, die allerdings vorwiegend im Supermarkt stattgefunden hatten und nicht in einer Apotheke.

Plötzlich stand Delft hinter ihnen. Er roch nach einem sehr männlich, sehr intensiv duftenden Parfum, seine Krawatte war, wie Hofbauer staunend feststellte, vom Allerfeinsten.

»Recht hast du«, sagte er und hämmerte Gerlach auf die Schulter. »Die Zeiten der Glückseligkeit sind endgültig passé. Leider leider!« Und mit einem Seufzer für Gerlach und einem flüchtigen Lächeln für den Kriminaler enteilte er nach draußen.

Hofbauer kämpfte mit sich, ob er ins Präsidium fahren sollte oder nicht.

»Sie war ein so netter Mensch«, sagte der Apotheker neben ihm unvermittelt.

»Wer?«

»Na, Fräulein Keller.« Gerlach biß in einen der herumliegenden Schokokekse. »Der arme Kobol wird sie sehr vermissen. Noch dazu jetzt, wo man Helferinnen so schwer bekommen kann.«

»Helferinnen?«

»Aber ja! Die Ärmste war Helferin, eine wirklich tüchtige noch dazu! Er hat gar nicht gewußt, was er an ihr hatte.«

Der Kommissar runzelte die Stirn.

»Helferinnen sind keine Apothekerinnen?« fragte er ein wenig unbedarft. Der andere betrachtete ihn, als sei Hofbauer nicht ganz dicht.

Er sagte, ohne eine direkte Antwort zu geben: »Eine Perle, wenn Sie das irgendwie nachempfinden können ...«, er unterbrach sich abrupt. »Ich werde mal nach draußen gehen, Luft schnappen. Dieses Delftsche Rasierwasser, einfach unmöglich!«

Hustend ruderte er in Richtung Wandelgänge. Nachdenklich blieb Hofbauer sitzen.

Er dachte an die Diskussion, die er mit Anita geführt hatte. Über die angebliche Ordnungsliebe von Apothekerinnen, über das Durcheinander in Patrizias Wohnung. Plötzlich wurde ihm bewußt, wie verrückt diese Debatte gewesen war.

War Patrizias Wohnung derart unaufgeräumt, weil sie »nur« eine Helferin war? Er schüttelte den Kopf. Und wieder kam ihm der Gedanke, Patrizia Keller sei überstürzt aus ihrem Appartement gelaufen.

Sie waren Lichtjahre davon entfernt, den Grund hierfür zu wissen.

»Und wo haben Sie ihre Apotheke?« Ein sommersprossiges Muttchen setzte sich an Hofbauers rechte Seite.

»Ich bin nur zur Beobachtung da«, antwortete der Kommissar vage.

Die Mütterliche hatte gar nicht zugehört.

»Was sagen Sie zu unserer Standesführung?« wollte sie wissen. »Phänomenal, nicht wahr?«

»Ich weiß nicht ...«

»Es sind Papiertiger, ohne Zähne!« Sie redete sich in Rage. »Wir gehen kaputt, aber denen da oben ist das nur recht. Je weniger Apotheken, desto weniger Konkurrenz. So einfach ist das!«

Hofbauer wußte nicht, was er entgegnen sollte. Er war von der kalten Atmosphäre, die ihn umgab, mehr als überrascht.

Apotheker, so hatte er bisher geglaubt, waren gemütliche, in Geld schwimmende Damen und Herren, die in ihrer Freizeit ihre Kräutergärten pflegten und im Alter an Herzverfettung starben. Hier, im Arabella-Hotel, wurde Hofbauer aus allen Träumen gerissen.

Seine Nachbarin war noch lange nicht fertig. »53 000 Apotheker und Apothekerinnen gibt es in Deutschland«, erklärte sie. »Und dennoch sind wir der großen Politik mehr als egal. Und unsere eigenen Muftis sind korrupt und unfähig!«

»Wir brauchen eine Berufsvertretung, die die Zeichen der Zeit erkennt!«

Das war Kobol, der unbemerkt näher gekommen war. Er sah ganz und gar anders aus, als Hofbauer ihn in Erinnerung hatte. Seine Sanftheit hatte einer wütenden Entschlossenheit Platz gemacht. Er wirkte frostig und unnahbar.

»Da staunen Sie, was?« rief er derb. »Aber wir können auch anders, wie Sie sehen. Ganz anders sogar!«

Hofbauer reagierte verwirrt. Er sei Kriminalbeamter, stotterte er, und habe mit der ganzen Angelegenheit hier im Saal nichts zu tun. Man möge verzeihen, aber wenn auch er einmal einen Satz dazu sagen dürfe ...

Das Muttchen ließ ihn einfach stehen.

Kobol meinte gereizt: »Das Wasser steht uns mehr als bis zum Hals, aber davon haben Sie ja nicht die geringste Ahnung!« Und wandte sich einer Gruppe erregt diskutierender Kollegen zu.

Hofbauer fragte sich, ob der Mord an Patrizia Keller auf irgendeine Weise etwas mit den sichtlich außer Rand und Band geratenen Pharmazeuten um ihn herum zu tun hatte.

Sein Handy riß ihn aus seinen Gedanken. Hastig stand er auf und verdrückte sich in eine Ecke.

Anita klang nervös. »Patrizias Freund ist bei uns, dieser Dr. Woerner«, er konnte im Hintergrund aufgeregte Stimmen hören, »der Gute macht uns die Hölle heiß wegen seiner Freundin.«

Jetzt flüsterte sie nur noch. »War in Griechenland, hat dort eine Münchner Zeitung in die Finger gekriegt. Er ist außer sich. Hat Patrizia, hm«, eine kurze Pause trat ein, »echt geliebt, wie er sagt.«

Der Anruf kam zur rechten Zeit. Hofbauer war froh, sich von der Apothekerschaft fürs Erste trennen zu können.

»Bin scho unterwegs«, sagte er. »Laß dich nicht verrückt machen!«

Er schob das Handy in die Tasche und eilte zum Lift.

»Das ist das Allerletzte!« rief ein Herr in Bundhosen seiner Gesprächspartnerin zu.

Hofbauer konzentrierte sich darauf, in der Tiefgarage sein Auto zu finden.

Noch acht Minuten.

Bastian stand hinter der großen Reklametafel, es war ein gutes Versteck, man konnte die Bahnhofsstraße beobachten und hatte auch den Eingang zur Bank voll im Auge. Die Leute beachteten ihn nicht, sie hasteten vorbei, auf dem wichtigen Weg zum Tengelmann oder zum Bäcker oder in die Metzgerei.

Zeppelin zockelte daher, die Kamera um den Hals. Er grinste. »Haste mal nen Euro?«

Zum Totlachen! Bastian hatte Null Kohle, nichts Flüssiges, zwanzig lächerliche Cents im Geldbeutel, das war seine ganze Barschaft.

»Hau ab!« grunzte er.

Brummelnd und schimpfend zog Planeggs Lokalgeist weiter.

Der Scheck! Er knisterte in Bastians Hemdtasche, er wartete nur darauf, endlich eingelöst zu werden. Zwotausend Euro! Bastian hatte die Zahlen auf den Scheck gemalt, es war ganz leicht gewesen, babyleicht, wie er früher immer sagte. Früher! Das war ewig her.

Wenn er seinen Vater hätte fragen können. Er hatte ihn oft gefragt, nach Raupen, nach dem Mond, nach hochwissenschaftlichen Zusammenhängen. Der Alte war dann meistens zum Lexikon gerannt und hatte daraus vorgelesen und dann versucht, sich und seinem Sohn das Lexikondeutsch verständlich zu machen. Sie hatten viel Spaß miteinander gehabt.

Drei Minuten.

Er mußte nur einfach so reingehen, ganz cool, mit nicht zu kleinen, nicht zu großen Schritten, und so tun, als sei das ein ganz gewöhnliches Geschäft. Er hatte es geübt, beim Bäcker, hatte sich eingebildet, eine Pistole in der Hose zu haben, zum Ladentisch zu gehen, und dann die Pistole rauszuziehen: »Das ist ein Überfall!«

Dabei war es gar kein Überfall, es war eine ganz normale Geldtransaktion. Der arme Amateur-Räuber ließ sich vom reichen Profi-Räuber 2000 Piepen geben. Um 1500 davon an ein Profi-Arschloch weiterzureichen. So war es doch, oder?

Bastian schielte hinüber zum Sportgeschäft. Dort stand Thorben, der Spion des Profi-Arschlochs, scheinbar gleichgültig glotzte er in die Gegend. Er spuckte auf den Boden, fuhr sich mit seinen Griffeln in die Schlaghose, um sich seinen Schwanz zurechtzurücken. Steckte sich eine Zigarette ins Gesicht. Ein Prachtkerl, dieser Thorben, fast so schön wie Jerome. Natürlich lungerte er nicht zufällig hier herum, das war sonnenklar.

Bastian hockte sich auf den Boden. Wenn er es jetzt nicht fertigbrachte, konnte er nur noch warten bis halb vier. Dann war Sense. Um fünf Uhr hatte er das Geld abzuliefern, sonst ... Was war sonst? Gab's da gar nichts mehr?

Handy raus und den Alten anrufen, das war des Rätsels Lösung! Und ihm endlich mal sagen, wie beschissen trostlos sein Leben zur Zeit war.

Jetzt kam Thorben angeschlichen.

»Was zu rauchen?« Großspurig bot er Bastian eine seiner Lollys an. Der konnte gar nicht anders als mitzuspielen. Also saßen sie beide da und pusteten Rauchwolken in die Luft.

»Schaffst du's heute?« Thorben machte eine Kopfbewegung Richtung Bank. »Wenn du's schaffst, lassen wir dich in Ruhe. Ehrlich! Wir sind doch eigentlich Freunde, was meinst du?«

Bastian gab keine Antwort.

»Wir ziehen ein Geschäft auf, Jerome und ich«, Thorben senkte seine Stimme: »Drogenhandel. Ne ganz heiße Sache. Da fällt bestimmt für dich auch was ab.«

»Du hast sie ja nicht alle!«

»Wir gründen eine Start-up, gehn an die Börse und verscherbeln Aktien.«

»Na klar! Das Geld liegt auf der Straße.«

»Man muß es nur aufheben!« Thorben warf den Zigarettenstummel in den Eselsbrunnen. »Aber zuerst mußt du ein bißchen was für uns tun. Wenn nicht«, er zog seinen Rotz in die Höhe, »gibt's wieder die große Peinigung, vergiß das nicht!«

Langsam schraubte sich Bastian in die Höhe.

Es war jetzt genau 16 Uhr 22. Ein paar Angeber auf Rollerskates zischten vorbei, ein Baby quäkte. Warmer Mairegen begann, auf die Bahnhofsstraße zu tröpfeln.

Er ging durch die Automatiktür, direkt auf den Schalter zu, den er sich schon lange vorher ausgesucht hatte. Legte wortlos den Fetzen Papier auf den kleinen runden Tisch. Der Banker kam, betrachtete den Scheck, betrachtete Bastian, sah sich kurz um nach seinen Kollegen.

»Kann ich deinen Ausweis sehen?«

»Selbstverständlich!« Man war doch nicht aus Dummsdorf! Mit scheinbar völliger Gelassenheit reichte Bastian den Ausweis hinüber.

Der Mann im Maßanzug betrachtete ihn aufmerksam, blickte prüfend auf den Bildschirm seines Computers. Bastian unterschrieb irgendwas, wartete, bestaunte das interesselose Gesicht des Bankers, wartete noch eine weitere Ewigkeit. Einhundert, zweihundert, dreihundert ..., und dann lag der Segen in seiner Hand. Er schob ihn in die Tasche, drehte sich um. Hatte es endlich geschafft.

Draußen stand Thorben. Und dahinter Jerome, mit einer satanisch zufriedenen Visage.

Dr. Klaus Woerner war ein schöner Mann. 35 Jahre alt, groß gewachsen, kein Gramm Fett zuviel, markantes Gesicht.

Dr. Klaus Woerner schien dies auch zu wissen. Er war es außerdem gewohnt, auf die Leute herabzuschauen, seine Freundin mußte ihm höchstens bis zu Schulter gegangen sein, Hofbauer fiel dies sofort ins Auge.

Sie standen um den nachgemachten Biedermeier-Schreibtisch herum, Anita trug heute nabelfrei, es war dem Kommissar unmöglich, diesen Nabel nicht wenigstens für Sekunden zu bewundern.

Nur Berger, eine Kollegin von nebenan, blieb teilnahmslos. Ebenso Dr. Woerner.

»Setzen wir uns doch«, sagte Hofbauer.

Sie nahmen Platz, Dr. Woerner aber blieb eisern stehen.

»Möchten Sie was zu trinken?«

»Mir ist nicht nach Feiern zumute!«

»War nur eine Frage.«

Dieser Mensch konnte Patrizia mit Leichtigkeit durch die Gegend transportieren, grübelte Hofbauer. Vom dritten Stock der Agnes-Bernauer-Straße hinunter ins Auto. Mit dem Auto nach Planegg. Dann zu Fuß zur Kiesgrube.

»Ich habe Trauer.« Der Doktor sagte das, unvermittelt, und gänzlich ohne Arroganz. »Ich bitte Sie, Rücksicht zu nehmen. Patrizia war«, er stockte, »mehr als nur eine Freundin.«

»Sie haben den vergangenen Sonntag mit Patrizia verbracht?« fuhr Hofbauer ungerührt fort.

»Woher wissen Sie das?«

»Die Fragen stellen normalerweise wir!«

»Wie Sie wollen!« Des Doktors Lächeln war kalt wie ein Anästhetikum.

»Wir haben uns bei Fräulein Kellers Hausmeisterin erkundigt. Sie ist sehr gesprächig ...«

»... und sehr neugierig.«

»Richtig.«

Hofbauers Blicke hakten sich erneut bei Anitas Nabel fest. Wie schaffte es dieses Mädchen, derart schlank durchs Leben zu gehen? Kollegin Berger schien den Gedanken an ewige Schlankheit schon aufgegeben zu haben, sie murmelte etwas von einer Semmel mit Leberkäse und verschwand.

»Wie lange waren Sie bei Ihrer Freundin?« Hofbauer blieb ebenso sachlich wie penetrant.

»Bis etwa 20 Uhr«, antwortete Dr. Woerner.

»Sie haben Patrizia Keller also am vergangenen Sonntag, um 20 Uhr, zum letzten Mal lebend gesehen?«

»So ist es.«

»Hat Ihnen Fräulein Keller erzählt, was sie anschließend noch vorhatte? Kino oder so?«

»Fräulein Keller war frei in ihren Entscheidungen.«

»Warum hat sie ihr Zimmer nicht aufgeräumt? Nicht abgespült?«

»Keine Ahnung!«

»War Patrizia ordentlich oder, hm, eher schlampig?«

Doktor Woerner hieb sich mit der flachen Hand gegen seine Stirn.

»Gibt es eine Möglichkeit, auf derart dämliche Fragen die Antwort zu verweigern?«

»Würde ich Ihnen nicht raten.« Hofbauer erhob sich und ging hinüber zu seinem Schreibtischstuhl.

»Was haben Sie getan«, setzte er die Befragung fort, »nachdem Sie sich von Fräulein Keller verabschiedet hatten?«

»Ich bin nach Hause gefahren, Schumannstraße Nummer 183, Westkreuz, habe gepackt, ein bißchen gelesen, bin dann schlafen gegangen. Wann auf die Sekunde genau, weiß ich allerdings nicht mehr.«

Hofbauer zog es vor, die verhaltene Wut in des Arztes Stimme zu überhören.

»Hamma Zeugen?«

»Nur meinen Goldfisch.«

»Weiter?«

Dr. Woerner seufzte. »Am nächsten Tag Abflug nach Rhodos, 11 Uhr 38, LTU.«

»Wir werden das alles prüfen.«

»Ich bitte darum.«

Hofbauer schlug die Beine übereinander. Er ließ sich Zeit, bevor er die Frage nach der Schußwaffe stellte.

»Besitzen Sie eine Pistole?«

»Meine einzige Waffe ist die Morphiumspritze.«

»Sie haben für die Tatzeit kein Alibi«, sagte Hofbauer trocken.

»Das beste Alibi ist, kein Alibi zu haben, stimmt's?«

Der Mann war glatt wie der sprichwörtliche Aal.

»Wann haben Sie Patrizia denn kennengelernt?« wollte Hofbauer wissen.

Dr. Woerner schien nachzudenken. »Vor etwa drei Jahren«, antwortete er. »An der Isar. Oben und unten ohne. Ich war hin und weg von ihr, wenn Sie das verstehen.«

Hofbauers Stimme war jetzt kaum zu hören: »Wußten Sie, daß Ihre Freundin schwanger war?«

»Selbstredend.«

»Schwanger von Ihnen?«

Die Antwort kam um den Bruchteil einer Sekunde zu zögerlich. »Das Kind ist von mir!« Woerner wandte sich um, senkte den Kopf. Hofbauer ließ ein paar Sekunden verstreichen. Er traute diesem Burschen nicht. Er wußte nicht warum, aber er hatte erhebliche Probleme mit ihm.

»Wir wollten heiraten.« Dr. Woerner ging zwei Schritte und setzte sich Anita gegenüber an den Tisch. »Das Kind sollte einen Vater haben.«

Hofbauer schwieg.

»Kennen Sie Herrn Apotheker Kobol?« fragte er dann.

»Flüchtig«, war die knappe Antwort.

»Haben Sie Patrizia niemals von der Obsidian-Apotheke abgeholt?«

»Selten.«

Die Fragen prallten an dem Doktor ab wie von einer Gummiwand.

»Apotheker Kobol«, sagte Hofbauer, »hat uns von ein paar Türken erzählt. Sie waren angeblich hinter Patrizia Keller her.«

Dr. Woerner tippte die Fingerspitzen seiner beiden Hände gegeneinander.

»Patrizia war so unschuldig«, er lächelte gequält. »Sie war so ..., aber lassen wir das!«

Etwas Ähnliches hatte Hofbauer schon des öfteren gehört.

»Hatte Ihre Verlobte ...«

»Wir waren nicht verlobt!«

»Verzeihung!« Verblüfft nagte der Kommissar an seiner Unterlippe. »Hatte Ihre, nun, Freundin irgend etwas mit der Scientology-Sekte zu tun?« erkundigte er sich.

Der Doktor lachte kurz auf. »Ihre Sorgen möchte ich haben!« Er wurde wieder ernst. »Patrizia hatte zu diesen Leuten nicht den geringsten Kontakt. Aber darf ich, auch wenn es nicht üblich ist«, sein Blick auf den Kommissar sprach Bände, »darf ich trotz allem, ganz ausnahmsweise, meinerseits eine Frage stellen?«

Hofbauer nickte zustimmend. Anita, die bis jetzt schweigend zugehört hatte, bekam ihre spitze, nicht sehr attraktive Nase.

»Wann können wir Patrizia beerdigen?«

»Wer ist ›wir‹?«

»Nun, ich weiß nicht, wir alle, die wir ...«

»Ich gebe Ihnen Bescheid«, sagte Hofbauer. »Unsere Untersuchungen sind allerdings noch nicht abgeschlossen!«

»Eine Nullachtfünfzehn-Antwort«, fauchte Woerner, wieder voll in seinem Element. »aber immerhin eine Antwort.«

Erneut trat eine Pause ein, erst unterbrochen von Kollegin Berger, die, eine Semmel kauend, ins Zimmer trottete. Hofbauer hatte noch immer keine Ahnung, was sie eigentlich wollte.

»Sie haben sich also um acht Uhr abend von Patrizia Keller verabschiedet«, ließ sich Anita nachdenklich vernehmen, so als ob sie das ganze Gespräch noch einmal von vorne beginnen wollte.

»Ich erinnere mich leidlich, dies schon einmal erwähnt zu haben.«

»Und haben vorher den ganzen Tag im Bett verbracht. Mit Patrizia.«

»Wie kommen Sie, also muß ich mir das ...«

»Alleine?«

»Was heißt alleine?«

»Nur Sie und Patrizia?«

Der Doktor sprang auf, bleich wie die Wand, baute sich zornbebend vor Anita auf. »Was kostet es«, brüllte er, »wenn man einer miesen kleinen Polizistin eine scheuert?«

»Mehr als den Führerschein«, sagte Anita kühl.

Mit einem Hechtsprung war Dr. Woerner an der Tür. Riß sie auf und stürzte hinaus. Den verblüfften Beamten kam es vor, als hörten sie ihn sämtliche Treppen hinunterpoltern, drei Stockwerke tief, jede Stufe einzeln.

Es dauerte, ehe Hofbauer wieder die Fassung gewonnen hatte. Mindestens genauso lange, bis Kollegin Berger erneut zu kauen anfing.

»Das ging«, sagte der Kommissar, »aber gehörig zu weit. Haben Sie«, es fiel ihm nichts Besseres ein, »haben Sie sich erkältet, Fräulein Mauermann?«

Es war das erste Mal, daß er Anita bei ihrem Nachnamen nannte. Die blieb erstaunlich ruhig.

»Ich bitte um Vergebung«, sagte sie förmlich. »Es hat mich gereizt, den Typen mal aus der Rolle fallen zu sehen. Ich mag ihn nicht. Kann ihn nicht leiden.«

»Das ist kein Grund, solch hanebüchenen Quatsch zu erzählen. Wie kommen Sie auf diesen Blödsinn, auf den Gedanken, Dr. Woerner und Patrizia, also wer soll denn da, verdammt noch mal, der oder die, jetzt reicht's mir aber, Dritte gewesen sein?«

»Ich habe keinen blassen Dunst.«

»Das ist wenig!«

»Haben Sie's denn nicht gesehen?« Anita klang verhalten triumphierend. »Auf der zerwühlten Matratze in Patrizias Zimmer lagen drei Kopfkissen. Drei! Nicht zwei.«

Kollegin Berger, die mit ihrer Brotzeit inzwischen halb fertig geworden war, sagte mit dienstlicher Stimme, sie habe im Fernsehen durchaus schon Filme gesehen, in denen, äh, Liebe zu dritt vorgekommen sei. Wenn sie das bemerken dürfe.

Hofbauer erklärte mürrisch, er habe nicht vor, irgendwelchen Fernsehschund in die Beweisführung aufzunehmen. Und natürlich habe er die drei Kopfkissen ebenfalls bemerkt. Habe aber nicht soviel Phantasie wie gewisse Damen.

Er mußte an Milly denken und an den Nachtisch, den sie ihm am vergangenen Abend vor die Tür gestellt hatte. Mascarpone mit geraspelter Schokolade! Ausführliche Gedanken an Milly und, zum Kuckuck, die nabelfreie Anita und an das, was momentan zur Debatte stand, verwehrte er sich streng.

Sie saßen da und versuchten, die aus dem Lot geratene Stimmung auf möglichst originelle Art wegzupusten. Hofbauer kramte in seinen Papieren, wippte nervös mit den Füßen und erinnerte sich an die Zeiten, in denen er sich in solch einem Fall eine würzige Zigarre angezündet hatte.

Anita betrachtete stumm ihre Fingernägel.

»Patrizia Keller«, er verstaute einen einsamen Radiergummi in der überquellenden Schublade, »dies zu Ihrer Information, war Helferin. Keineswegs Apothekerin. Man hat es mir heute in der Versammlung mitgeteilt.«

»Ist das von Bedeutung?«

»Es wird sich zeigen.«

Ein Mindestmaß an Konsens schien wiederhergestellt.

»Sie war jung«, sagte Hofbauer. »Sie war Helferin. Dazu paßt dieses Zimmer viel besser. Ich meine, die merkwürdigen Blechschilder an der Wand.«

»Das unaufgeräumte Geschirr!«

»Möglich. Aber da ist noch etwas. Haben Sie schon mal überlegt, warum sie derart viele Medikamente in ihrer Bude hatte?«

»Sie ging in der Apotheke ein und aus.«

Hofbauer mußte zugeben, daß dies eine plausible Antwort war.

Er schob den Gedanken vorerst zur Seite. Er sagte: »Haben Sie die Phantomzeichnung rausgegeben?«

Anita nickte.

»Und? Schon eine Reaktion?«

»Nein!«

»Und Sie bleiben dabei: Kein Türke?«

»Jugoslawe!«

Hofbauer überlegte, ob er eine kleine Wette mitlaufen lassen sollte, fünf Euro, ob Jugoslawe oder Türke. Das wäre lustig gewesen. Aber er fühlte sich nicht lustig. Nicht im geringsten.

Kollegin Berger, die ziemlich verständnislos der Unterhaltung gelauscht hatte, brachte sich in Erinnerung.

»Übrigens«, ihr Gesicht erhellte sich, »heute nachmittag hat ein Herr angerufen«, sie kramte einen Zettel aus der Hosentasche, »Morisken-Apotheke, Schwabing, Apotheker Rilke.«

»Wie der Dichter?«

»Wie wer?«

»Vergessen Sie's!«

Die Beamtin verstummte irritiert, holte Luft und begann aufs Neue: «Er hat angerufen, hat unglaublich viel geredet, er muß Sie unbedingt sprechen, hat er gesagt, wegen der allgemeinen Lage. Und wegen der Katastrophe.«

»Welche Katastrophe?«

Berger dachte angestrengt nach. »Irgendwas mit Holland, glaube ich.« Sie legte den zerknitterten Zettel auf Hofbauers Schreibtisch.

»Die Telephonnummer steht drauf. Der Mann ist Tag und Nacht erreichbar. In der Apotheke, in seiner Wohnung, über das Handy.«

Hofbauer seufzte ergeben.

Kollegin Berger machte sich, nach getaner Pflicht, auf übergroßen Zehenspitzen davon.

»Prost!« sagte Hofbauer und hob ein imaginäres Glas in die Höhe. »Samma wieder guad!«

Anita lächelte geheimnisvoll.

Apotheker Freddy Rilke saß vor seinem Computer, studierte Tabellen, blätterte in der Roten Liste, telephonierte gleichzeitig auf drei Apparaten.

»Selbstverständlich hat die Apotheker-Kammer da Unrecht«, rief er in das linke Telephon, »wenn Sie das Zahlungsziel noch etwas verlängern würden, können wir darüber reden«, sprach er in das rechte. Und »heute abend ist Opern-Abonnement«, bediente er das mittlere.

»Nehmen Sie einen Stuhl«, flüsterte er dem Kommissar, den man freundlich ins Büro gewiesen hatte, zwischendurch zu, »es dauert nicht mehr lange.«

Es dauerte noch etwa eine halbe Stunde, in der Rilke mit Behörden, Großhandlungen, Ärzten, Kunden, Kollegen und sonstigen Menschen parlierte, schimpfte, drohte, lachte. Dann drehte er sich abrupt zu seinem Besucher um und sagte: »Ein ruhiger Tag! Bei dieser Hitze liegen mehr oder weniger sowieso alle flach.«

Hofbauer erklärte, er habe leider nur ein paar Minuten Zeit, es sei Freitagnachmittag, und er müsse noch zu einem Arzttermin.

Sein Gegenüber deutete zum Computer, auf dessen Bildschirm ein Zeitungsartikel zu sehen war.

»Und da behauptet dieser Medizinmann«, er konnte vor purem Hohn kaum sprechen, »dieser Doktor Sowieso, Paracetamol sei ein Abkömmling der Salizylsäure. Ist das nicht absoluter Schwachsinn?«

Hofbauer beschloß, auf diese Frage höflich, aber konsequent zu schweigen.

»Sie haben von einer Katastrophe gesprochen, am Telephon«, sagte er. »Hat diese Katastrophe irgend etwas mit dem Mord an Patrizia Keller zu tun?«

Rilke nahm die Brille ab, betrachtete seinen Gast konzentriert und mit ernster Miene.

»Alles hat mit allem zu tun«, antwortete er. Putzte sich seine Brille, setzte sie wieder auf.

»Sie waren in der Versammlung?« Er wartete die Antwort gar nicht ab. »Was halten Sie davon? Haben Sie die Rede des Präsidenten gehört?«

»Ich ...«

»Globaler Irrsinn! Fatal daneben, wenn Sie mich fragen.«

»Ich bin nur Polizeibeamter ...«

»Und da hat Freddy Rilke doch auch seine Meinung kundtun müssen, nicht wahr? Ich habe gut gesprochen, wirklich gut!«

Er lehnte sich zufrieden in seinem ausgeleierten Bürostuhl zurück.

Ein Telephon läutete, Rilke hob ab und war in Sekundenschnelle in ein weiteres Gespräch vertieft.

Hofbauer erinnerte sich an ›die Pforte‹ des Waldkrankenhauses Planegg. Dieser weiße Kittel vor ihm war ihr um Längen überlegen.

Er schwang sich aus seinem Sessel. »Ich rufe Sie dann an!« sagte er halblaut.

»Aber nein doch!« Mit beachtlicher Schnelligkeit stand Rilke neben ihm. »Bleiben Sie! Warten Sie!« Er knallte den Hörer auf die Gabel. »Wenn ich bitten darf!«

Mit einer fast zu übertriebenen Verbeugung lotste er seinen Gast in einen holzgetäfelten Nebenraum, gediegen ausgestattet mit kunstvoll gebundenen Büchern, einer Handvoll alter Stiche, einem merkwürdig geschwungenen, halbmondförmigen Tisch.

Er eilte zu einem Schrank, warf Eiswürfel in zwei Gläser, schüttete ein paar knallfarbige Ingredienzien hinzu, reichte eines der Gläser dem Kommissar.

»Auf Ihr Wohl!«

Hofbauer trank schnell mehrere Schlucke, es schmeckte leicht bitter, ungemein erfrischend, was ihm der Pharmazeut da zusammengemixt hatte. Der wurde ernst.

»Grausame Sache«, sagte er. »Dieser Mord an Fräulein Keller. Ich habe sie übrigens gekannt.«

»Sie meinen?«

»Patrizia hat bei mir gelernt. Sie war Azubi, vor etlichen Jahren. Die Gute war manchmal ein wenig abwesend, nicht ganz bei der Sache. Sie war übrigens, und das glaube ich ohne weiteres sagen zu können, durchaus kein Kind von Traurigkeit.«

Hofbauer schüttete den Rest des Drinks in sich hinein.

»Darf ich dann auch Sie fragen, bitte nehmen Sie mir's nicht übel: Wo waren Sie in der Nacht von Sonntag auf Montag?«

Der Apotheker reagierte eher amüsiert. »Ich war bei Freunden«, sagte er, »in geselliger Runde. Wenn Sie einen dieser Leute anrufen wollen, ich kann Ihnen die Liste ausdrukken lassen, für Freddy Rilke überhaupt kein Problem.«

Er nahm Hofbauer das Glas aus der Hand, ging zum Alchemistenschrank. Und schon hatte der Kommissar einen neuen Zaubertrank zwischen den Fingern.

»Im Labor haben wir aus Reagenzgläsern gesoffen, reine Schwefelsäure. Prost!«

Zufrieden grinsend setzte sich Rilke an den halbrunden Tisch. Hofbauer nahm ihm gegenüber Platz.

»Wo hat Fräulein Keller gearbeitet, nachdem Sie bei Ihnen ausgelernt hatte?« Er schwor sich, an dieser zweiten Portion Schwefelsäure nur ganz vorsichtig zu nippen.

Rilke faltete die Hände über dem Bauch.

»Zwei Jährchen war sie hier noch tätig, in der lieben Morisken-Apotheke. Das junge Mädchen hatte gute Warenkenntnisse, wirklich erstaunlich. Dann ist sie, glaube ich, zum Kollegen Delft nach Planegg gegangen.«

»Aha!« Der folgende Schluck war wesentlich größer, als Hofbauer mit sich selbst verabredet hatte.

»Und von Delft dann gleich zu Kobol?«

»Möglich.«

Es entstand ein kurzes Schweigen, in dem nur der am Fenster vorbeiflutende Schwabinger Verkehr zu vernehmen war.

»Was ist die ›holländische Katastrophe‹?« fragte Hofbauer.

»Doc Morris!« Die Worte kamen wie Gewehrsalven. »Der Internet-Ramschladen aus Holland.« Rilke sprang auf, rannte hin und her. Bekam rote Flecken im Gesicht.

»Man kann dort Medikamente online bestellen, einfach so, unter Umgehung der deutschen Apotheke. Natürlich nur die

Renner, die Schnelldreher, die Geldmacher, das ist ja das Ordinäre. Alles, was intensive Beratung und Lagerhaltungskosten verursacht, Warenpflege, pharmazeutisches Wissen, können Sie bei Scheißkerl Morris vergessen.«

Er schien jetzt beinahe zu platzen.

»Wozu haben wir jahrelang studiert? Haben Hunderttausende in unsere Unternehmen gesteckt? Unterhalten sündteure Labors, leisten uns hochkarätige Mitarbeiter, alles, damit dieser Eulenspiegel die Sahne abräumt?«

Er pflanzte sich vor Hofbauer auf, wie ein weißlackierter, rotgesprenkelter Moriskentänzer seiner gleichnamigen Apotheke.

»Mir tut das nicht weh«, sagte er. »Wenn man davon absieht, daß ich vermutlich ein oder zwei Kräfte entlassen muß. Auch nicht unbedingt sehr sozial! Aber die Einmann-Apotheken, Kobol zum Beispiel, die gehen vor die Hunde! Und die Arzneimittelversorgung ebenfalls. Denn wo sollen die Menschen in seiner jämmerlichen Siedlung ihre Medikamente holen, wenn der Gute nicht mehr vorhanden ist?«

Er machte eine kunstvolle Pause.

»Beim Internet-Apotheker! Eben! Und das ist gewollt, glauben Sie mir! Da steckt die gesamte Politik dahinter, garantiert!«

Rilke grapschte nach seinem Handy, drückte darauf herum und telephonierte mit einem Menschen, der in Niederbayern oder sonstwo hocken mußte. Der Kommissar beschloß, sich zu verabschieden. Nachdem er sich noch einen letzten Schluck genehmigt hatte, ging er zur Tür. Aber wiederum kam er nicht allzuweit. Rilke erwischte ihn am Jackenärmel.

»Moment!« brüllte er ins Telephon. Und zu Hofbauer sagte er, wobei die Flecken merkwürdigerweise fast vollends wieder verschwunden waren: »Ich gebe am Sonntag eine kleine Gesellschaft. Wir treffen uns um 18 Uhr an der Dampfer-Anlegestelle Starnberg. Wenn Sie mir die Freude machen würden: Sie sind herzlich eingeladen. Nehmen Sie mit, wen

Sie wollen. Es wird prachtvolles Wetter werden, wie jedes Jahr.«

Er begleitete seinen Gast in die mit Kunden überfüllte Offizin, in der eine Unzahl weißer Gestalten zwischen übervollen Regalen umherschwirrte, um den Mühseligen und Beladenen ihre lebensrettende Medizin in den Rachen zu werfen.

»Geben Sie mir Ihre E-mail-Adresse«, flüsterte Rilke, »dann übermittle ich Ihnen die Replik, die ich auf den Präsidenten gehalten habe. Sie war wundervoll!«

Mit einer geschickten Körperdrehung und einem rasch gemurmelten »Auf Wiedersehen!« gelang es Hofbauer, im Strom der Passanten unterzutauchen.

Dieser Brief machte ihm zu schaffen.

Er hatte am Sonntagvormittag im Kasten gelegen, und Hofbauer erkannte die Handschrift sofort. Der Brief war von Claudia, seiner Frau. Sie schrieb in kurzen, vorwurfsvollen Sätzen, Bastian habe ihr einen Barscheck geklaut und damit 2000 Euro abgehoben. Sie wisse nicht, was er mit dem Geld »veranstaltet« habe.

Er spreche kaum noch mit ihr.

Dem Jungen fehle eine »starke Hand«. Wenn er, Hofbauer, sich schon nicht mehr um sie kümmere, solle er wenigstens ab und zu ein Auge auf seinen Sohn werfen. Außerdem brauche das Haus eine neue Heizungsanlage.

Der Kommissar sah zu Anita hinüber. Sie saßen in der S-Bahn nach Starnberg, Hofbauer in leidlicher Schale, seine Mitarbeiterin in ein sommerliches Edel-Kunstwerk gehüllt, wie immer schmuck und sorgfältigst gestylt, frisch wie der junge Tag.

Ob Bastian schon eine Freundin hatte? Natürlich hatte er eine Freundin, er war 16 Jahre alt, mit Sicherheit schliefen sie zusammen, er fragte sich allerdings wo und vor allem, wie. Der Junge war aufgeklärt, Gott sei Dank, aber ob er im rechten

Augenblick die Präservative in der Hosentasche trug, war eine andere Frage.

2000 Euro! Das bedeutete Hasch, Rauschgift, akute Gefahr für Bastian. Abtauchen ins Rotlichtmilieu!

Hofbauer geriet ins Schwitzen.

Sicher fuhr der Knabe nach München, landete am Hauptbahnhof oder an sonstigen neuralgischen Punkten. Und sein Vater machte sich bei der Kripo wichtig, ahnungslos!

Anita lächelte, fast verträumt. Wobei die Frage offenblieb, inwieweit Kriminalbeamtinnen verträumt zu lächeln überhaupt im Stande waren.

Dachte sie an ihren Stuntman, an seine körperliche Fitness zu allen Tages- und Nachtzeiten? Oder an Patrizia Kellers Bett mit den drei Kopfkissen? Oder sie dachte an gar nichts, lächelte tapfer, obwohl es Sonntagnachmittag war und ihr Ausflug nicht nur dem Vergnügen diente.

Hofbauer selbst dachte an seine Frau, er versuchte zumindest, an sie zu denken, aber das Bild, das er sich von ihr machte, verschmolz mit dem Bild von Milly, die am Freitagabend erschienen war und darauf bestanden hatte, ihm den Rücken zu massieren.

»Ich habe Neuigkeiten«, sagte Anita in Hofbauers Gedanken hinein. Der Zug hielt am Bahnhof Gauting, ein paar Betrunkene stiegen zu, hockten sich grölend auf die übernächste Bank.

»Und?« fragte Hofbauer.

»Über Apotheker Kobol, zum Beispiel.«

»Laß hören!«

»Er hat eine miese Apotheke und ein irres Haus.«

»Sowas soll's geben.«

»Er fährt ein dickes Auto.«

»Hm.«

Was sollte Hofbauer mit seinem Jungen machen? Ein Gespräch von Mann zu Mann? Ein strenges Verhör?

War nicht Hofbauers Vater vor Jahren in derselben Lage gewesen, als Hofbauer junior die Schule schmiß und unbedingt Bootsbauer in Irland werden wollte? Hatte der Junior da auf seinen alten Herrn gehört? Nicht die Bohne!

»Die Fingerabdrücke in Patrizias Wohnung stammen von drei Personen.« Anita ließ nicht locker. »Von Patrizia selbst, von Dr. Woerner und«, sie machte eine Pause, »von einer weiteren Person, die wir nicht kennen.«

Das dritte Kopfkissen! Also doch!

Anita sah aus dem Fenster. »Da ist noch ein kleines Sensatiönchen. Wir haben im Keller eine Ecke mit Gerümpel gefunden. Sie gehörte Patrizia. Und in einem Karton versteckt«, sie hauchte gegen die Scheibe, »lagen ein paar Bücher.«

Hofbauer starrte sie an. »Und?«

Seine Kollegin wischte das Angehauchte zur Seite. Zog ein unschuldiges Gesicht. »Der Autor dieser Bücher ist ein gewisser Ron Hubbard«, sagte sie, so unbeteiligt wie möglich. »Ron Hubbard war bekanntlich der Gründer der Scientology-Sekte.«

Der Kommissar antwortete zunächst nicht.

Er schloß die Augen, dachte für zehn Sekunden an die Krokuswiese am Langbürgener See, die nur er kannte, er und ein paar Auserwählte, sonst keine Menschenseele. Wenn er Zeit hatte, dann würde er mit Milly diese Krokuswiese besuchen, am Langbürgener See. Irgendwann einmal, ganz bestimmt.

Ein Stapel Bücher! Geschrieben von Herrn Ron Hubbard! Also wieder mal ein Hinweis auf Patrizias Suche nach dem »Erlöser«! Wenn Mr. Hubbard auch die garantiert falsche Adresse war.

»Erinnern Sie sich an die Schachtel mit den Sprays?« Hofbauer war froh, auch seinerseits einen nicht allzu schlechten Trumpf im Ärmel zu halten.

»Ich habe einen Kollegen nochmal in Patrizias Wohnung geschickt. Ich werde die Dinger prüfen lassen.«

»Und warum?«

»Ich bin überzeugt davon, daß da irgendwas nicht stimmt.«

»Fälschungen?«

»Möglich.«

Anita sagte: »Vielleicht haben Sie das große Los gezogen? Vielleicht sind wir einer riesengroßen Sauerei auf der Spur?«

Hofbauer nickte. Möglich, daß er endlich den roten Faden gefunden hatte. Möglich, daß die Erde rund war. Oder auch nicht. Oder doch.

Außerdem: Lag nicht ein herrlicher, höchst passender Abend vor ihm?

Die Einladung des Apothekers Rilke! Verbunden mit der Aussicht, sich die Herren in Weiß einmal näher anzusehen. Und ein paar Stunden lang seinen Frust hinunterzuschlucken und ein fröhliches Gesicht machen zu dürfen. Beziehungsweise: zu müssen.

In Starnberg angekommen, kletterten sie aus dem Zug, stiegen die Treppe hinunter und wanderten hinüber zum Dampfersteg.

Dort waren sie nicht allein.

Eine Unmenge erwartungsfroher Damen und Herren hatte sich an der großen Anzeigetafel versammelt, immer neue kamen hinzu, begrüßten sich, fielen sich in die Arme, klopften sich auf die Schultern, schrien sich enthusiastisch in die Ohren, welch phantastisches Wetter doch wieder einmal sei.

Alle trugen umfangreiche Pakete, wolkenartige Blumensträuße, einer hatte gar ein lebendes Ferkel unter seinen rechten Arm geklemmt.

Betreten stellten Hofbauer und Anita fest, daß ihr Gastgeber Geburtstag hatte, nach dem Volumen der Geschenke zu urteilen einen bedeutsamen, runden. Sie aber standen da, unwissend, mit leeren Händen.

Da erschien das Geburtstagskind höchstpersönlich.

Im Fond eines Oldtimers sitzend, rollte Freddy Rilke auf die Gesellschaft zu. Er war als König Ludwig II. verkleidet, mit einem Hermelinmantel angetan und einer Krone auf dem

Haupt. Huldvoll winkend nahm er die Parade ab, schüttelte Hände, küßte spitze Schnäuzchen, tätschelte Wangen und Popos.

Er entstieg der Kalesche, man verneigte sich tief, und gemessenen Schrittes wandelte Apotheker Freddy Rilke über den Steg und an Bord des von ihm gecharterten Buccentaurus.

Anitas Augen waren immer größer geworden. In einem grotesken Lachanfall hockte sie sich auf eine Bank, glucksend und schluckend, so daß ihr sommerliches Etwas bedrohlich aus der Fasson geriet.

»Das ist super!« japste sie. »Sind wir auf Schloß Neuschwanstein oder wo?«

Da kam Kobol auf sie zu. Er schleppte eine Riesenflasche Cognac quer vor seinem Bauch, ähnlich dem Hecht auf dem Schnappschuß in seinem Nachtdienstzimmer.

»Dachte ich's mir doch«, sagte er, »das Auge des Gesetzes läßt uns keine Chance. Es sucht noch immer nach dem Mörder meiner Patrizia!«

»Ihrer Patrizia?«

»Unserer Patrizia!« Das war Delft, der ebenfalls aufgetaucht war, die Zigarette in der Rechten, ein kofferartiges Paket unter den Arm geklemmt, die linke Hand zum Aschenbecher geformt.

»Wir haben sie alle geliebt«, sagte er. »Und Trauer ist noch immer in unseren Herzen.«

»Stammt das von Ludwig zwo?« kicherte Anita.

Die beiden Pharmazeuten schwiegen irritiert.

Hofbauer konnte ein Grinsen nicht unterdrücken. Er sagte zu Kobol: »Nehmen Sie's nicht allzu krumm. Der Auftritt des leibhaftigen *Kinis* kam für uns beide doch recht unverhofft. Wir haben außerdem ein nicht geringes Problem.«

Er erklärte ihre mißliche Lage, vom Geburtstag Rilkes keine Ahnung gehabt zu haben.

»Aber das macht ja nichts!« Kobol wollte abwehrend die Hände heben, erinnerte sich jedoch an seine Flasche und hielt mitten in der Bewegung inne.

»Freddy schaut sich den Kram sowieso nicht an. Er schenkt ihn in den nächsten Wochen weiter. An seine Kunden. Oder an seine weit verzweigten Beziehungen.«

Wieder begann Anita zu lachen, was Herrn Delft zu einer nicht eben freundlichen Bemerkung veranlaßte, gewisse kindische Damen betreffend.

Anita tat so, als hätte sie nichts gehört.

»Na, dann wollen wir mal!« Kobol drehte sich auf dem Absatz um und wanderte Richtung Dampfersteg. Die beiden Kriminaler trotteten hinterdrein, den paffenden Delft neben sich, der begeistert von den kulinarischen Genüssen schwärmte, die zu erwarten waren.

Sie schlängelten sich ins Innere des Schiffes, in dessen Mitte eine riesenhafter Tisch aufgebaut war, beladen mit den Devotionalien, die Rilke doch wieder weiterschenken würde. Senkrecht über dem Tisch hing eine aus scheinbar purem Gold geschnittene »50«.

Der Jubilar selbst stand ein paar Meter vor den Geschenken, immer noch in vollem Ornat. Erneut bedachte er Männlein und Weiblein mit freundschaftlichen Püffen, Küssen, Händedrücken, sagte ein ums andere Mal, »das hätte es aber doch nicht gebraucht«, und bedeutete seinen Untertanen, die »Sachen« ganz einfach und ohne viel Aufhebens zu all den anderen zu legen.

Als Hofbauer und Anita an der Reihe waren, verlor seine Majestät für den Bruchteil einer Sekunde sein breites Grinsen, hatte sich aber rasch wieder in der Gewalt.

»Da sind Sie nun also doch gekommen«, rief er mit seiner etwas quäkenden Stimme, »das freut mich aber ganz besonders!« Er reichte Anita die Hand. »Die Frau Gemahlin? Oder das Fräulein Tochter?«

»Keins von beiden«, sagte Hofbauer trocken. »Frau Mauermann ist meine Mitarbeiterin.«

»Und ist auch am heiligen Sonntag im Dienst? Also ich finde das wirklich beispielhaft. Sie könnten eine pflichtbewußte Apothekerin abgeben.«

Und mit galantem Lächeln wandte er sich den nächsten Gratulanten zu. Daß er von Hofbauer und Anita keinerlei Geschenke bekommen hatte, schien er gar nicht zu bemerken.

Froh, ohne Küsse oder Boxhiebe davongekommen zu sein, mischten sich die beiden Eindringlinge unters Volk.

Hofbauer konnte Gerlach erkennen, das hustende Ungeheuer aus der Versammlung, selbst der ölige Präsident hatte den Weg aufs Schiff gefunden.

Auch Kobols Mitarbeiterin, Frau Kriebig, war da. Ein wenig verloren stand sie herum, so als warte sie auf ihren Bräutigam, der aber leider doch nicht kommen wollte.

Hofbauer lehnte sich an die Reling, versuchte Anita zu finden, konnte sie aber in der Menge nicht entdecken. Das Signalhorn fing an zu tuten, das Schiff setzte sich in Bewegung, oben auf dem Sonnendeck spielte eine Musikkapelle das Lied vom Städtele, das man, »muß i denn, muß i denn«, zu verlassen habe.

Sie tuckerten über den See, dienstbare Geister verteilten gefüllte Gläser, die nicht mit Alchemistengift gefüllt waren, sondern mit wohlschmeckendem Prosecco. Hofbauer betrachtete sich die Segelboote, die wie auseinandergefaltete Tempotaschentücher, attraktiv von der Sonne beschienen, dem Ufer zustrebten.

Die Stimmung auf dem Schiff! Hofbauer fand sie unwirklich, fast krankhaft, mehr als gespenstisch. Es waren im Grunde die gleichen Leute, die er im Arabella-Hotel getroffen hatte, aber es waren nur scheinbar die gleichen.

Sie spielten Theater. Sie bemühten sich, heiter zu sein, fanden alles köstlich und spaßig, verbreiteten eine künstliche, aufgekratzte Fröhlichkeit. Eine Art Endzeitstimmung, wie er sie noch nie erlebt hatte.

Er starrte auf den See. Was Bastian jetzt wohl machte? Ob er irgendwo ein Weib aufriß und mit ihm zusammen die 2000 Euro verjubelte? Koks schnüffelte? Verdammt nochmal, wieso bekam Hofbauer diese Sache nicht in den Griff? Was hatte er wieder mal falsch gemacht?

Er stutzte. Riß sich aus seinen miesen Grübeleien.

Drüben, hinter ein paar aufgestapelten Stühlen stand Dr. Woerner und unterhielt sich angeregt mit Kobol. Hofbauer versteckte sich hinter einer eisschleckenden Matrone und schielte an ihr vorbei in Richtung der beiden Medizinmänner.

Sie stritten sich, da gab es keinen Zweifel, kurzzeitig sah es sogar so aus, als wollte Woerner den Apotheker packen und über das Geländer werfen.

Die Eisschleckende walzte zur großen Treppe, Kobol und Woerner fuchtelten mit den Armen in der Luft herum, da stopfte der Doktor seinem Kontrahenten ein dickes Briefkuvert in die Jackentasche.

Wie ein Wiesel entschlüpfte Kobol und hastete davon.

Der andere stand ratlos da, setzte sich zornig eine überdimensionale Sonnenbrille auf und kam direkt auf Hofbauer zu. Aber er stelzte an ihm vorbei, zum Heck des Schiffes, wo er sein erzürntes Antlitz der tiefstehenden Sonne entgegenstreckte.

Plötzlich gab es einen Tusch, und jedermann eilte aufs Oberdeck.

Dort hatte sich Rilke aufgebaut, nicht mehr als König verkleidet und auch nicht im weißen Kittel, sondern jetzt im vertrauten Münchner Zivil, bestehend aus saloppem Anzug und offenem Hemd. Der Mensch mit dem lebenden Ferkel stand neben ihm.

Ein weiterer Tusch folgte, und der Mensch begann eine Rede auf den Jubilar zu halten, der es sich nicht habe nehmen lassen, seine engsten Freundinnen und Freunde zu dieser einmaligen Tour einzuladen, die aber hätten keine Mühen und Kosten gescheut, trotz höchst angespannter wirtschaftlicher Lage, und schließlich und endlich, man habe hin und her überlegt, und sei zum Schluß auf die wahrhaft köstliche Idee gekommen, hier dieses lebende Ferkel, hahaha, als kleines Dankeschön überreichen zu dürfen, zu wollen und zu haben, äh, mit einem herzlichen Glückwunsch für ein langes, erfolgreiches, nun ja, er lebe hoch, hoch, hoch!

Wiederum gab es einen Tusch, und der Mensch überreichte das rosige Präsent dem gerührt grinsenden Festifikanten. Die Menge applaudierte, auch Hofbauer konnte nicht umhin, wie es sich gehörte, und dabei erkannte er Anita, die nicht weit von ihm stand und mit einem feurigen Jüngling leidenschaftliche Blicke tauschte.

Der Kommissar gestattete sich, erstaunt zu sein.

Jetzt ergriff Rilke das Wort.

»Ich habe immer hart gearbeitet«, sagte er, das Schwein auf dem Arm, »ich habe von der Pike auf gelernt, und mit Fleiß und Beharrlichkeit ist es mir gelungen, aus einer kleinen, man verzeihe das harte Wort, aus einer kleinen Klitsche eine doch recht erfolgreiche, pflichtbewußt geführte Apotheke zu schaffen.«

Und dies alles aber habe er nur seiner geliebten Gattin zu verdanken, die ihn mit Rat und Tat unterstütze, im Unsichtbaren wirke und ihn »als starke Frau an seiner Seite« erst zu dem gemacht habe, was er jetzt sei.

Er übergab das Ferkel dem entgeistert dreinblickenden Präsidenten und fischte eine höchst attraktive Blondine aus dem Publikum, die, das sah man auf den ersten Blick, in keinen der gängigen Witze paßte.

Die beiden küßten sich innig, und nachdem er verkündet hatte, das Buffet sei eröffnet, begab sich Rilke mit seiner Gattin in sein nun drittes Bad in der Menge.

Zurück blieben der Präsident mit dem Ferkel in den Armen und Hofbauer, der sich innig nach einem frischen Bierchen sehnte.

Der Präsident setzte das leise quiekende Tier auf den Boden.

»Nicht sehr originell, diese Schweine-Idee«, sagte er.

»Richtig.«

»Besser ausgedrückt: Ziemlich blöde.«

»Hm.«

Das Ferkel begann, schnüffelnd umherzuwandern, endlich ließ es sich in einem Stapel Geschenkpapier nieder, der sich unter einem Stuhl angesammelt hatte. Dort blieb es, leise vor sich hingrunzend, sitzen.

Hofbauer versuchte, auf halbwegs höfliche Art zur Quelle zu kommen. »Ich könnte etwas Flüssiges ganz gut gebrauchen«, murmelte er. »Kommen Sie mit?«

»Sie sind der Kripo-Beamte vom vergangenen Freitag?« erkundigte sich der Präsident, ohne auf Hofbauers Sehnsüchte einzugehen.

»Gestatten, Sommer, Sommersche Apotheke, München.« Er verbeugte sich, wobei er ein paar Spuren des Ferkelbesuchs von seinem Jackenärmel wischte.

Auch Hofbauer murmelte sein Sprüchlein. Gleichzeitig gelang es ihm, sich langsam in Richtung Speisesaal in Bewegung zu setzen. Der Präsident sagte, er hoffe dringend auf baldige Aufklärung des scheußlichen Mordes.

»Haben Sie schon einen Verdacht?« forschte er.

»Alle sind verdächtig«, antwortete der Kommissar. »Alle und niemand.« Er hatte herausgefunden, daß derlei wolkige Auskünfte am besten wirkten.

Sie postierten sich ans Ende der hungrigen Schlange. Anita huschte an ihnen vorbei, mit kalorienarm bedecktem Teller und blitzenden Augen. Ihr Jüngling war momentan verschwunden.

»Was halten Sie vom Kollegen Rilke?« setzte Hofbauers neuer Freund die Unterhaltung fort. »Eine Nummer für sich, nicht wahr?«

»Scheint recht beliebt zu sein«, sagte Hofbauer.

Sie rückten ein Stückchen vorwärts. Ein Photograph rannte durch den Saal, blitzte wahllos in die Menge. Die Stimme des Jubilars ertönte durchs Bordmikrophon, er wünschte allen einen ganz besonders guten Appetit.

Der Präsident lächelte säuerlich.

»Von der Pike auf gelernt«, seine Stirn legte sich in bedrohliche Falten. »Erfolgreiche Apotheke!« Die Worte klangen schroff und feindselig. »Wissen Sie was? Er hat seine Burg geerbt. Und noch drei weitere dazu! Und einen Palast in Grünwald. So sieht die Wahrheit aus, so und nicht anders!«

Hofbauer begnügte sich mit einem erstaunten Kopfnicken.

Sein Kompagnon geriet jetzt erst richtig in Fahrt. »Haben Sie den Mist gehört, den er verzapft hat, am Freitagvormittag?« bellte er so laut, daß sich die Leute vor ihm erstaunt umdrehten. »Mir wäre beinahe übel geworden.«

Sie waren jetzt an eine recht aussichtsreiche Position vorgerückt. Mehrere Köche eilten hin und her, es gab Gebratenes und Gesottenes, zweierlei Knödel, fünferlei Beilagen, zehnerlei Salate. Von den illustren Nachspeisen ganz zu schweigen, die aus der Ferne grüßten.

Der Präsident mahlte mit seinem gewaltigen Gebiß, zerkaute eine ganze Palette von wütenden Sätzen, ehe es ihm gelang, sich ein wenig zu beruhigen. »Zum Davonlaufen«, knurrte er immer wieder, »warum nur bin ich nicht zu Hause geblieben?«

An den Fleischtöpfen angekommen, wählte Hofbauer Schweinebraten, Kartoffelknödel, Krautsalat. Er ließ sich ein frisches Pils zapfen und setzte sich, den murrenden Präsidenten immer im Schlepptau, an einen etwas abseits gelegenen Tisch.

»Prost!« Schweigend begann er zu essen, wobei er feststellte, daß Apotheker Sommer sich mehr als die dreifache Portion auf seinen Teller hatte häufen lassen.

Der Braten war gut, aber nicht allererste Qualität. Wenn der Kommissar da an das Planegger Bräustüberl dachte ...

Dabei fiel ihm die morgige Beerdigung ein.

Patrizia Keller wurde »zu Grabe getragen«, in Planegg, auf ausdrücklichen Wunsch ihrer Mutter. Da konnten dann alle von ihrem Liebling Abschied nehmen, alle, die Patrizia in ihr Herz und auch noch sonstwo eingeschlossen hatten. Er räusperte sich, irritiert über seine, wie er fand, doch recht unpassende Anzüglichkeit.

Mittenhinein in das laute Geplapper der Speisenden erschien eine Bauchtänzerin, begleitet von einem Flöte spielenden Fakir. Sich windend und sich drehend, verteilte sie Schnäpse aller Art, stellte sie auf die Tische, wahllos, um dann auf einer kleinen Bühne ihre Künste zu zeigen.

Die Apotheker klatschten begeistert.

Hofbauer und der Präsident stürzten einen Schnaps hinunter, ließen einen zweiten folgen. Beschlossen, mit den Nachspeisen noch zu warten.

Die Kapelle spielte Oldies aus den zwanziger Jahren, man sah die Tanzwütigen vorüberziehen, der vom Präsidenten so gescholtene Freddy Rilke schleppte eine brünette Dame ab, die seiner blonden Gattin nur höchst entfernt ähnlich sah.

»Müssen Helferinnen Nachtdienst machen?« Hofbauer wartete, bis sein Gegenüber den Sinn der Frage erfaßt hatte. Der lehnte sich zurück, voll gefressen bis zum Hals.

»Ich bitte Sie«, rief er empört. »Helferinnen dürfen niemals zum Nachtdienst eingesetzt werden, das wäre ja noch schöner! Aber warum fragen Sie?« setzte er mißtrauisch hinzu.

»War nur so ein Gedanke«, erwiderte Hofbauer.

Apotheker Sommer aus der Sommerschen Apotheke erging sich in phantasievollen Tiraden über den standespolitisch und ethisch unverzichtbaren Auftrag des Pharmazeuten, Tag und

Nacht dienstbereit zu sein. »Samstags und sonntags«, rief er, »rund um die Uhr. Wir sind immer im Dienst!«

»Und heute? Wie stehen da die Akazien?« Anita Mauermann, Hand in Hand mit ihrem Jüngling, hatte sich herangepirscht.

Hofbauer ahnte nichts Gutes. Der Präsident aber reagierte souverän.

»Wir haben unsere treuen Mitarbeiter«, antwortete er prompt. »Übrigens, Sommer!« Er erhob sich und verbeugte sich leicht.

Anita sagte, die Mousse au Chocolat sei wunderbar, aber leider schon aus. Und die Band spiele absoluten Quark.

»*Gell, Babba, heit is zünfti!*« kicherte sie.

Dann verschwand sie mit ihrem Schatten in Richtung Liegestühle.

»Charmante Dame«, lächelte der Präsident süffisant.

Hofbauer erklärte, er müsse sich ein wenig die Beine vertreten. Möglicherweise, so hoffe er, gebe es auch irgendwo ein Schlückchen Kaffee.

Und ohne auf den Präsidenten zu warten, ging er zur Sektbar hinüber, bei der er das Gewünschte vermutete. Dort traf er auf Gerlach, der bereits in eine zierliche Tasse hustete.

»Nun, Sie Bedauernswerter«, Gerlach grinste breit, »sind Sie unserem obersten Mufti anheimgefallen? Das kommt davon, wenn man Sheriff ist.«

»Es kann nicht jeder ein edler Apotheker sein.« Hofbauer ließ sich eine doppelte Portion Kaffee einschenken und wollte sich schon davonstehlen, um ein paar Minuten allein sein zu können, als Gerlach ihn bat, nicht davonzulaufen.

»Bleiben Sie doch! Heute wollen wir fröhlich trällern!« Dabei sah er aus wie das leibhaftige Elend. »Hat doch unser Kanzler erst neulich wieder gesagt: ›Es geht aufwärts!‹« Er hustete kläglich. »Schon weitergekommen in Sachen Patrizia Keller?«

Der Kommissar schüttelte den Kopf.

»Armes Kind!« sagte Gerlach schlicht. »Bedauernswertes Wesen! Darf ich Ihnen einen Tip geben?« seine Stimme klang vertraulich. »Als kleine Wiedergutmachung für den ›Sheriff‹?«

»Der ›Sheriff‹ ist mir egal. Ich habe andere Probleme.«

»Sie meinen den Mordfall?«

»Auch.«

Der Apotheker schob die Hände in die Hosentaschen.

»Welche Probleme haben Sie denn noch?«

»Tja!« Hofbauer widmete sich ausführlich und intensiv seinem Kaffee. Gerlach musterte ihn, ohne ein Wort zu sagen.

»Sie trinken viel von dem Zeug?« fragte er und deutete auf Hofbauers Tasse.

»Es ist das einzige, was mich zur Zeit aufrechthält.«

»Nicht gerade das Gesündeste.«

»Der moderne Mensch muß wissen, woran er stirbt.«

»Ihr Galgenhumor ist bewundernswert.«

Die Musik machte eine wohltuende Pause. Das Schiff hatte den Motor stillgelegt, Anker geworfen, und schaukelte jetzt sanft auf den Wellen.

Malerisch hing der fast runde Vollmond in den Sternen.

»The sun descending in the west,
the evening star does shine ...«

Gerlach sagte es leise, scheinbar nur für sich.

»... the birds are silent in their nest,
and I must seek for mine.«

Das war Hofbauer, der nun verdutzt auf seinen Gesprächspartner starrte.

»Gymnasium Gräfelfing«, murmelte Gerlach, »Englisch bei Herrn Beltz.«

»Dann sind wir auf die gleiche Penne gegangen. Dacht ich's mir doch!« Hofbauer war nicht minder erstaunt. Er versuchte, die entstandene kleine Verlegenheit humorvoll zu überspielen. Lachend streckte er die Hand aus: »I bin der Peter, und du?«

»I bin der Erwin. Aber i bin älter als du!«

»Ich bin 53.«

»Sag ich's doch. Ich bin um drei Jahre reifer.«

Sie grinsten.

»Erinnerst du dich noch? Der Zörner in Physik!«

»Die Petersen in Englisch!«

»Der Enders!«

»Der ›Schwammerl‹!«

»Wir haben das Gedicht ins Deutsche übertragen müssen, ihr auch?«

»Und ob!« Hofbauer sah das Gräfelfinger Gymnasium deutlich vor sich, die abgewetzten Bänke, die vollgekleckster Schreibunterlagen. »Was reimt sich auf Mond? Was reimt sich auf Blume?«

»Wir haben uns die Zähne ausgebissen. Aber es hat Spaß gemacht.«

Die Bauchtänzerin kam vorbei, jetzt in bravem Zivil, und bot kleine Gläser mit Ramazzotti an.

»Auf deinen Husten!«

»Auf deine Probleme!«

Sie tranken. Gerlach verschluckte sich wieder einmal und schnaubte sich dabei fast die Seele aus dem Leib.

»Du müßtest mal einen guten Arzt konsultieren«, schlug Hofbauer vor. »Oder eine propere Apotheke aufsuchen.«

Der andere antwortete nicht gleich. Er fischte eine kleine Spraydose aus der Tasche, sprühte sich damit in den geöffneten Mund, ließ das Fläschchen wieder verschwinden.

»Das Zeug hilft nichts mehr«, knurrte er. »Schon seit Wochen. Ich weiß auch nicht, warum.«

Hofbauer beschloß, einen Versuchsballon steigen zu lassen. »Vielleicht ist es gefälscht?« fragte er lauernd.

»Damit macht man keine Witze!« Gerlach wurde ernsthaft böse. »Du hast keine Ahnung, was du da sagst!«

»Und die Gerüchte um das Waldkrankenhaus?«

»Sind lupenreiner Quatsch.«

»Die Rede von Delft, vorgestern, im Arabella Hotel?«

»Viel Lärm um nichts! Ich muß einfach mal was anderes ausprobieren, Auswahl genug habe ich ja.«

»Allerdings.«

Hofbauer spürte, daß er so nicht weiterkam. Die Mauer des Schweigens war unüberwindbar. Er klopfte unsichtbare Stäubchen von seiner Jackentasche.

»Du wolltest mir einen Tip geben«, sagte er versöhnlich. »Ich kann gute Tips dringend gebrauchen.«

Sein Schulfreund trank das Gläschen aus, drehte es zwischen den Fingern, stellte es auf den Tisch.

»Es ist weniger ein Tip, mehr ein Geständnis.« Gerlach musterte den Kommissar prüfend. Er überlegte lange und sagte dann zögernd: »Es handelt sich um Patrizia Keller, um sie ganz persönlich. Und um mich.«

»Da bin ich aber neugierig.«

»Es ist nicht einfach ...«

»Trau dich!«

Gerlach druckste herum wie ein Schüler, der seine Hausaufgaben nicht gemacht hatte.

»Patrizia sollte ein Kind bekommen ...«, begann er leise.

»Das wissen wir.«

Die Bauchtänzerin kehrte zurück, drückte dem Apotheker ihr allerletztes Glas in die Hand. Der schüttete den Inhalt in hohem Bogen ins Wasser.

»Dieses Kind«, sagte Gerlach leise und sah Hofbauer dabei nicht an, »dieses Kind ist von mir.«

Eine Pause entstand.

Von Seeshaupt her war eine Barke erschienen, vollbesetzt mit jungen Leuten, die jetzt Tücher schwenkend längsseits gingen und sich anschickten, Lieder zu singen. Der Maestro vorne im Boot hielt seine Stimmgabel ans Ohr, es wurde ganz still, dann raunte der »Chor der Gefangenen« über den friedlichen See.

Freddy Rilkes Gäste standen an der Reling und lauschten ahnungslos.

»Das ist allerdings ein Knüller!« Hofbauer war der Schrecken deutlich anzumerken. »Komm rüber, sei so freundlich!«

Er schnappte nach der Hand Gerlachs und zog ihn nach Steuerbord. Dort ließ er ihn stehen, trat ein paar Schritte zurück und betrachtete den verblüfften Pharmazeuten mit einem Gemisch aus Zorn und Besorgnis.

»Hast du noch ein paar solcher Enthüllungen?« forschte er.

Gerlach schien diese Reaktion Hofbauers nicht erwartet zu haben.

»Ich wollte dich bitten, die Sache vertraulich zu behandeln«, sagte er mit gepreßter Stimme. »Es darf nicht an die Öffentlichkeit kommen, wir sind da sehr altmodisch, meine Frau und ich, aber das Kind sollte einen Vater haben, wenn du das verstehst ...«

Er verstummte.

Hofbauers Gedanken wirbelten durch seinen Kopf.

»Das ungeborene Kind ist also von dir«, machte er sich noch einmal klar. »Weißt du, was das heißt? Du bist damit dringend verdächtig, die Keller umgebracht zu haben!«

»Aber das ist doch absurd!«

»Da bin ich anderer Meinung.« Hofbauers Worte kamen schnell.

»Wo warst du in der Nacht von Sonntag auf Montag? Wenn du kein handfestes Alibi hast, wird das ein handfestes Problem für uns beide!«

»Beruhige dich!« Gerlachs Gesicht wirkte für Sekunden fast heiter. »Ich kann dir versichern: Ich habe Patrizia nicht getötet.«

»Wo warst du am vergangenen Sonntag?«

»Zu Hause. Wir hatten ein Gartenfest. Mit abendlicher Grillerei. «

»Und das soll ich glauben?«

»Du kannst fragen, wen du willst, man wird es dir bestätigen.«

Applaus brandete auf von der anderen Seite her, es gab eine kurze Pause, dann folgte ein italienisches Volkslied, mit Inbrunst dargeboten. Es waren geschulte Sänger, die da am Werke waren, Freddy Rilke schien wieder einmal tief in die Tasche gegriffen zu haben.

»Und Woerner?« platzte Hofbauer mitten hinein in die Musik. »Was ist mit dem Doktor? Er ist der leibliche Vater, hat er mir erzählt! Er wollte Patrizia heiraten!«

Hofbauer machte einen Schritt nach vorne, trat dem verdatterten Gerlach beinahe auf die Füße.

»Ist das Gemeinschaftsarbeit von euch beiden, dieses bejammernswerte Ding?«

Der Apotheker riß die Augen auf.

»Du gehst zu weit, Hofbauer«, er knirschte mit den Zähnen. »Ich habe gehofft, man kann mit dir reden. Aber das einzige, was du fertigbringst, sind widerliche Witze.«

Er wandte sich ab und stierte hinaus in die Nacht.

Sie sprachen lange nichts, die Fetzen der Musik schwirrten über ihre Köpfe hinweg und jeder wartete, daß etwas geschehen möge, die bedrückende Stille zu beenden.

Es war Gerlach, der wieder ins Gespräch zurückkehrte.

»Da ist noch etwas«, sagte er verdrossen. »Meine Frau ist krank. Sie hat MS, lebt im Rollstuhl, schon seit drei Jahren.«

Hofbauer setzte sich auf einen der Plastikstühle, die neben dem Rettungsboot standen. Er drehte den Kopf nach hinten.

»Bist du noch da?«

»Selbstverständlich.«

»Ich muß es dir leider sagen«, es war keinerlei Genugtuung in seiner Stimme, »Herr Dr. Woerner hat den ganzen Sonntag nachmittag bei der Keller verbracht. Bis abends acht Uhr.«

Gerlach gab keine Antwort.

»Trifft dich das nicht?«

Schweigen.

»Du hast immer noch nicht kapiert, in welche Gefahr du dich mit deinem dämlichen Geständnis bringst.«

Hofbauer rückte den Stuhl zurecht, um Gerlach besser sehen zu können.

»Du lieferst dich auf leichtsinnigste Weise ans Messer.«

»Wieso?«

»Das Kind ist von dir, sagst du. Und dann erklärst du mir, daß du eine schwer kranke Frau hast, die von allem nichts wissen darf. Das versetzt jeden Staatsanwalt in helles Verzükken.«

Der Apotheker schien jetzt langsam aufzuwachen. Er preßte seine Hände gegen den Kopf.

»Das ist die tollste Story, die ich je erlebt habe«, seine Verzweiflung war nicht gespielt. »Hätte ich nur meinen Mund gehalten. Was bin ich doch für ein Idiot!«

Er schnappte nach Luft.

»Mensch, Peter! Du glaubst doch nicht etwa, ich hätte Patrizia getötet? Ich, der ich ...«

Er explodierte in einem satanischen Brechanfall.

Hofbauer sah ihm hilflos zu. Wartete geduldig, bis der andere wieder Luft bekam.

»Ich habe Patrizia nicht erschossen«, Gerlach sah in der Tat bejammernswert aus. »Ich besitze nicht mal eine Pistole.«

»Apotheker töten mit Gift. Wie es sich gehört!« Aus dem Dunkel war Delft aufgetaucht, überraschend und in voller Größe, die ständig brennende Zigarette in der rechten, ein paar Aschekrümel in der linken Hand.

Verärgert äugte Hofbauer zu ihm hinüber. Was hatte der Planegger Apotheker mitbekommen? Nur Gerlachs letzten Satz? Oder mehr?

»Anschleichen ist unfein«, knurrte der Kommissar.

»Aber in kriminalistischen Kreisen durchaus üblich, nicht wahr?« Delft stellte sein Glas mit großer Geste auf den Tisch und schnippte die Zigarette über Bord.

»Keine Angst«, ohne Unterbrechung steckte er sich einen weiteren Glimmstengel in den Mund. »Ich habe fast nichts gehört. Außerdem kann ich meinen Schnabel halten.«

Er klatschte Gerlach auf die Schultern.

»Fahr ans Meer, Erwin, sonst wirst du nie gesund!«

Delft zündete sich die neue Zigarette an, ohne auf seinen Freund Rücksicht zu nehmen.

»Hast du dem Singsang gelauscht? Mal wieder echt Freddy.«

Delft imitierte Rilkes leicht quäkende Stimme: »Und da hat doch Freddy Rilke mal wieder zeigen müssen, was er alles kann!«

Er lachte wiehernd.

Mit sanftem Druck löste er den widerstrebenden Gerlach von der Reling. Der riß sich los, eilte zu Hofbauer zurück.

Er war die pure Verzweiflung. »Du mußt mir vertrauen, Peter«, flüsterte er. »Sonst gibt es eine Katastrophe!«

Hofbauer wollte antworten, aber es fiel ihm kein einziges passendes Wort mehr ein. Der Apotheker machte eine hilflose Bewegung, drehte sich um und schlich hinter seinem Kollegen her in Richtung der feiernden Menge.

Der Motor des Schiffes fing wieder an zu tuckern, es war Zeit, die Rückfahrt anzutreten. Stimmungsvoll versank der Mond hinter den Bäumen des nahen Ufers.

Hofbauer nahm das kleine Glas, das Gerlach auf dem Tisch abgestellt hatte, mit seinem Taschentuch und steckte es in die rechte Jackentasche. Einer Eingebung folgend, verfrachtete er Delfts Becher in der linken.

Manchmal, stellte er grimmig fest, war es durchaus unpassend, alte Schulfreunde zu entdecken.

Wenn die Fingerabdrücke auf Gerlachs Glas mit denen in Patrizias Zimmer übereinstimmten? Und wenn er Bastian verloren hatte, was dann?

»Hallo, Herr Kollege! Kommen Sie mit mir, wir trinken einen Eros-Cocktail!«

Das sommersprossige Muttchen vom Arabella-Hotel stürzte auf ihn zu. Ihr Mund näherte sich vertraulich seinem Ohr. »Wissen Sie's schon? In der Bar wird intim getanzt!«

Und ehe der Kommissar eine Entschuldigung stottern konnte, befand er sich mit dem munteren Plaudertäschchen auf dem Weg nach unten.

Sie kamen am Sonntag früh um fünf, an ihrer Spitze Lederer, dazu Zinner und drei weitere Kollegen.

Der Morgen war strahlend und die Laune der Polizisten katastrophal.

Sie standen vor dem Haus Birkenstraße 17 in Planegg, wechselten kurze Blicke und rumpelten dann geräuschvoll gegen die Tür.

Nach drei Minuten öffnete Gustav Scherle, der aussah, als habe er die ganze Nacht nichts anderes getan, als auf den Überfall zu warten. Er trug eine kurze Hose, ärmelloses Unterhemd, Turnschuhe.

»Was wollen Sie?« knurrte er.

»Polizeihauptmeister Lederer«, sagte der Mann von der Planegger Polizeistation knapp. »Wir haben die berechtigte Vermutung, daß sich bei Ihnen ein gewisser Fatmir Krjezu aufhält. Er ist dringend verdächtigt, am Mordfall Patrizia Keller beteiligt zu sein.«

Auf einen Wink schoben sich die Beamten am Scherle vorbei, verstreuten sich im Haus, stürmten in sämtliche Zimmer, öffneten den Rolladen, der ins Freie führte, und umzingelten das Gartenhäuschen.

Gustav Scherle sah ihnen trotzig zu.

Das Unvermeidliche war eingetreten, er hatte es immer und immer wieder vorausgesagt. Was jetzt hier vor sich ging, hatten sie sich selbst zuzuschreiben. Sich selbst und ihrer frevelhaften Gutmütigkeit.

»Kann ich Ihren Durchsuchungsbefehl sehen?«

Seine Frau erschien, in ihren Morgenmantel gehüllt, ungekämmt und übernächtigt. Denn auch sie hatte, das wußte Gustav, kaum ein Auge zugetan.

Einen verrückten Albaner im Haus zu haben, einen mutmaßlichen Killer, der ständig verschwand, wieder auftauchte und wieder verschwand, das ging gehörig an die Nieren.

Deshalb waren sie froh, daß der Horror nun ein Ende hatte.

Lederer zog mit verbissenem Gesicht das verlangte Papier aus der Uniformtasche. Gustav betrachtete es kaum. Er tat so, als ob er es lesen würde, reichte es aber nach ein paar Sekunden wieder zurück.

Er wartete auf den großen Knall.

Denn jeden Augenblick konnten die Polizisten Fatmir Krjezu festnehmen, er lag ja wieder einmal draußen im Geräteschuppen, schlief tief und ahnungslos. Ohne Rücksicht zu nehmen auf das, was um ihn herum geschah.

Was passieren würde, wenn sie ihn schnappten, war sonnenklar. Gefängnisstrafe für Gustav und Petra Scherle, wegen Verschleierung eines Gewaltverbrechens.

So oder ähnlich würde es heißen.

Was mit Fatmir geschah, war ihnen im Augenblick mehr als egal.

Abschiebung, Zuchthaus oder sonst irgendwas, der Bursche hatte es nicht besser verdient!

Warum kamen sie nicht?

Gustav schielte zu seiner Frau hinüber, aber die starrte auf einen unsichtbaren Fleck an der Wand, apathisch und ergeben wartend auf die unausbleibliche Katastrophe.

Er fluchte auf den Helferkreis Asyl, auf die frommen Onkels und Tanten, die sich um das Strandgut kümmerten, das in den letzten Jahren in Planegg und Umgebung angeschwemmt wurde.

Er fluchte auf sich und seinen Leichtsinn. Warum, um Himmels Willen, hatten sie sich aus dieser schwachsinnigen Asylpolitik nicht herausgehalten?

Plötzlich erschien Zinner.

Der Beamte sah an den Scherles vorbei, ging dann auf seinen Vorgesetzten zu und flüsterte ihm ein paar Worte ins Ohr.

Lederers Mundwinkel zuckten nach unten.

»Das gesuchte Subjekt ist flüchtig«, sagte er. »Können Sie mir sagen, wohin es sich abgesetzt hat?«

»Nein.«

Scherle konnte es nicht fassen. Dieser Bandit schien die Gefahr gerochen zu haben. War endgültig über alle Berge. Scherle hatte keine Ahnung, ob er sich freuen sollte oder nicht.

Lederer ließ ihm keine Zeit. »Fatmir Krjezu war bei Ihnen gemeldet«, sagte er schneidend. »Ist das richtig?«

»Ja!«

»Wann haben Sie ihn zum letzten Mal gesehen?«

Die beiden Eheleute blickten sich an. Sie hatten das nicht geübt. Hatten keine Ahnung, wie sie jetzt reagieren sollten.

»Vor fünf Tagen«, antwortete Gustav.

»Vor drei Wochen«, sagte seine Frau.

»Könnten Sie sich eventuell zu einer gemeinsamen Antwort durchringen?«

»Vor acht Tagen«, sagte Gustav wahrheitsgemäß. »Der Bursche ist bei uns aufgetaucht, und wir haben ihn sofort rausgeschmissen. Und wenn ich sage sofort, dann meine ich das auch so!«

Was Scherle außerdem noch erzählte, war allerdings ein reines Märchen.

»Er ist nicht wieder erschienen. Wohin er geflohen ist, wissen wir nicht.« Und treuherzig fügte er hinzu: »Leider. Denn die 3000 Euro, also wissen Sie ...«

»Die hätten wir uns schon gerne verdient« log seine Frau tapfer.

Polizeihauptmeister Lederer hatte plötzlich genug.

Der Typ war geflüchtet, sie hatten ihre Pflicht getan, alles andere war Sache der Kripoleute aus München.

Rein routinemäßig sagte er: »Wenn Sie den Burschen irgendwo sehen sollten, dann melden Sie sich bei uns!«

Das Ehepaar Scherle nickte.

»Und Sie halten sich bereit, für eventuelle Zusatzfragen.«

»Natürlich.«

»Dann dürfen wir uns verabschieden!« Lederer drehte sich zur Tür, Zinner und zwei seiner Kollegen folgten ihm.

Gustav und Petra Scherle standen in der Diele und konnten ihren Dusel noch immer nicht begreifen. Fatmir war weg und die Polizei blies zum Rückzug. Sie konnten sich mehr als gratulieren.

Da öffnete sich die Wohnzimmertür, und der dritte Polizist erschien. Er hielt ihnen ein zerknittertes Bündel entgegen.

»Das habe ich im Schuppen hinter dem Schrank gefunden«, sagte er. »Scheint ein Schlafsack zu sein! Und ein, hm, ein Kopfkissen!«

»Sieh mal einer an!« rief Lederer verblüfft.

Der Montagmorgen bescherte ihnen Herrn Staatsanwalt Dr. Dieckmann und den Kollegen Lichtlein.

Hofbauer saß in seinem Büro, die unvermeidlichen Brezeln vor sich, und lauschte den Ausführungen der von allen Ausschweifungen völlig unberührten Anita.

Sie hatte nach erfolgreicher Landung in Starnberg noch bis drei Uhr nachts weitergefeiert, in einem Privat-Etablissement, das einem der mitgereisten Pharmazeuten gehörte.

Ihr verliebter Jüngling war im Hafen verlorengegangen, unerklärlicherweise. Anita hatte sich mit einem strammen Kater aus den Restbeständen der Dampferfahrt getröstet, einem Arzneimittelvertreter, der ihr wahre Schauermärchen über die pharmazeutische High Society von Stadt und Land erzählte.

»Dieser Rilke ist, so scheint es, der große Macher«, Anita schlürfte ihren Kräutertee. »Verleiht sein Geld nach allen Seiten, wahllos, und macht sich die Leute dadurch untertan. Auch den Präsidenten.«

Hofbauers Kaffee war so stark, daß der Löffel Schwierigkeiten hatte umzufallen.

»Auch den Präsidenten? Das glaube ich nicht!«

»Fragen Sie meinen neuen Freund, Herrn Schulze-Miesbach, er wird es Ihnen bestätigen. Oder auch nicht.«

Sie lachte wissend.

»Sie sind ein eingeschworener Verein«, spann Anita ihren Faden fort, »Rilke, Delft, Gerlach, Kobol. Seit ewigen Zeiten zusammen. Mit Kind und Kindeskindern. Und alle waren sie in Patrizia Keller verknallt, alle.« Hofbauer bestrich Brezel Nummer zwei mit Butter und Honig.

»Willst du mal beißen?«

»Nein danke!« Anita konnte ihren Schrecken nur schlecht verbergen. Hofbauer schien es nicht zu bemerken.

Er war ebenfalls spät nach Hause gekommen, nach einigen, nun ja, bedingt intimen langsamen Walzern mit dem pausbäkkigen Muttchen, das unentwegt geplappert hatte.

In Starnberg war er ihr glücklicherweise entflohen und erfolgreich in die letzte S-Bahn retiriert.

»Um elf Uhr wird Patrizia beerdigt«, erinnerte er seine Mitarbeiterin an ihr dienstliches Dasein. »Und dann knöpfen wir uns diesen Gerlach nochmal vor. Und den spröden Dr. Woerner.«

In knappen Worten berichtete er von seinem überraschenden Gespräch mit dem Apotheker. Daß er und Gerlach zusammen auf das Gräfelfinger Gymnasium gegangen waren, verschwieg Hofbauer allerdings.

»Er hat ihr ein Kind gemacht und zieht jetzt den Schwanz ein?« Anita nahm ihre Flip-Flops, die seit einigen Tagen große Mode waren, von den Füßen, und knallte sie erbost gegeneinander. »Die drei Kopfkissen! Ich hab's ja gesagt! Da hat der Herr Pillendreher aber noch einmal kräftig mitgemischt!«

»Deine Phantasie ist grenzenlos!«

Eine Zeitlang beschäftigten sie sich mit ihren eigenen Gedanken. Feiner Regen plätscherte gegen das Fenster, die Hitzewelle der vergangenen Tage war gebrochen, und die übliche Abkühlung hatte die Temperaturen wieder einmal auf 16 Grad heruntergeschraubt.

Auch der berühmte Münchner Föhn konnte da nichts ausrichten.

»Conny sagt, dieser komische Tütentausch, den wir im Bräustüberl beobachtet haben, ist völlig harmlos.« Anita hatte sich offensichtlich von ihrer Kopfkissen-Theorie losgerissen.

»Mein neuer Liebling meint, die Pharmazeuten tun nichts anderes als harmlose Ware auszutauschen. Gibst du mir deinen Kram, geb ich dir meinen. Als Arzneimittelvertreter hat er dafür sogar Verständnis. Wenn es auch nicht immer gut ist fürs Geschäft.«

Die Tür flog auf, und es folgte der Eintritt Dr. Dieckmanns, in Begleitung des Kollegen Lichtlein.

Dieckmann war Staatsanwalt, ein asthenischer Typ, penetrant bis zum Gehtnichtmehr. Er war ein Liebhaber der Münchner Hausberge, die sich für ihn bis weit nach Südtirol erstreckten. Hatte er einen Muskelkater, war er nicht immer gänzlich bei der Sache. Wenn nicht, war kaum mit ihm zu spaßen.

Lichtlein war eine Klasse für sich. Verboten kleinkariert, waren seine Wege, Verbrechen aufzuklären, meist von hinterhältiger Tücke. Seine Spezialität waren undurchschaubare Eigeninitiativen, über die er nur sehr sporadisch Bericht erstattete und von denen Hofbauer sogleich eine Kostprobe erhalten sollte.

»Ich sehe, Sie sind halbwegs gut gelaunt!« Dieckmann angelte sich einen Stuhl und setzte sich ans regenverhangene Fenster.

Anita beeilte sich, ihre Flip-Flops wieder unter die Füße zu basteln. Sie bekam ihre spitze Nase, völlig unberechtigt, denn der Staatsanwalt hatte, wie jedermann wußte, ein Faible für gutaussehende junge Damen.

Hofbauer erkundigte sich höflich, ob der Herr Staatsanwalt ein erholsames Wochenende hinter sich habe. Dieckmann erklärte, er sei beim Bergwandern gewesen.

»Dolomiten. Langkofel rauf und wieder runter!« Und er wolle nicht stören. Aber er habe sich die – leider bis jetzt recht dünnen – Akten angesehen. Man komme nicht recht vorwärts, oder? Und deshalb wolle er den bewährten Kommissar Lichtlein zu der Sache Keller hinzuziehen. Man sei doch einverstanden?

Anita grinste ungeniert.

Hofbauer log perfekt: »Ich freue mich, einen Mann der Tat an meine Seite zu bekommen«, sagte er. »Sechs Augen sehen bekanntlich mehr als vier.«

Er stand auf, verstaute Butter und Honig und warf die zerknüllte Papiertüte in den Abfallkorb.

Lichtlein nickte.

»Wir nähern uns einer gewissen Vorentscheidung.« Hofbauer hatte in langen Jahren gelernt, sich diplomatisch auszudrücken. Und gleichzeitig ein wenig auf den Putz zu hauen.

Ohne auf Anitas erstaunte Blicke zu achten, fuhr er fort: »Wir gehen anschließend zur Beerdigung Patrizia Kellers. Sicher werden sich dort neue Erkenntnisse zeigen. Der Ring beginnt, sich zu schließen.«

Entweder hatte Dieckmann tatsächlich noch den Langkofel in den Knochen oder es war heute nicht unbedingt sein Tag. Denn ohne weitere Fragen zu stellen, erhob er sich ein wenig mühsam, bedachte Anita mit einem gewinnenden Lächeln und begab sich zur Tür.

»Wenn Sie Hilfe brauchen«, er knickte fast unmerklich in die Knie, »dann wissen Sie, an wen Sie sich wenden müssen. Haben Sie schon mal daran gedacht, die Bankkonten von gewissen Leuten zu überprüfen? Meinen Segen haben Sie!«

Schneidig verließ er das ehrfürchtig lauschende Trio.

Als er draußen war, zog Lichtlein ein Zigarillo aus der Westentasche und begann zu paffen, daß sich die Scheiben beschlugen. Entsetzt riß Anita die Fenster auf.

»Wir fahren raus nach Planegg, Herr Kollege« sagte Hofbauer.

»Patrizia beerdigen. Bei der Gelegenheit stelle ich Ihnen unsere Klienten vor.«

»Aus Apothekerkreisen?«

»Möglich.«

Lichtlein qualmte bedächtig. »Ich habe mir die Akten angesehen«, er blies den Rauch zur Decke. »Und habe sorgfältig dieses Phantombild studiert.«

Er begann, sein fliehendes Kinn zu massieren. »Könnte es sein, daß Sie dieses Phantombild vergessen haben?«

Hofbauer schüttelte den Kopf.

»Ich habe mich mit den Jungs von der Polizeistation Planegg in Verbindung gesetzt«, fuhr Lichtlein fort. »Schon vor dem Wochenende.« Das Zigarillo fuhr schwungvoll durch die Luft. »Die dortigen Kollegen haben mal nach dem Rechten gesehen, auf meine Veranlassung hin. Bei einer gewissen«, er zog sein Notizbuch zu Rate, »bei einer gewissen Familie Scherle. Da ist der vermutliche Täter untergetaucht.«

Hofbauers Überraschung war perfekt.

»Woher wissen Sie denn das?« brauste er auf.

»Ich habe meine Informationen.«

»So ein Schmarrn!« Die Rauchschwaden versetzten Hofbauers Geruchsnerven, und nicht nur sie, in ein nervöses Vibrieren.

»Vielleicht wäre es opportun gewesen, mich vorher zu informieren. Der Fall Patrizia Keller ist mein Fall, wenn ich Sie höflichst daran erinnern darf!«

Er sandte einen schnellen Blick hinüber zu Anita, die scheinbar unberührt das Duell beobachtete. Er war sich unklar darüber, ob er Hilfe von seiner Mitarbeiterin erwarten konnte oder nicht. Hofbauer wußte nicht einmal, ob er diese Unterstützung überhaupt wollte.

Ein kaum merkbares Senken ihrer Augenlider, ein fast unsichtbares Nicken signalisierte ihm, daß Anita auf seiner Seite stand.

Lichtlein legte den Zigarillo-Stummel in die Vorratsschachtel zurück. Er sagte: »Der Mann, der auf dem Phantombild abgebildet ist, heißt Fatmir Krjezu. Krjezu ist Kosovo-Albaner.«

Er machte eine Pause.

»Krjezu hat bei diesen Scherles gewohnt, man hat seinen Schlafsack im Geräteschuppen gefunden.«

Also kein Türke. Kein Jugoslawe. Sie hatten beide daneben getippt.

Auch Kobol schien sich geirrt zu haben.

Aber Lichtlein hatte den Namen des Flüchtigen herausgefunden. Und seinen Aufenthaltsort. Das war mehr als peinlich.

»Hatten Sie einen Durchsuchungsbefehl?« Hofbauer wunderte sich, wie beherrscht seine Stimme klang. »Unser hochgeschätzter Herr Staatsanwalt hat keine Silbe von Ihrem Unternehmen erwähnt.«

»Unser hochgeschätzter Herr Staatsanwalt hat mir persönlich sein Placet gegeben!«

»Menschenskind, was sind Sie doch für ein toller Hecht!« Anita boxte sich anerkennend mit der Faust in die Hand. »Entschuldigung!« Und schon zog sie wieder ein lammfrommes Gesicht. »Aber Ihre Hilfe, Kollege Lichtlein, kommt uns wie gerufen. Stimmt's?«

Sie strahlte Hofbauer an, als habe sie soeben vier Wochen Sonderurlaub erhalten.

Hofbauer stutzte.

Es vergingen ein paar schweigsame Sekunden, dann gelang es ihm gerade noch, mit Müh und Not die Kurve zu kratzen.

Er musterte den scheinbar immer noch ganz und gar ungerührten Lichtlein, der die Szene betrachtete, als ginge ihn das alles gar nichts an, dann sagte er: »Gratuliere! Das war eine feine Leistung. Und hat uns sehr geholfen. Nur schade«, es gelang ihm, echtes Bedauern in seine Stimme zu legen, »nur schade, Herr Kollege, daß Ihnen der Bursche entwischt ist. Sehr schade, in der Tat.«

Lichtlein schwieg.

Aber man merkte ihm an, daß er konzentriert darüber nachdachte, was er von Anitas und Hofbauers Äußerungen halten sollte. Schließlich entschied er sich dafür, die Worte ernst zu nehmen.

»Wir werden die Suche fortsetzen«, erklärte er. »Gezielt.«

Er klappte die Schachtel mit den Zigarillos auf, betrachtete ihren Inhalt und steckte die Schachtel wieder in die Jackentasche zurück.

»Da ist noch etwas, was Sie interessieren dürfte.« Lichtleins verhaltener Triumph war jetzt deutlich spürbar. »Fatmir Krjezu war am Abend vor dem Mord in eine Rauferei verwikkelt. In einer Kneipe am Pasinger Bahnhof. Man hat die Burschen vor die Tür gesetzt. Einer seiner Kumpel«, Lichtlein schlug lässig die Beine übereinander, »hatte eine Pistole bei sich.«

»Interessant«, sagte Hofbauer.

Dann setzte er sich gelassen wieder auf seinen Stuhl.

Lichtlein wirkte nun doch ein wenig irritiert.

»Ich werde diese Spur weiterverfolgen«, sagte er zögernd. »Und zwar mit allen mir zur Verfügung stehenden Mitteln. So, wie ich es für richtig halte.«

Hofbauer räusperte sich.

Er dachte an Bastian und an das Gespräch, das er vor sich hatte. Er dachte an seine Frau. Er dachte an die Apotheker, die um Patrizia trauerten, und die ihn anlogen, nach Strich und Faden.

Er erhob sich, bedachte Lichtlein mit einem gut gespielten, gleichgültigen Blick.

»Auch ich werde, wenn Sie erlauben, meine Spuren verfolgen« sagte er. »Jeder soll nach seiner Fasson selig werden. Wünsche weiterhin frohes Schaffen. Servus.«

Und ohne sich um den Kollegen und Anita zu kümmern, ging er aus dem Zimmer. Er schloß die Tür mit einem kaum hörbaren Knall.

Zu Patrizia Kellers Beerdigung waren etwa dreißig Trauernde erschienen. Mama Keller, zusammen mit ihrem ehemaligen Gatten, einem generalähnlichen Mann, der stramme Haltung bewahrte, vom Anfang der Zeremonie bis zum Schluß.

Die Pharmazeutencrew, ohne Präsident, aber mit Freddy Rilke als oberstem Feldherrn. Übernächtigt und mit todernsten Gesichtern saßen die Starnberg-Ausflügler in der vordersten Stuhlreihe der kleinen Aussegnungshalle des Planegger Friedhofs, neben ihnen hockte Woerner, in sich zusammengesunken wie ein Häufchen Elend.

»Und da hat Freddy Rilke doch wieder einmal eingreifen müssen«, hörte man den Besitzer der Morisken-Apotheke nach allen Seiten erklären, flüsternd, aber doch deutlich zu verstehen. Er habe die Beerdigung organisiert, erklärte er dem Doktor, organisiert und natürlich auch bezahlt.

Woerner zeigte keinerlei Reaktion.

Die übrigen Reihen waren besetzt mit Planegger Bürgern, Kunden der Obsidian-Apotheke, auch die ›Pforte‹ des Waldkrankenhauses konnte man sehen, sowie die üblichen alten Frauen, die bei jeder Beerdigung dabei waren, um inständig zu beten, bittebitte nicht die nächsten zu sein.

Der Kommissar stand hinten neben dem Eingang, an seiner Seite Anita, die sich in der Polizeistation noch rasch in ein dezent-fesches Kleines Schwarzes gehüllt hatte. Hofbauer selbst trug lediglich eine zerknitterte Trauer-Krawatte zu seinem alltagserprobten grauen Anzug.

Lichtlein fehlte. Er hatte sich erfolgreich abgesetzt, entsprechend seinen speziellen kriminalistischen Nachforschungen.

Der Geistliche skizzierte das kurze, so erfolgreich begonnene Leben der Verstorbenen, ihre stete Freundlichkeit, sprach mit warmen Worten vom unsagbar schweren Abschiednehmen, von der unbegreiflichen, noch nicht gesühnten Tat, die geschehen war und die hoffentlich bald aufgeklärt werden würde.

Hier drehte sich Mutter Keller um und bedachte die Beamten aus München mit einem tiefen, verzweifelten Seufzer.

Der Pfarrer erklärte, es sei das Recht eines jeden, zornig zu sein, zornig auf Gott, der Dinge gestatte, die niemand verstehen könne.

Und er bat darum, Patrizia Keller jetzt in Frieden ruhen zu lassen. Es werde ein Wiedersehen geben, sagte er.

»Ich glaube nicht an den lieben Gott«, zischte Anita. »Gott ist böse, das habe ich gelernt in den letzten Jahren.«

Hofbauer zuckte hilflos die Achseln. Sein Verhältnis zu Gott war seit langem erheblich gestört, es gab keinerlei Zwiesprache mit ihm, wie auch sollte man mit einem Gott kommunizieren, der nach Hofbauers Meinung gar nicht existierte?

Die Tür hinter dem Sarg öffnete sich, und Patrizia Kellers leibliche Hülle wurde nach draußen gefahren.

Es regnete den typischen Münchner Landregen, es war kalt, und die Trauernden froren. Langsam setzten sich die Schirme in Bewegung, der Kies knirschte, nur übertönt von Mutter Kellers leisem, beharrlichem Wimmern.

Der Pfarrer waltete erneut seines Amtes, der Sarg wurde in die Grube gesenkt und nach den Ritualen christlichen Glaubens der Erde übergeben.

Die Apotheker sandten einen letzten Blick in die Tiefe, stumm, ohne einander anzusehen. Woerner warf eine Rose ins Grab, Patrizias Mutter schien sich in ihrem Tränenmeer ertränken zu wollen. Aufrecht wie ein Zinnsoldat stand der Vater daneben.

»Gehen wir!« Hofbauer drehte sich abrupt um, wurde von seiner Kollegin aber energisch festgehalten.

Sie stapften zum Grab, der Kommissar umfaßte klamme Pfoten, sah bewundernd zu, wie Anita die kleine, dicke Frau erneut umarmte und ihr über die feuchten Wangen strich. Der General allerdings mußte sich mit einem förmlichen Händedruck begnügen.

Man traf sich in der Gaststube des Bräustüberl, Freddy Rilke hatte auch dies bis zur letzten Schraube arrangiert.

Die dienstbaren Geister des schnurrbarttragenden Wirtes umschwirrten eine schweigsam löffelnde Gesellschaft. Juppies und Rentner an den Nebentischen senkten ihre Stimmen, um nicht zu stören. Selbst Rilke gefiel sich für kurze Zeit in einer stummen Begegnung mit sich selbst.

Erst als Naturschnitzel und Kartoffelsalat aufgetragen wurden, begann eine zögernde, immer wieder verebbende Konversation.

Kobol sprach von Patrizias stets froher Laune, Delft von einem Betriebsausflug, bei dem die Ärmste einen Absatz ihrer Schuhe verloren hatte.

Gerlach schwieg beharrlich.

Aufgereiht wie an Perlenschnüren saßen die Apotheker nebeneinander, Hofbauer ihnen direkt gegenüber. Er betrachtete sie lange und ausführlich, wie sie dahockten und aßen und tranken.

Und erneut hatte der Kommissar eine Vision, die aber sofort zerstob und an die er sich erst wieder erinnerte, als es schon zu spät war.

Die Mama süffelte ungeniert ihren Cognac. Je mehr sie in sich hineingoß, desto nüchterner schien sie zu werden. Sie begann von den Scientologen zu sprechen, von den Unsummen, die Patrizia auf den zahlreichen Auditings ausgegeben habe. »Immer auf der Suche nach dem Sinn des Lebens.«

Die Nachspeise kam, Apfelkiacherl mit Vanille-Eis, als Frau Keller gehörig ins Fettnäpfchen trat.

»Pat war so großzügig«, plauderte sie, »hat Geld gespendet nach allen Seiten. Und das Sümmchen, das sie von Herrn Gerlach bekam, hat sie sofort ihrem Klaus geschenkt. Wie finden Sie das?«

Die Runde verstummte.

Gerlach hustete und spuckte, Woerner wurde leichenblaß. Er sprang auf, rannte quer durch die Gaststube, riß die Tür fast aus den Angeln und verschwand im Regen.

Der Kommissar reagierte schnell. Er schnappte sich Gerlach, packte ihn und schleppte ihn zu einem freien Tisch neben dem Eingang.

»Jetzt will ich's aber genau wissen!« Er rüttelte den Apotheker durch wie ein nasses Handtuch. »Du hast Patrizia Geld gegeben? Wieviel? Und warum, wenn ich fragen darf?«

»Ich sage gar nichts!« Wie versteinert preßte Gerlach die Lippen aufeinander.

»Du hast sie bestochen, damit sie nichts von deinem Kind erzählt!« Er achtete nicht auf die entsetzten Gesichter um ihn herum. »Dann hast du nicht mehr weiter gewußt und hast sie umgebracht! Gib's zu, Erwin Gerlach, gib's endlich zu!«

Sekunden später fand sich Hofbauer auf dem Stuhl wieder, der hinter ihm stand.

Seine Krämpfe hatten ihm die Beine weggezogen, sie zwangen ihn, eine Pause zu machen, zu versuchen, in kurzen, schnellen Atemzügen den irren Schmerz, der jählings über ihn gekommen war, wenigstens geringfügig zu betäuben.

Er sah Gerlach vor sich, Anita, die ihn ungläubig, fast belustigt betrachtete, auch Woerner war wieder erschienen, tropfnaß, mit zornig vorgestrecktem Kinn.

»Was fehlt Ihnen?« Kobol und Delft musterten ihn interessiert, mit berufsmäßiger Aufmerksamkeit. »Was haben Sie?«

»Schmerzen«, keuchte Hofbauer, »beschissene Nervenschmerzen. Schon seit Monaten«, er wagte ein kleines Lächeln, »aber ich hab ja hier ...« Er fingerte die Tropfen aus seiner Jackentasche.

»Aha! Zeigen Sie mal!« Das war Delft, der sich an Hofbauers Besuch in seiner Apotheke zu erinnern schien. Ob gern oder weniger gern, war nicht zu erkennen.

Neugierig nahm ihm Woerner das Fläschchen aus der Hand.

Kobol und Gerlach berieten sich leise, natürlich war auch Freddy Rilke dazugetreten, man sah ihm an, daß er nicht abgeneigt war, eine längere fachliche Ansprache zu halten.

Woerner fragte: »Haben Sie entsprechende Untersuchungen machen lassen?«

Auf Hofbauers Nicken und die Auskunft, die Untersuchungen hätten nichts Greifbares gebracht, meinte der Doktor, es bestehe durchaus die Möglichkeit, daß das vorliegende Medikament, seiner Meinung nach, nicht unbedingt das Richtige sei.

»Ich bin kein Neurologe«, gab er zu, »aber man könnte doch mal ...« mit einem Taschentuch trocknete er sich seine nassen Haare, »vielleicht sollte man ..., wie wär's mit einem Antidepressivum?«

Kobol stritt sich auf diesen Vorschlag hin heftig mit Gerlach und Woerner herum. Der Besitzer der Obsidian-Apotheke war entschieden anderer Meinung als seine Kontrahenten.

Dabei verlor er alle seine Sanftheit, er wurde von Satz zu Satz wilder, kämpfte erbittert um seinen Standpunkt, in dem wiederholt Worte vorkamen wie »ganzheitlich« und »umfassend«, was wiederum Gerlach und Woerner zu wütenden Gegen-Attacken verleitete.

Gerlach schien Hofbauers Anschuldigungen völlig vergessen zu haben.

Mit hektischer Besessenheit diskutierten sie, fremdartig klingende Begriffe flogen hin und her, bis der Kommissar entschieden verneinte, depressiv zu sein.

Man erklärte ihm, davon könne bei ihm selbstverständlich keine Rede sein, das Mittel der Wahl sei aber nun mal so konstruiert, daß es, unter anderem, auch bei seelischen Mißstimmungen einsetzbar sei. Die Hauptwirkung aber richte sich gegen starke, oft untherapierbar scheinende Nervenschmerzen. Und ohne daß er sich wehren konnte, hatte Hofbauer ein Rezept in der Hand, einzulösen bei Kobol, der behauptete, das verschriebene Medikament in seiner Obsidian-Apotheke »nun ja, was soll man machen«, durchaus vorrätig zu haben.

Eine gewisse Heiterkeit machte sich daraufhin breit. Sie klopften Kobol auf die Schulter, gönnerhaft und ein wenig schadenfroh, was Hofbauer nicht im geringsten verstand. Man lieh dem Doktor von irgendwoher einen Pullover, begab sich verhalten plaudernd wieder an die Tafel.

Die weißen Kittel hatten ihren Segen ausgeteilt, alles übrige schien im Augenblick zweitrangig für sie.

Anita wollte wissen, ob sie schwarzen Kaffee bestellen solle.

»Was machen wir mit Gerlach?« Hofbauer versuchte, seine peinliche Krise mit sachlicher Strenge zu überspielen. Er hatte eine Schwäche gezeigt, deutlich und unverkennbar, mitten in einer laufenden Ermittlung. Und die Leute, die vermutlich Patrizia Keller auf dem Gewissen hatten, zumindest einer von ihnen oder alle, wer wußte das schon, sorgten sich um ihn, als wäre er ihr bester Freund.

Das irritierte ihn, mehr als er sich zugestehen wollte.

Seine Mitarbeiterin orderte den Kaffee, setzte sich neben ihren Chef und sagte dann, reichlich überraschend: »Die drei Kopfkissen?«

Sie machte eine diplomatische Pause. »Glauben Sie tatsächlich, Chef, daß unser hustendes Ungeheuer in der Lage ist, Sexpartys zu feiern?« Anita zeigte ein unverfrorenes Grinsen. »Ich glaube, ich habe dem Ärmsten Unrecht getan. Hoffentlich verzeiht er mir.«

Hofbauer reagierte ungehalten.

Er sagte: »Es geht nicht nur um Ihre drei albernen Kopfkissen. Es geht um Gerlachs seltsames Verhalten. Und um die Kohle, die Patrizia von ihm bekommen hat.«

»Stimmt!«

»Und?«

Der Kaffee wurde gebracht. Anita entschloß sich, aus Gesellschaft mitzutrinken.

»Was sagt Ihr siebter Sinn?«

»Der ist zur Zeit getrübt.«

»Wegen Ihres, hm, kurzen Schwächeanfalls?«

Hofbauer lauschte Anitas Worten hinterher, aber er konnte keinerlei Spott oder gar Schadenfreude in ihnen erkennen. Aggressiver, als er eigentlich wollte, rief er trotzdem: »Das bleibt unter uns, nicht wahr?«

Anita nickte.

Ihr Chef nahm zwei Stück Zucker, legte sich ein drittes auf den Kaffeelöffel, benetzte ihn mit der schwarzen Flüssigkeit und schlürfte das Ergebnis in sich hinein.

»Diese Helfer der Menschheit sind alle so besorgt um mich!« Hofbauer sagte es brummend. »Ich verstehe das nicht.«

Die Tasse war leer, klirrend stellte er sie auf den kleinen Unterteller zurück.

Plötzlich erschien Zeppelin, vom Regen hereingeschwemmt, und knipste forsch Freund und Feind. Die Gesellschaft reagierte abweisend und sehr reserviert.

»Computer-Paule mailt euch die Photos«, nuschelte Zeppelin. Und an Hofbauer gewandt: »Wie wär's mit 'nem Euro, Chef?«

Der Wirt expedierte den ungebetenen Gast schwungvoll wieder ins Freie.

Hofbauer sah zu seinem Schulfreund hinüber. Gerlach saß neben dem Doktor, die beiden unterhielten sich intensiv, beinahe freundschaftlich.

»Er benimmt sich wie ein Trottel«, knurrte Hofbauer zähneknirschend. »Oder ganz besonders raffiniert.«

Hofbauer bekritzelte mit einem unsichtbaren Bleistift ein unsichtbares Stück Papier.

»Gerlach ist der Vater von Patrizias ungeborenem Kind«, schrieb er als Punkt eins.

»Gerlach hat Patrizia Geld gegeben. Punkt zwei.«

»Patrizia hat das Geld an Dr. Woerner weitergereicht. Punkt drei.«

»Punkt vier: Dr. Woerner sollte Patrizia heiraten.«

»Fünftens: Gerlach hat ein sicheres Alibi.«

»Sechstens: Wie sicher?«

»Siebtens: Lichtlein ist ein Fiesling!«

Das unsichtbare Papier verschwand in der Hosentasche.

Mit knappen Worten jagte Hofbauer Anita nach Gräfelfing, sie sollte feststellen, was tatsächlich dran war an Gerlachs angeblichem Grillabend in trautem Kreise. Wer war dabei gewesen? Was waren die Aussagen dieser Zeugen wert?

Die Trauernden begannen, sich zu verabschieden. Patrizias Eltern gaben jedem die Hand, weinend die Mutter, stocksteif der Vater.

Die Apotheker nickten Hofbauer zu, ermahnten ihn, das empfohlene neue Mittel nicht zu vergessen.

Gerlach schien wie vom Erdboden verschluckt.

Kobol murmelte sanft: »Ich warte auf Sie, wir haben eine Menge zu besprechen.«

Hofbauer erhob sich, man teilte ihm mit, daß Freddy Rilke tatsächlich für die gesamte Rechnung aufgekommen war.

Der Kommissar trat nach draußen.

Es hatte zu regnen aufgehört, eine freundliche Sonne tauchte die Münchner Schotterebene in ein liebliches, weißblaues Licht.

Hofbauer ging zu Fuß. Er zerrte die schwarze Krawatte vom Hals, den Schock seines Blackouts noch immer in den Knochen.

Der Tag war noch lange nicht zu Ende.

Es galt nicht nur, die Akte Patrizia Keller zu lösen. Es galt auch, den Fall Bastian Hofbauer zu bestehen.

Der Brief seiner geschiedenen Frau war nicht wegzudiskutieren.

Er fragte sich, welches Problem das schwierigere war.

Als er an dem streifenförmig bemalten Campanile der katholischen Kirche vorbeiging, hielt ein Wagen an der Bordsteinkante. Sein Insasse beugte sich über den Beifahrersitz, kurbelte das Fenster herunter.

»Sind Sie der Kriminalrat aus München?«

»Könnte sein.«

Der Mann ließ seinen Wagen stehen, stieg aus und kam auf Hofbauer zu.

»Staudinger«, stellte er sich vor, »ich hab Sie gleich erkannt, von der Zeitung her.«

»Aha!«

»Haben Sie den Mörder schon gefaßt?«

»Leider nein.«

Staudinger war etwa vierzig Jahre alt, gut gekleidet, korrekter Haarschnitt. Hofbauer tippte auf Finanzbeamter oder Kassierer bei einer Bank.

Tatsächlich war Staudinger Vertreter, wie er gleich nach dem ersten Satz kundtat, zur Zeit allerdings arbeitslos, deshalb auch »überhaupt nicht gut drauf«. Sein Auto sei geliehen, von einem Freund.

Er sagte das alles mit einem permanenten, aus purer Hilflosigkeit geborenen Lächeln.

Sie setzten sich auf eine trocken gebliebene Bank, im Schutze eines Omnibushäuschens.

»Ich hab was Komisches erlebt«, sagte Staudinger.

»Die Welt ist voller Komik«, antwortete der Kommissar philosophisch.

»In der Mordnacht«, fuhr Staudinger fort, »war ich zu Hause.«

»Wo?«

»Hier in Planegg. Theodor-Koerner-Straße.«

Der 267er Bus schlich vorbei, wie immer gefolgt von seinem kleineren Bruder. Hofbauer rätselte wieder einmal, welcher Sinn wohl hinter dieser Maßnahme stecken könnte.

»An jenem Sonntagabend«, berichtete Staudinger, »etwa um 23 Uhr, wollte ich die Apotheke aufsuchen, in der diese bedauernswerte Frau Koller gearbeitet hat.«

»Keller«, verbesserte Hofbauer.

»Ist ja egal!«

»Nicht unbedingt.«

Wieder dieses verlegene, geschäftsmäßige Grinsen.

»Sie wollten also in die Obsidian-Apotheke?«

»So ähnlich heißt sie, jawohl.«

»Warum?« Hofbauer wurde jetzt doch neugierig.

»Ich hatte einen Bandscheibenvorfall, vor einem halben Jahr. Keine Kleinigkeit, wenn Sie mich fragen.«

»Verstehe.«

»Die Sache ist leidlich überstanden, aber die Schmerzen tauchen trotz allem immer wieder auf.«

Hofbauer nickte wissend.

»Deshalb bin ich«, Staudingers merkwürdiges Grinsen geriet ihm nun vollends aus der Kontrolle, »in diese Obsidian-Apotheke geeilt. Habe geläutet. An der Nachtdienstglocke.«

Er machte eine bedeutungsvolle Pause. »Aber kein Mensch hat geöffnet!«

»Das ist allerdings interessant.«

Staudinger rutschte unwillig auf seinem Platz hin und her.

»Ich habe ein Dutzend mal geklingelt. Fünf Minuten lang, zehn. Und dann«, sein Ton war auf einmal unerwartet aggressiv, »dann ist noch eine Kundin aufgetaucht. Sie hat gegen die Tür gehämmert. Mit ganz harten Knöcheln.« Er machte es auf der Bank vor. »Und was war? Sense!«

Er blickte auf den Kommissar, mit bebenden Nasenflügeln.

»Was sagen Sie dazu?«

Hofbauer antwortete nicht gleich. Wenn das stimmte, was dieser junge Mann erzählte, dann war die Weste des sanften Apothekers Kobol nicht mehr ganz so rein, wie er bisher geglaubt hatte. Und sein Alibi mehr als löchrig.

Er fragte: »Wie hat diese Frau ausgesehen? War sie alt? Jung? Oder was?«

»Ich mußte nach Pasing fahren, mitten in der Nacht. Kennen Sie sich in Pasing aus?«

Staudinger war noch immer über die Maßen ärgerlich.

Schließlich erkundigte sich Hofbauer: »Warum kommen Sie damit erst jetzt? Acht Tage nach dem Mord?«

Die Antwort war plausibel. »Ich bin täglich auf dem Arbeitsamt, Bundesagentur für Arbeit heißt das ja jetzt«, er lachte höhnisch. »Ich habe andere Sorgen als Sie!«

Hofbauer betrachtete die skateboardfahrenden Kids, die zufriedenen Mütter mit ihren pausbäckigen Babys.

»Ich dachte, arbeitslose Menschen gibt es nicht im privilegierten Würmtal?«

»Denn man sieht nur die im Lichte«, sang Staudinger mit brüchiger Stimme.

»Die im Dunkeln sieht man nicht«, vollendete Hofbauer. »Aber die Kundin, die dann erschienen ist?« er ließ nicht lokker. »Ist Ihnen irgendwas aufgefallen an ihr?«

»Keine Ahnung!«

»Denken Sie nach! Es könnte wichtig sein.«

Staudinger klopfte seine Taschen ab, schien nach einer Zigarette zu suchen. Ein Himbeerbonbon war das einzige, was er zutage förderte.

»Ich könnte Ihnen fünf Dutzend Adressen nennen von Leuten, die arbeitslos sind«, murmelte er, »hier im wunderschönen Würmtal. Auf Anhieb! Ich habe 150 Bewerbungen geschrieben. Resultat? Nichts als Absagen. Ich hab mich schon nicht mehr zum Briefkasten getraut.«

»Die Kundin«, bohrte Hofbauer weiter. »Was war mit ihr?«

»Sie hatte ein komisches Hündchen dabei«, Staudinger steckte sich das Bonbon in den Mund, »ein Wollknäuel, bei dem man nicht weiß, wo vorne oder hinten ist.«

»Ein Pinscher?«

»Eher ein Bettvorleger.«

»Das ist ja immerhin schon etwas!«

Von der gegenüberliegenden Seite pirschte sich eine Dame in Uniform heran, mit Gebühren-Computer und dienstlicher Miene.

Staudinger legte sein Gesicht in mißtrauische Falten.

»Scheiße!« Er sprang in die Höhe. »Diese Lady kenne ich! Sie ist unerbittlich!«

Wie der Blitz war er im Wagen, rammte den ersten Gang ins Getriebe.

»Hundert Adressen könnt ich Ihnen verraten!« brüllte er zu Hofbauer hinüber. »Und wenn man fünf Minuten falsch parkt, kostet's ein Vermögen! Im entzückenden Würmtal!«

Er preschte davon, ohne Rücksicht auf den Planegger Verkehr. Ein wütendes Hupen entstand, in dem die Beamtin seelenruhig die Autonummer des Flüchtlings notierte.

Der Kommissar hielt seinen Ausweis in die Höhe. »Den kriegen wir schon! Ich habe seinen Namen und ich weiß, wo er wohnt.«

Die Kollegin war keineswegs überrascht. »Was ist mit dem Bürschchen?«

»Er hat eine Beobachtung gemacht, im Mordfall Keller. Sehr interessant, könnte mir durchaus weiterhelfen.«

Hofbauer malte die Autonummer auf einen Zettel. »Überlassen Sie die Angelegenheit mir, ich kümmere mich drum. Schreiben Sie ruhig weiter Ihre Parksünder auf!«

»Aber ...«

»Ich habe einen Termin!« Er verbeugte sich hastig.

Die Polizistin schluckte. Zögernd und ohne großen Enthusiasmus machte sie sich wieder an ihre Arbeit.

Hofbauer nickte ihr kurz zu und marschierte weiter in Richtung Bahnhof. Er dachte nicht im Traum daran, die läßliche Sünde Staudingers weiterzuverfolgen.

Viel wichtiger war Kobol. Der Bursche war also nachts um elf Uhr nicht erreichbar gewesen. Obwohl er Dienst hatte, Nachtdienst, der den »Stecken und Stab des Pharmazeuten« bedeutete. So hatte der Präsident ihm auf dem Dampfer vorgeschwärmt.

Nachdenklich überquerte Hofbauer die Straße. Bei der Delftschen Apotheke fiel ihm der Euro-Schein ein, den er noch immer nicht der Polizeikasse gestiftet hatte.

Ein Apotheker gab einen Zwanziger zuviel zurück. Ein anderer servierte sich wie auf einem Tablett als mutmaßlicher Täter, war aber scheinbar völlig unschuldig. Ein dritter war im Nachtdienst unauffindbar.

Und was war mit den Sprays, die Anita gesammelt hatte, den Fläschchen mit den Tropfen? Die Ergebnisse aus dem Labor standen noch aus, ärgerlicherweise. »Alles hängt mit allem zusammen«, diese Erkenntnis wiederum stammte vom betuchten Freddy Rilke.

Hofbauer ließ den Bahnhof links liegen, bog ab nach rechts und ging den altvertrauten Weg zu seinem Haus.

Seine Schritte wurden merklich langsamer. Er hatte ein saumäßig mieses Gefühl. Aufregung, Verlegenheit, ein Quentchen unerwarteter Freude: es wirbelte durch seinen Kopf, machte seinen Mund trocken.

Was sollte er sagen? Hallo oder Guten Tag oder Wie geht's? Sollte er seiner Frau einen Kuß geben? Und wie behandelte man einen Sohn, der in die Drogenszene geraten war?

»Hofbauer, reiß dich zamm!« murmelte er.

Bastian sagte kein Wort.

Er lag auf seinem Bett, mit dem Gesicht zur Wand, von überlauter Musik zugedröhnt. Hofbauer und seine Frau standen hilflos im Zimmer.

»So geht das schon seit Wochen!« Claudia schrie es mit schriller Stimme, was den Kommissar in seiner Wut fast verzweifeln ließ.

»Bastian! Dreh die Musik aus!«

Nichts rührte sich.

»Was hast du mit den zweitausend Piepen gemacht?«

Keine Antwort.

»Ich rede mit dir! Ich bin dein Vater!«

Hofbauer stürmte zur Tür, rannte in die Küche. Setzte sich auf den Platz, auf dem er jahrelang gesessen hatte.

»Er spricht auch mit mir nichts mehr. Er geht in die Schule, wie ein Traumwandler. Nachmittags liegt er apathisch auf seinem Bett.«

Seine Frau kam, sagte es so unbeteiligt, als spräche sie von einem Fremden.

Er sah sie an. Natürlich war sie älter geworden. Aber sie war noch immer hübsch, hatte noch immer diese wunderbaren braunen Augen. Und diese verlockende Figur.

»Wo ist das Geld?« fragte er grob.

»Wenn ich es wüßte, würde ich's dir erzählen.«

»Was hat er für Freunde?«

»So gut wie keine.«

»Mädchen?«

»Wenn ich es wüßte ...«

Sie setzte sich ihm gegenüber.

Hofbauer starrte ins Leere. Er war an einem Tiefpunkt angelangt, er spürte es glasklar. Beruflich nichts erreicht, privat ein Versager.

Wie sein Junge. Vater und Sohn konnten sich die Hand reichen, ein idealer Anknüpfungspunkt.

»Die Heizung ist kaputt«, sagte Claudia.

»Und eine neue Geschirrspüle bräuchtest du auch.«

»Woher weißt du das?«

»Man braucht immer ein neue Geschirrspüle. Milly ...« Er räusperte sich erschrocken.

Seine Frau zeigte keine Regung.

Hofbauer wartete, dann kehrte er wieder zu Bastian zurück. »Wo verbringt er seine Nächte?«

Claudia antwortete, ihr Sohn gehe auch nachts keinen Schritt vor die Tür. Es sei ihr rätselhaft, was in ihn gefahren sei.

»Er schreit im Traum«, es schien ihr erst jetzt einzufallen, »er schlägt um sich, stolpert ins Bad und trinkt literweise Wasser, ich hab ihn mehrmals dabei überrascht. Sieht er mich, fährt er zusammen, als ginge es ihm an sein Leben.«

Der Kommissar zögerte, dann stellte er die Frage doch: »Hast du Spritzen bei ihm gefunden? Injektionsnadeln?«

Claudia schüttelte energisch den Kopf.

»Es gibt nicht die geringste Spur, Gott sei Dank!«

Hofbauer sah zur Uhr, fast mechanisch. Es war kurz nach vier, längst Zeit für die nachmittägliche Tasse Kaffee.

Sie hatten einen kurzen Augenkontakt, er sah deutlich, daß seine Frau nicht weit davon entfernt war aufzuspringen, um die Maschine zu holen. Aber dann senkten sich ihre Mundwinkel nach unten, sie blieb sitzen, und es gab ihm einen Stich, den er nicht mehr für möglich gehalten hätte.

»Vorgestern«, sie begann zögernd, »war Bastian für ein paar Stunden wie ausgewechselt. Er kam nach Hause, pfeifend, irgendwie ganz neu, er war nicht wiederzuerkennen.«

Sie ging nun doch zum Schrank, nahm die Kaffeemaschine heraus.

Tat die Handgriffe, die Hofbauer schon tausendmal bei ihr beobachtet hatte.

»Wie lange hat dieser Zustand gedauert?«

»Ein paar Stunden.«

»Und dann?«

»Er hat gesagt, jetzt wird alles gut, er war richtig euphorisch, hat mir sogar einen Kuß gegeben.« Claudia wischte sich über die Augen. Sie wartete, bis der Kaffee durchgelaufen war, goß Hofbauer ein und sich selbst.

»Weiter?«

»Ich habe Spaghetti gekocht, seine Leibspeise, du weißt.«

Sie sah ihn angstvoll an, ob er sich tatsächlich noch erinnerte, und als er nickte, sprang ein verhaltenes Lächeln aus ihren Augen.

»Gegen Abend hat jemand angerufen, ein Kerl, der gemurmelt hat, der Name tue nichts zur Sache.« Ihr Blick war nun wieder leer. »Bastian ist rangegangen, geschlichen, muß man sagen, als ob er geahnt hätte, was ihn erwartet. Hat nur den Hörer ans Ohr gehalten.«

Sie nahm ihre Tasse in die Hand, trank aber nicht.

»Dann ist er in seine Bude gerannt, hat sich wie wild aufs Bett geworfen. Von den Spaghetti wollte er nichts mehr wissen. Den Rest hast du eben mitgekriegt.«

Gedankenvoll nippte der Kommissar an seinem Kaffee.

Es klang alles auf seltsame Weise vertraut, was ihm Claudia da erzählte. Es war nichts unbedingt Sensationelles, er hatte es nur schon zig Mal gehört. Es gehörte zu seinem Beruf wie das ständige Frage- und Antwortspiel. Nur daß es diesmal ihn ganz persönlich betraf, ihn und seine zerrüttete Familie.

»Es könnte sein«, begann er, »daß er gezwungen war, das Geld irgend jemandem zu geben. Ich kenne mich da aus, wir hatten schon Dutzende solcher Fälle, allerdings bei Erwachsenen, aber warum soll es bei Jugendlichen nicht ähnlich verlaufen?«

Hofbauer spürte plötzlich, daß er merklich erleichtert war.

Denn wenn er richtig lag mit seiner Theorie, dann hatten sie jetzt wenigstens einen Feind, der Gestalt annahm, den man einkreisen konnte, umzingeln, dingfest machen, sie tappten nun nicht mehr gar zu sehr im Dunkeln. Und es waren nicht unbedingt Drogen im Spiel, er hoffte es inständig.

Schlürfend spann er seine Gedanken weiter, fuhr hoch, knallte die leere Tasse auf den Tisch und stürmte in Bastians Zimmer.

»Wie heißt der Ganove, der dich fertigmacht?«

Er brüllte so laut, daß sein Sohn erschrocken den Kopf herumdrehte und seinen Vater zum ersten Mal von oben bis unten betrachtete. Bastian setzte sich auf, drehte sogar den Knopf des CD-Players ein wenig zurück.

»Wenn ich's dir sage, tötet er mich.«

Seine Haare klebten ihm im Gesicht, er war bleich und ungewaschen. Die Luft war zum Schneiden dick.

»Wie soll er dich denn töten?«

»Mit der Macht, die er über mich hat.«

»Welche Macht?«

»Ich weiß es nicht.«

»Du spinnst!«

Das war ein Fehler, Hofbauer merkte es sofort. Er suchte nach geeigneten Worten, um den Ausrutscher zu korrigieren, aber in Sekundenschnelle war sein Sohn wieder ins selbstgewählte Abseits zurückgekehrt.

»Verdammter Mist«, stotterte Hofbauer, »es ist mir so rausgerutscht, nimm's mir nicht übel ...«

Aber er mühte sich vergeblich.

Das gellende Geheule aus dem Player wurde überlaut, sein Sohn drehte ihm wortlos den Rücken zu, machte seinem Vater deutlich, daß er gefälligst verschwinden sollte.

Ernüchtert kehrte Hofbauer in die Küche zurück. Claudia blätterte in einer Illustrierten, ohne die Seiten anzuschauen. Sie schwiegen sich an, minutenlang.

»Wem gehört der Mercedes vor der Tür?« Schon als er die Frage gestellt hatte, tat sie ihm leid.

Sie strafte ihn mit einem höhnischen Grinsen: »Wir leben getrennt«, sagte sie kalt, »wenn ich dich an diese Tatsache erinnern darf!«

Er verspürte nicht die geringste Lust, sich ein zweites Mal zu entschuldigen. Er zuckte die Achseln, fischte sein Handy aus der Tasche, drückte Anitas Nummer und wartete.

Claudia blieb ungeniert sitzen. Seine Kollegin meldete sich mit ihrer frischen, unbekümmerten Stimme.

»Was gibt's Neues von Gerlach?« Er fühlte sich so unbehaglich, daß er zu zittern begann.

Anita kicherte. »Good news für uns, bad news für ihn, Chef.«

Sie schien irgendwo am Isarstrand zu liegen, man hörte das Geschrei badender Kinder, Wassergeplätscher, wenn man eine feine Nase hatte, konnte man beinahe den Geruch verkohlter Koteletts durch den Apparat erschnuppern.

»Und?«

»Ich habe mit seiner Frau gesprochen, nicht unbedingt mein Fall, aber nun ja ...«

»Sie hat MS!«

»Ich weiß.«

»Das Alibi?«

»Recht passabel. Sie hatten 'ne Gartenparty. Seine Frau sagt, es hätte bis etwa ein Uhr gedauert, und ihr Mann sei keinen Augenblick weggewesen. Übrigens«, sie schien an einer Zigarette zu ziehen, »dieser Delft aus der Bahnhof-Apotheke war auch dabei. Und unser Freund Rilke ebenfalls. Ich hab ihn angerufen. Er sagt das gleiche wie Gerlachs Frau.«

Claudia schlich nun doch im Zeitlupentempo aus der Küche.

»Sie kleben zusammen, wie immer.«

»Claro! Aber jetzt kommt's!« Anita machte eine strategische Pause. »Das Glas aus Patrizias Wohnung ist von oben bis unten bedeckt mit Gerlachs Fingerabdrücken. Er muß also doch bei Patrizia gewesen sein! Am Sonntagnachmittag! Oder -abend!«

Ihr Triumph war grenzenlos. »Ich hab's ja gesagt: Die drei Kopfkissen!« Und mit einem homerischen Gelächter beendete sie das Gespräch.

Hofbauer versenkte das Handy in der Jackentasche. Er rief nach seiner Frau, um sich zu verabschieden.

Sie war nirgends zu finden. Aus Bastians Zimmer quoll immer noch das nervtötende Gedudel.

Er verließ das Haus ohne Gruß und ging den Weg zurück in die Obsidian-Apotheke. Eine Idee hatte sich in seinen Kopf geschlichen, die Vision, die immer wieder durch sein Gehirn geisterte. Staudingers Aussage paßte hervorragend dazu.

Und außerdem war da noch das Rezept, das ihm die Weißkittel-Crew verordnet hatte.

Er wagte nicht daran zu glauben, daß es ihm in irgendeiner Hinsicht Erleichterung verschaffen würde. Es wäre das achte Weltwunder gewesen, mindestens.

Hofbauer packte seine vermurkste Ehe, seinen mißratenen Sohn, seine miese Laune in einen unsichtbaren Hut und warf das ganze in den Container für Pappkartons, der am Straßenrand stand.

Dann wartete er darauf, sich besser zu fühlen.

Es war kurz nach 18 Uhr, als Hofbauer den verträumt glucksenden Brunnen umrundete. Keine Menschenseele war zu sehen, die kleine Siedlung dämmerte stumm in den beginnenden Abend.

Er öffnete die Tür.

Kobol stand alleine in seinem Reich, verlassen und einsam, schier erdrückt von der Masse der Schachteln, die auf der

Theke lagen, in den Regalen und Schubladen auf Käufer warteten.

»Guten Abend!« grüßte der Kommissar.

Der Apotheker trug noch immer seine Trauerkrawatte. »Da sind Sie ja«, sagte er mit ernstem Gesicht. Er tat so, als habe er es mit einem wohlvertrauten, alten Kunden zu tun.

Er nahm das Rezept, betrachtete es kurz, ließ es sanft auf den Verkaufstisch flattern.

»Dieses Präparat«, Kobol deutete auf den kleinen weißen Zettel, »wollen Sie also tatsächlich nehmen?«

»Natürlich!«

»Sie haben es sich wohl überlegt?«

»Aber ja!«

»Es ist ein gutes Präparat«, sagte Kobol, »hervorragend. Es wird Ihnen höchstwahrscheinlich helfen. Aber«, seine Stimme hob sich, »es ist nicht ungefährlich. Es hat enorme Nebenwirkungen.«

Er verschränkte die Hände hinter seinem Rücken, lehnte sich an das Regal. »Wie nahezu alles, was die Industrie uns in ihrer unsagbaren Güte schenkt.«

»Welche Nebenwirkungen sind das denn?«

»Schweißausbrüche, Fahruntüchtigkeit, Gedächtnisverlust, um nur einige zu nennen.«

»Fabelhaft!«

Kobol nahm ein paar Kundenzeitschriften und stapelte sie fein säuberlich aufeinander. Es war so still in der Offizin, daß man die berüchtigte Nadel hätte fallen hören. Mit Staunen dachte Hofbauer an den Rummel in Freddy Rilkes Etablissement.

Kobols Mitarbeiterin, Frau Kriebig, tauchte auf, drückte sich an ihrem Chef vorbei und schlich zur Tür.

»Ich gehe jetzt«, sagte sie. »Ist noch etwas wegzubringen? Für Frau Müller oder Herrn Parnowsky?«

»Heute nicht«, antwortete der Apotheker einsilbig.

»Dann bis morgen nachmittag!« Sie blieb noch ein paar Sekunden stehen, mit ihrem roten, zu grell geschminkten Mund, machte sich auf den Heimweg, ohne sich noch einmal umzusehen.

Kobol deutete in Richtung Nachtdienstzimmer. »Kommen Sie«, sagte er. »Sie kennen sich ja aus. Möglicherweise kann auch ich Ihnen weiterhelfen.«

»Wie meinen Sie das?«

Verwirrt über Kobols Angebot machte Hofbauer ein paar Schritte in Richtung des langen Ganges.

»Möchten Sie ein kleines Abendessen?«

Sie gingen in die Anglerhütte, der Kommissar setzte sich auf das vertraute Sofa, betrachtete das Photo vom Fischer und seiner Beute.

Sein Gastgeber verschwand für ein paar Minuten, erschien wieder, einen Turm kleiner, viereckiger Kartons in der Hand.

»Was darf es sein? Sauerbraten oder Tagliatelle mit Tomatensauce? Oder Linseneintopf österreichisch oder Gulasch ungarisch oder kalte Pfirsiche in Vanillecreme?«

Es waren Diätmenüs aus dem Hause Radeburger, Hofbauer hatte sie noch nie gesehen.

»Die Dinger sind verfallen«, gestand Kobol mit schöner Offenheit, »allerdings noch nicht lange. Und wegwerfen kann ich sie nicht. Also werden sie aufgegessen.«

Hofbauer wußte nicht, was er von Kobols Einladung halten sollte. Machte der Kerl sich über ihn lustig?

Er öffnete den Mund, um etwas zu sagen, aber schon war Kobol aufs Neue verschwunden, jetzt offensichtlich im Labor. Nach Minuten kehrte er zurück, zwei kokelnde Menüs auf einem Tablett balancierend. Er reichte das Tablett seinem Gast, stellte die für ihn bestimmte Dose mit einem Topflappen auf seine Schreibtischunterlage. Drückte Hofbauer Messer und Gabel in die Hand.

»Mahlzeit!«

Pustend begannen sie zu speisen.

»Schmeckt, nun ja«, der Kommissar suchte die richtigen Worte, »wenn man bedenkt, im Internat hatten wir mal ...«

Kobol sagte kauend: »Man gewöhnt sich dran. Meine Frau ist seit heute auf Kur, da bin ich Selbstversorger.«

»Ach, so ist das.«

Während sie die Blechnäpfe leer löffelten, so als ob sie bei einem gemütlichen, unschuldigen Abendessen zusammensäßen, schrillte plötzlich die Ladenglocke und Delft tauchte auf.

Er schien eine besondere Begabung zu haben, immer dann zu erscheinen, wenn man ihn am wenigsten erwartete. Wie selbstverständlich stürmte er ins Büro, musterte feixend den kauenden Beamten.

»Nichts los heute«, schmetterte er, »auch bei mir nicht. Zu heiß oder zu kalt oder was weiß ich. In der Fabrik allerdings geht's rund! Eine ganze Charge Hustensaft für den Versand herrichten, das macht Spaß!«

Kobol hüstelte verdrießlich.

»Kannst du mir zwei Packungen Geriol leihen, je hundert Stück?« wandte sich Delft an seinen Kollegen. »Ich laß dir's morgen zurückbringen, Meierchen macht das schon.«

Unlustig stand Kobol auf, man hörte eine Schublade schnarren, dann drückte er seinem Freund ein kleines Tütchen in die Hand.

»Hast du unserem Beschützer seine neuen Tropfen schon verpaßt? Nein? Dann wird's aber Zeit!«

Mit wehendem Kittel flog Delft aus der Tür und durch die Offizin ins Freie.

Hofbauer wunderte sich. »Machen Sie das öfter, Präparate ausleihen? Beruht das auf Gegenseitigkeit?«

Kobol antwortete, er persönlich habe das nicht so gern. »Ich weiß, was meine Patienten brauchen. Und was die Ärzte verschreiben.« Aber Delft komme recht häufig in Verlegenheit, hauptsächlich deshalb, weil er sich mehr in seiner »Waschküche« aufhalte als in seiner Apotheke.

Hofbauer dachte an den angeblich harmlosen Arzneimitteltausch im Garten des Bräustüberls und an Woerners Übergabe des geheimnisvollen Päckchens auf der gestrigen Dampferfahrt.

Was war hier im Gange? Handel und Wandel, von dem sie keine Ahnung hatten?

Kobol spendierte für jeden von ihnen ein Glas Wein, machte eine Andeutung, seinem Gegenüber zuzuprosten. Zwischendurch lief er nach vorne und schloß die Tür zu.

Dann setzte er sich wieder auf seinen Schreibtischstuhl.

»Kommen wir zur Sache«, Hofbauer verlor jetzt langsam die Geduld.

»Sie meinen Ihre Polyneuropathie, Ihre ›Restless Legs‹ oder wie man es nennen will?«

»Nein nein!« Hofbauer beugte sich vor und stellte sein Glas auf Kobols Schreibtisch. Er betrachtete den Apotheker genau und sehr aufmerksam.

»Es geht um Patrizia Keller, falls Sie das vergessen haben sollten«, sagte er. »Es gibt da ein paar Leute«, er betonte jedes Wort, »die behaupten, Sie hätten in der Mordnacht nicht auf das Klingeln der Nachtdienstglocke reagiert. So etwa um 23 Uhr. Waren Sie mal kurz außer Haus?«

Kobol sah ihn an, betastete sein unrasiertes Kinn.

»Wer behauptet einen derartigen Blödsinn?« Sein Kugelschreiber fiel ihm aus der Hand und rollte auf den Teppich. »Ich war vielleicht kurz mal auf der Toilette oder drunten, in der Garage, um irgendwas zu holen. Wenn überhaupt.«

Er bückte sich, hob sein Spielzeug wieder auf.

»Ein Herr Staudinger schwört Stein und Bein, wie wild geklingelt zu haben. Und eine andere Kundin hat sogar gegen die Tür gehämmert.«

Der Apotheker fuhr sich durch seine kurzen Haare, schenkte sich Wein in sein Glas, ließ den lästigen Mann auf dem Sofa jetzt allerdings auf dem Trockenen.

Ohne Übergang fing er wieder an, von dem Rezept zu sprechen. Schilderte noch einmal die Nebenwirkungen in den düstersten Farben, plauderte von Arzneimittelmißbrauch und süchtigmachenden Wirkstoffen.

»Haben Sie schon mal was von der Homöopathie gehört?«

Er schien Hofbauers Fragen generös überhört zu haben, scherte sich den Teufel um sie.

»Von Salben habe ich keine Ahnung.« Der Kommissar ärgerte sich. Über sich selbst und über den Kobold ohne ›d‹, der da vor ihm thronte und ihn schlicht zum Narren hielt.

»Salben?« Des Apothekers Lachen war mehr als verletzend. Er deutete auf ein gerahmtes Portrait, das zwischen den Angelruten angebracht war. Mit Ehrfurcht in der Stimme sagte er: »Das ist Samuel Hahnemann, der Begründer der homöopathischen Wissenschaften.«

Der Kommissar entgegnete, er habe den merkwürdig gekleideten Herrn eher für einen besonders verdienten Petrijünger gehalten.

Ein geringschätziges Schnauben war die Antwort.

Dann begann eine Stegreif-Vorlesung, die jedoch mit Patrizia Keller nicht das geringste zu tun hatte. Kobols Vortrag handelte von der Kunst, den kranken Menschen ganz neu zu sehen, total neu, den einzelnen Menschen, der nur in seiner Ganzheit medizinisch behandelt werden könne.

Schonend. Und »in-di-vi-du-ell.« Kobol betonte jede Silbe einzeln und für sich. »Sie werden es ja schon gemerkt haben«, rief er, »im Bräustüberl, da war ich explizit anderer Meinung als meine Kollegen.«

»Wenn ich Sie mal kurz unterbrechen darf ...«

»Ich hasse diese abstrusen Seligmacher!« Der Apotheker begann zu glühen. »Diese Granaten, zwischen denen ich mein Dasein friste! Antibiotika! Hydrocortisone! Psychopharmaka! Pfui Teufel!« Er schüttelte sich vor Ekel. »Mich interessiert der einzelne, nicht die Masse. Mich interessiert das Individuum, das Herz, der Geist!«

Mit einer weitausladenden Geste wischte Kobol sein volles Weinglas zur Seite, es landete auf dem Boden, wo er Glas und herausschwappenden Wein einfach liegen ließ.

»Hinter jedem Schnupfen, jedem krummen Fußnagel verbirgt sich ein Konflikt. Jeder Krebs ist Zeugnis einer verdrängten Notlage.«

Der Mann in Weiß starrte dem Kommissar tief in die Augen. »Ihre Schmerzen«, er senkte seine Stimme, »ist reine Psychosomatik! So wahr ich hier sitze!«

Hofbauer fragte sich, ob tatsächlich alle Pillendreher leicht angeschlagen waren, oder nur die Handvoll, die er in den vergangenen vierzehn Tagen kennengelernt hatte.

»Haben Sie Patrizia Keller umgebracht?« Er konnte es nicht mehr ertragen. »Aus Eifersucht auf Gerlach und Dr. Woerner? Ja oder nein?«

Kobol senkte verächtlich die Lider.

»Ich lebe im wirtschaftlichen Hinterzimmer des ganzen Würmtals«, es war mehr ein Selbstgespräch, das der Apotheker führte, »schon seit Jahren. Müßte eigentlich längst schließen. Rote Zahlen!«

Er betrachtete Hofbauer, als sei er überzeugt davon, der Kommissar habe noch nie etwas von roten Zahlen gehört.

»Ich versorge die Bevölkerung, wenn auch, zugegeben, nur einen ganz kleinen Teil.« Das Selbstgespräch ging weiter. »Bei mir können Sie Vogelfutter kaufen. Windeln! Schönheitscreme! Offiziell verboten. Oder zumindest nicht gern gesehen, haha! Von wegen Berufsethik! Daß ich nicht lache!« Sein Gesicht war todernst.

»Aber meine Seele verkaufe ich nicht! Vor drei Jahren habe ich die grandiose Kunst Hahnemanns kennengelernt. Mehr aus Zufall, ich räume das ein, aber es gibt keinen Zufall, das habe ich längst erfahren. Es ist alles vorbestimmt, auch wenn es noch so unwirklich erscheinen mag.«

Hofbauer schwieg. Dieser Mann strahlte plötzlich eine Kraft aus, die der Kommissar noch nie an ihm beobachtet hatte.

»Sie können die Wirkung der homöopathischen Arzneien nicht nachweisen. Noch nicht! Vielleicht wird es irgendwann einmal gelingen, mit der Quantentheorie, man ist ganz nahe dran ...«

»Ich bin leider gezwungen, Ihr Auto zu konfiszieren.«

Grob und unhöflich fuhr Hofbauer dazwischen.

»Patrizia war die einzige, mit der ich über das alles reden konnte. Die Kriebig? Eine absolute Null! Sie ist mit der Chemie verheiratet, mit sonst niemandem.«

»Wo haben Sie die Pistole?«

»Wie?«

Hofbauer wiederholte seine Frage.

»Ich habe noch nie eine Pistole in der Hand gehabt.«

»Wo waren Sie um 23 Uhr?«

»Was wollen Sie von mir?« Kobol riß die Augen auf, kehrte ruckartig in die rauhe Gegenwart zurück. »Lassen Sie mich doch endlich in Frieden! Es gibt keine Inquisition mehr, wissen Sie das nicht?« Und in einem Anflug von Zorn fuhr er fort: »Ich könnte Sie ohne weiteres vor die Tür setzen.«

»Eine absolut unkluge Lösung.« Hofbauer erhob sich, stellte sich hinter Kobol und legte ihm die Hände auf die Schulter.

»Wo waren Sie an jenem Sonntagabend um 23 Uhr? Ich möchte es endlich wissen! Glauben Sie, der Staatsanwalt ist freundlicher zu Ihnen, als ich es bin?«

Eine Uhr tickte, irgend jemand rumpelte draußen gegen die Schaufensterscheiben. Hofbauer dachte schon, der allgegenwärtige Delft würde wieder erscheinen.

»Gut!«

Der Apotheker wischte Hofbauers Hände von seinen Schultern, stand auf, drehte sich um. Er wirkte überraschend ruhig.

»Ich werde Ihnen eine Kleinigkeit erzählen.«

»Na, also!«

»Freuen Sie sich nicht zu früh.«

»Keine Angst!«

Kobol zuckte mit den Schultern.

»Machen wir ein Gentleman-Agreement«, er lächelte fast freundlich, »erst fragen Sie mich und dann frage ich Sie. Okay?«

»Ein Fragentausch?« Von sich selbst mehr als überrascht, nickte Hofbauer vage. Derartige Geschäfte schienen eine pharmazeutische Spezialität zu sein.

»Ich möchte die Wahrheit wissen«, sagte er. »Das ist alles.«

»Einverstanden.«

»Fangen wir ganz von vorne an.«

»Ein guter Gedanke.«

Dann folgte das verrückteste Gespräch, das der Kommissar jemals geführt hatte.

Aber es lohnte sich.

Er fuhr nach Hause, in die Perlacherstraße 126. Was hinter ihm lag, war kurios genug. Sie hatten ein Spiel gespielt, ein Fragentausch-Spiel, bei dem bis jetzt unklar blieb, wer letztendlich gewonnen hatte.

Hofbauer hatte drei weiße Kügelchen geschluckt. Er hatte die von Dr. Woerner verschriebenen Tropfen bei Kobol gelassen und trug dafür eine Beichte in der Tasche, von der er nicht wußte, was sie in Wirklichkeit taugte. Er wußte nur soviel, daß man Beichten normalerweise Glauben schenken sollte. Obwohl der Beichtvater in diesem speziellen Fall kein Pfarrer war und schon Dutzende von »Beichten« gehört hatte, die von hinten bis vorne erstunken und erlogen waren.

Drei weiße Kügelchen gegen ein Geständnis. Der Fall Patrizia Keller begann, sich zu lichten.

Vor Hofbauers Wohnungstür lag ein Teller mit Bayrisch Creme, darauf ein mit Lippenstift gemaltes Herz. Die Schokolade fehlte, bedauerlicherweise.

Neben dem Teller hockte Lichtlein und grinste satanisch.

»Liebesgrüße aus dem Treppenhaus?« fragte er anzüglich. »Alle Achtung!«

Hofbauer konnte sein Staunen nur schlecht verbergen. Verfolgte ihn dieser Gigant der Kriminalität jetzt bis in seine eigenen vier Wände?

»Und wenn du glaubst, es geht nicht mehr, kommt irgendwo der Lichtlein her!« rief er schrill, nachdem er sich einigermaßen gefangen hatte.

»Was willst denn du?« setzte er bissig hinzu, treu der ungeschriebenen Regel, sich außer Dienst zu duzen. (Auch wenn es ihm in diesem Fall außerordentlich schwer fiel.)

»Hast du die Schokolade gefressen?«

»Welche Schokolade?«

»Die auf dem Teller.«

»Da war keine. Bist du besoffen?«

Hofbauer nahm den Teller, sperrte mißmutig die Tür auf. Sie gingen ins Wohnzimmer.

Lichtlein stand unschlüssig herum, er wußte nicht, ob er sich setzen sollte oder nicht. Außerdem schien er noch immer über die mysteriöse Schokolade nachzudenken, die er angeblich gestohlen haben sollte.

Hofbauer verstaute den Teller in der Küche. Er hütete sich, seinem ungebetenen Besucher einen Stuhl anzubieten.

Der Kollege entzündete ein Zigarillo, blies mißglückte Ringe in die Luft.

»Laß dich bitte nicht stören«, sagte Hofbauer spöttisch. Dabei schwor er sich, sein Gegenüber auf keinen Fall nach dem näheren Grund zu fragen, warum er ihm so spät abends noch auf die Pelle rückte.

»Wie war die Beerdigung?« erkundigte sich Lichtlein nach einer Weile, so als ob er nur gekommen wäre, um diese weltbewegende Frage zu stellen.

»Beschissen.«

»Und der weitere Tag?«

Hofbauer zögerte. Mißmutig musterte er Lichtlein durch dessen dichte Nebelwolken hindurch.

»Rauchen kann tödlich sein«, knurrte er.

»Und macht impotent«, ergänzte Lichtlein lakonisch.

Hofbauer wartete lange, dann sagte er: »Wenn du es unbedingt wissen willst, Apotheker Kobol hat mir ein paar Neuigkeiten erzählt.«

»Kaum zu glauben!«

»Wieso?«

»Weil Neuigkeiten in mein Ressort fallen!«

»Zauberhaft!«

Urplötzlich verspürte Hofbauer eine kaum mehr zu unterdrückende Lust, seinem Kontrahenten ins Gesicht zu spucken. Er mußte ein paar Schritte zur Seite gehen, um nicht schwach zu werden. Dabei konnte er sich das Lachen nur mühsam verkneifen.

Das wäre einmal in der Tat etwas garantiert Neues gewesen! Eine Spuck-Attacke! Oder eine grandiose Ohrfeige. Fabulös!

Er drehte sich um, wandte sein Gesicht wieder dem wackeren Kollegen zu. Der stand ahnungslos mitten im Zimmer.

»Kobol hat Patrizia Keller tot in seinem Büro aufgefunden«, sagte Hofbauer betont unterkühlt. »Nachts um halb elf.«

»Oh!« Ein überhasteter Rauchausstoß war die Antwort. Lichtlein hatte Mühe, sein Zigarillo nicht aus dem Mund zu verlieren, er erwischte es gerade noch mit der rettenden rechten Hand.

»Daraufhin hat er Panik gekriegt, hat sie in sein Auto getragen und zur Kiesgrube gefahren.«

»Was du nicht sagst!« Lichtlein kaute jetzt nicht nur an seinem braunen Glimmstengel, sondern auch an Hofbauers Worten.

Der fuhr unbeirrt fort: »Er hat Patrizia schon am Samstagvormittag gefragt, ob sie ihn abends ein paar Stunden vertreten könne. Kurz nach acht ist sie erschienen, ein wenig verspätet, aber immerhin. Er ging dann weg, zu einer Bekannten, wie er sagte.«

»Grimms Märchen!« Lichtlein schien sich wieder gefangen zu haben.

Hofbauer registrierte es mit gespannter Aufmerksamkeit.

»Die Adresse dieser Bekannten habe ich. Ich werde morgen früh die Sache überprüfen. Ich werde sowieso alles überprüfen, ich ...«

»Und warum fährt dieser Knilch die tote Patrizia Keller durch die Gegend und legt sie in der Kiesgrube ab?«

Lichtlein stand da, die Asche auf seiner Pseudo-Davidoff balancierend. Hofbauer wartete darauf, ob er sie ebenso in die linke Hand stäuben würde, wie der smarte Delft es zu tun pflegte. Aber der Kollege enttäuschte ihn.

»Hast du eventuell einen Aschenbecher?« fragte er statt dessen steif.

»Wenn's unbedingt sein muß!«

Hofbauer knallte ein gläsernes Etwas auf den Tisch.

»Danke!«

»Die Keller war bekanntlich Helferin, keine Apothekerin. Und Helferinnen dürfen keinen Nachtdienst machen. Hätte man sie also in der Apotheke gefunden, wäre die Sache geplatzt. Und Kobol wäre in enorme Schwulitäten geraten.«

»Sagt er.«

»Man hätte ihm die Konzession entzogen. Weil er schon seit Jahren mit seinen Muftis im Dauerclinch liegt.«

Lichtleins Zigarillo war ausgegangen. Er legte sie in den Aschenbecher, faltete die Hände vor dem Bauch.

»Und das hast du alles geschluckt?«

»Ich glaube ihm!«

Hofbauer beschloß, die Sache durchzufechten. Er beschloß, Lichtleins Arroganz zu überhören.

Denn da war noch diese andere Sache, diese ganz seltsame Angelegenheit, die ihn kalt erwischt hatte. Nachdem nämlich Kobol seine Story losgeworden war, hatte der Apotheker seinerseits begonnen, Fragen zu stellen.

Und Hauptkommissar Hofbauer hatte sie beantwortet. Fragen, die ihm noch nie jemand in seinem Leben gestellt hatte.

Ob er in der Früh mit dem linken Bein oder mit dem rechten zuerst aufstehe. Ob er Schwierigkeiten mit seinem Vater gehabt habe. Ob er gerne Pizza esse oder nicht.

Eine ganze Stunde lang war das so gegangen.

Was ihm Streß mache und was nicht. Wovor er Angst habe. Ob er Legastheniker sei. Er esse Brezeln mit Honig? Ein Klassiker!

Undsoweiterundsofort!

Hofbauer war sich vorgekommen wie bei einem Psycho-Quiz. Aber es war spannend gewesen und interessant, auch das mußte er sich eingestehen.

Kobol nannte die ganze Angelegenheit »Homöopathische Anamnese«.

Schließlich hatte er Hofbauer feierlichst die drei weißen Kügelchen aus einem Fläschchen in die Hand gezittert, und der Kommissar hatte die Wunderdinger im Munde zergehen lassen.

Jetzt saß er hier und fühlte sich derart merkwürdig, daß er es absolut in Ordnung fand, den hochverdächtigen Kobol den Rest der Nacht friedlich in seiner Apotheke Nachtdienst schieben zu lassen.

Und er fühlte, daß er diesem Lichtlein immer noch rasend gerne ins Gesicht gespuckt hätte. Und daß er am liebsten aufgesprungen wäre, um sofort ein paar Stunden lang durch die Stadt zu toben.

»Hast du Angst vor dem Tod?«

Lichtlein pustete das Streichholz, das er sich angezündet hatte, erschrocken aus.

»Bist du jetzt vollkommen gaga?«

»Dieser Kobol hat mich das gefragt«, sagte Hofbauer.

»Er dich?«

»Ja!«

Lichtlein tippte sich vielsagend ans Hirn.

Er fabrizierte Ringe, die keine waren und bröselte sich Asche auf seine Weste. Dann ließ er sich herab, die Ursache seines Hierseins zu erklären.

»Ich war auch nicht ganz untätig«, sagte er.

Er stand auf, stellte den Aschenbecher in die Küche. Kehrte wieder zurück.

»Nur nebenbei: Anita war heute auf der Bank. Befehl von ganz oben.« Lichtlein setzte sich nun doch, wartete ein paar Sekunden und bellte dann: »Dein Freund Kobol hat seinen Kollegen Delft seit Monaten erpreßt! Ziemlich massiv sogar! Was sagst du jetzt?«

»Ich frage dich: Warum hat er Patrizia Keller umgebracht, deiner Meinung nach?«

Lichtlein hatte auch hierfür eine plausible Erklärung.

»Der Grund ist klar. Er war rasend eifersüchtig auf die anderen Böcke. Auf diesen Woerner oder Gerlach oder wie sie heißen. Hast du das nicht gewußt?«

Hofbauer blickte aus dem Fenster. Sein Kopf war auf eine überraschende Weise klar und rein.

Eifersucht war ein handfestes Motiv. Er selbst war dieser Theorie lange genug aufgesessen. Dennoch war sie falsch, mußte einfach falsch sein. Er wußte es.

Tiefe Nacht lag über Giesings Höhen, vor Odysseus' Herberge stand ein Pärchen und umarmte sich innig.

Hofbauer drehte sich um. Auf einmal sah er alles deutlich vor sich. Patrizia in ihrem weißen Kittel, Kobol in seinem weißen Kittel. Seine Vision schien wahr zu werden.

»Okay«, sagte er. »Fahren wir zu Kobol. Aber nicht, um ihn festzunehmen!«

»Sondern?«

»Um ihn zu beschützen.«

Lichtlein starrte ihn an. »Kannst du mir mal verklickern ...« begann er.

»Kein Problem!« Hofbauer lief zur Tür.

»Patrizia wurde getötet, weil ihr Mörder sie mit Kobol verwechselt hat. Der klassische Mord aus Versehen! Sie saß im Lehnstuhl in Kobols fast dunklem Nachtdienstzimmer, er hat es mir vor zwei Stunden erzählt. Der Fernsehapparat war noch an. Vielleicht hat sie geschlafen?«

»Weiter!«

»Die beiden sehen sich verdammt ähnlich, gleich groß, kurze, schwarze Haare.« Er lief zurück ins Wohnzimmer, kramte in der Schublade, steckte seine Dienstwaffe ein. »Dieser Mensch ist in Lebensgefahr!«

»Du meinst also, Delft wollte seinen Erpresser ... und hat aus Versehen ...?«

»Wir fahren in die Obsidian-Apotheke, das war doch dein innigster Wunsch. Kobol hat Dienst. Wie damals, in der Nacht von Sonntag auf Montag.«

Hofbauer war schon auf dem Weg zum Lift. Lichtlein hastete hinterher.

»Da ist noch was«, flüsterte er.

Der Lift kam, und sie stiegen ein.

»Wir haben Fatmir Krjezu geschnappt. In St. Octavien. Er saß auf einer Bank und schnarchte.«

»Fatmir Krjezu geht mich nichts an!« antwortete Hofbauer.

»Er hatte eine Pistole bei sich.«

»Das ist dein Problem!«

»Wenn du meinst ...«

»Absolut!«

Sie erreichten Anita über Handy, als sie bereits auf der Autobahn fuhren. Anita versprach, sich sofort auf den Weg zu machen.

Die Kollegen in Planegg waren alle ausgeflogen. Ein einsamer Polizeimeister hielt die Stellung. Er sagte, er werde sein Bestes tun, sofort einen Streifenwagen zur Apotheke zu schikken.

Als sie auf dem Parkplatz ankamen, zeigten ihre Armbanduhren zehn Minuten nach elf.

Die Obsidian-Apotheke war mäßig erleuchtet, die Läden links und rechts konnte man nur schemenhaft erkennen. Vor der Tür stand ein junger Mann, nervös tippelte er auf und ab, drückte vehement auf die Nachtdienstglocke. Nach kurzem Warten polterte er wütend mit den Füßen gegen die Scheibe.

»Staudinger!« Hofbauer sprang aus dem Auto, rannte am Brunnen vorbei zu der wartenden Gestalt.

»Was haben denn Sie hier zu suchen?«

Der junge Mann erschrak. Als er sich einigermaßen gefaßt hatte, sagte er. »Verhüterli! Ich brauche dringend Verhüterli! Meine Braut sitzt zu Hause und wartet.« Erneut trommelte er gegen die Tür. »Aber dieser Typ scheint wieder mal eingepennt zu sein oder was weiß ich. Komischer Laden!«

Nun erschien auch Lichtlein, mit einer senkrechten Falte in der Stirn.

»Schöne Pleite! Da sind wir wohl mal wieder zu spät gekommen! Ich hab's ja gesagt!«

»Ist was passiert?« wollte Staudinger wissen.

»Das wird sich rausstellen!«

»Haben Sie Schüsse gehört?«

»Nicht, daß ich wüßte!«

Hofbauer zwang sich, nicht die Nerven zu verlieren. Es mußte doch eine Möglichkeit geben, in diese Bude reinzukommen!

Aus dem Dunkel tauchte Anita auf, in olivgrünen Hosen und farblich passender Jacke.

»Sind wir auf einer Modenschau oder was?« zischte Hofbauer.

Anita schwieg erschrocken.

»Die Tiefgarage!« Hofbauer wandte sich nach rechts, gab den anderen ein Zeichen.

Aber sie kamen nicht weit.

Auf einen Schlag wurde die Offizin in helles Licht getaucht und aus dem Inneren der Obsidian-Apotheke erschien, schleichend und mit irrem Blick, Frau Kriebig. Als sie die Beamten sah, machte sie ruckartig kehrt und verschwand.

Sie liefen die Abfahrt zur Tiefgarage hinunter, an den geparkten Wagen vorbei und hinauf zu dem schmalen Eingang in die Apotheke. Durchs Labor hindurch rannten sie ins Nachtdienstzimmer.

Was sie sahen, war nicht unbedingt erfreulich.

Auf Kobols Drehstuhl hockte Frau Kriebig, in einem frisch gewaschenen weißen Kittel, die Pistole lag neben ihr auf dem Boden. Kobol saß, in sich zusammengesunken, auf dem geblümten Sofa. In seiner Stirn prangte ein kleines, häßliches Loch.

»Das war's dann wohl«, sagte Hofbauer trocken.

Anita zog ihr Handy, telephonierte mit Spurensicherung und Leichenwagen.

Lichtlein machte runde Augen.

Frau Kriebig starrte ins Leere. Sie unternahm mehrere Versuche zu sprechen, es gelang ihr aber nicht.

Endlich schaffte sie es doch.

»Er hat mich nicht für voll genommen«, sagte sie leise. »Er hat mich behandelt wie den letzten Dreck.«

»Wie meinen Sie das?« fragte Hofbauer.

»Nur weil ich einmal ein Medikament falsch abgegeben habe. Vor zwei Jahren. Er hat es nicht vergessen.« Mit einer energischen Handbewegung fuhr sie über ihren blütenweißen Kittel.

»Und weil ich mit seinen albernen Kügelchen nichts anfangen kann.«

Sie lachte bitter.

»Er hat Fräulein Keller gebeten, für ihn den Dienst zu übernehmen. Eine Helferin! Können Sie das verstehen?« Sie machte eine Pause. »Sie verstehen es nicht!«

Das späte Mädchen mit der altbackenen Frisur sah nun wirklich aus wie eine alte Jungfer. Hofbauer staunte, daß es so etwas überhaupt noch gab.

»Es war nicht das erste Mal, daß sie ihn vertreten durfte. Und es sollte geheim bleiben«, sie strich sich ihre Strähne aus der Stirn, »aber sie hat es mich spüren lassen, und wie!«

Erst jetzt sah sie Hofbauer voll ins Gesicht.

»Sie hat mich gehaßt. Und ihn hat sie um den kleinen Finger gewickelt, wie sie das mit allen anderen auch getan hat.« Ihr Mund formte sich zu einem einzigen Vorwurf.

»Wozu stehe ich täglich in der Verantwortung? Dafür, daß er mich in die Ecke stellt? Daß ich seine Putzfrau spiele? Ich hatte eine Eins im Staatsexamen! Dabei hätte ich ihn glücklich gemacht, ich ganz allein.«

»Sie haben sich grandios gerächt«, warf Anita sarkastisch ein. »An Kobol und an Patrizia!«

Die Apothekerin schüttelte energisch den Kopf.

»Ich habe dieser dummen Pute nichts getan«, sagte sie bestimmt. »Auch wenn sie es verdient gehabt hätte. Ich habe Kobol getötet. Sonst niemanden!« Sie erhob sich mühsam.

»Und jetzt lassen Sie mich bitte meine Pflicht erfüllen. Es hat geläutet!«

Mitten in der Nacht wachte Hofbauer auf.

Seine Schmerzen waren derart heftig, daß er Mühe hatte, nicht laut zu brüllen. Er sah auf die Uhr. Es war kurz nach drei. Er schlich ins Badezimmer, ließ heißes Wasser in die Wanne laufen, schüttete Moorbrocken dazu. Er legte sich in die tiefschwarze Brühe, hinauf bis zum Kinn.

Die weißen Kügelchen hatten versagt! Es war naiv genug gewesen, den Sermon ernstzunehmen, den Kobol ihm aufs Butterbrot geschmiert hatte. Drei winzige Kügelchen! Einfach lachhaft!

Er streckte sich, schloß die Augen und versuchte, einen einigermaßen vernünftigen Gedanken zu fassen. Dann schrieb alles, was ihm durch den Kopf ging, auf seine unsichtbare Liste.

Punkt eins: Kobol war tot, von der dümmsten Person erschossen, die er kannte.

Punkt zwei: Fatmir Krjezu war ein armer Teufel.

Punkt drei: Hofbauer hatte einen Sohn, der tief in der Tinte steckte. Und zu dem er keinen Draht fand. Männer wohnten auf dem Mars, Frauen auf der Venus. Deshalb verstanden sie sich nicht. Wo lebten halbwüchsige Söhne?

Punkt vier: Was bedeutete der geheimnisvolle Tütentausch, den sie beobachtet hatten?

Und Punkt fünf: Patrizias Mörder war ganz nahe an sein Opfer herangetreten. Ganz nahe! In dieser Nähe lag die Lösung. Sie lag ganz nah.

Er brachte es fertig, aus der Wanne zu steigen, sich zu duschen, sich abzutrocknen und wieder ins Bett zu gehen. Seine Lenden glühten, seine Beine brannten, als hätte Herr N'Guyen sein gesamtes Arsenal von Nadeln in Stellung gebracht. Auch sie waren umsonst gewesen.

Was zum Teufel sollte mit Bastian geschehen?

»Verdammter Mist! Alles Scheiße! Ois is Blues!«

Als Hofbauer am nächsten Tag gegen neun Uhr erwachte, stellte er fest, daß er keine Schmerzen mehr hatte.

Sie waren weg, fortgeblasen, in alle Winde zerstreut. Sie waren einfach nicht mehr da!

Er traute sich kaum aufzustehen. Vorsichtig, als könnte ihm jede Bewegung schaden, begab er sich erneut unter die Dusche.

Er putzte sich die Zähne, pflückte die Frühstücksbrezeln von der Türklinke, freute sich auf den Kaffee. Bis ihm einfiel, daß Kobol ihm jeglichen Genuß des koffeinhaltigen Pulvers verboten hatte.

Kobol, Apotheker und Heilpraktiker, mutmaßlicher Erpresser und gleichzeitig Empfänger geheimnisvoller Botschaften, der jetzt in der Leichenhalle lag, reglos und stumm.

Und der, Hofbauer erinnerte sich dunkel, irgend etwas von einer »Erstverschlimmerung« geredet hatte, die eintrete, nach Einnahme der einzig und allein stimmigen homöopathischen Gabe. Als Zeichen umfassender Heilung. Laut Samuel Hahnemann.

Diese absolut unvermutete nächtliche Schmerz-Orgie? War es das gewesen?

Der vergangene Abend schlich sich in Hofbauers Gedanken. Vom nervösen Hämmern Staudingers bis hin zu dem Augenblick, als Frau Kriebig Nachtdienst machen wollte und draußen noch immer dieser Vertreter stand, um seine dämlichen Verhüterli zu kaufen. Und neben ihm ein aufgebrachter Vater, der dringend Fieberzäpfchen für seinen kranken Säugling brauchte. Frau Kriebig hatte die beiden Notleidenden bedient, wie eine Schlafwandlerin.

Man hatte Kobols Frau verständigt, hatte die widerstrebende Kriebig weggeschafft und all das getan, was getan werden mußte. Absperrung, Photos, Spurensicherung.

An der Obsidian-Apotheke prangte jetzt ein Pappschild mit der Aufschrift »Geschlossen.«

Hofbauer biß in seine dick mit Butter und Honig bestrichene Brezel. Es schmeckte köstlich. Einfach zauberhaft. Keine Schmerzen mehr! Nie mehr Kaffee! Ein neues Leben begann!

Das neue Leben lockte mit einer Tasse Pfefferminztee und einem Anruf vom gesprächigen Freddy Rilke. Der Pharmazeut war über die Ereignisse in der Obsidian-Apotheke bereits bestens unterrichtet, woher, verriet er nicht. Er wußte auch über

Anitas Nachforschungen bei der Bank Bescheid, Planeggs Buschtrommeln schienen bis nach Schwabing zu tönen.

»Da muß Freddy Rilke aber dringend eingreifen«, quäkte er ins Telephon. Hofbauer hörte den Apotheker zwischendurch in ein zweites Telephon sprechen, Befehle erteilen und einer Mitarbeiterin erklären, welches Medikament sie an einen gewissen Herrn Schönenberger abgeben solle.

Dann war Rilke wieder da.

»Wenn Sie glauben, aus irgendwelchen Geldtransaktionen zwischen dem Kollegen Delft und dem armen Kollegen Kobol falsche Schlüsse ziehen zu müssen«, sagte er, »dann sind Sie auf dem Holzweg. Freddy Rilke weiß alles. Und das, was Sie womöglich vermuten, ist hirnrissiger Blödsinn!«

»Was vermute ich denn?« fragte Hofbauer treuherzig.

»Mir ist nicht nach Spaßen zumute!« Rilke sagte: »Es handelt sich um ganz normale Darlehensrückzahlungen. Mit meiner Beteiligung. Freddy Rilke geht bekanntlich kein Risiko ein.«

Was der letzte Satz bedeuten sollte, war Hofbauer allerdings schleierhaft.

»Mein Einfluß auf gewisse politische Kreise ist erheblich«, polterte der Apotheker. »Dies nur zu Ihrer Information.«

Er berichtete, daß er auch das Begräbnis des bedauernswerten Kobol ausrichten und bezahlen werde, daß aber niemand glauben solle, er, Freddy Rilke, sei ein Krösus. Dann legte er grußlos auf.

Kaum hatte Hofbauer die zweite Brezel schnabuliert, als sein Handy auf dem Tisch zu rotieren begann.

»Wer ist da?« meldete er sich.

Es war Lichtlein, sehr von oben herab, wie immer.

»Kommen Sie sofort ins Präsidium«, rief er dienstlich, »unser Freund Dieckmann hat sich den Knöchel verstaucht. Er ist miserabelster Laune. Alles andere erfahren Sie in seinen Heiligen Hallen. Bis gleich!«

»Leck mich!«

Der Kommissar hängte ein, schlürfte seinen Tee bis zur Neige. Es mochte drohen, was da wollte, nichts konnte ihn mehr erschüttern. Er hatte keine Schmerzen mehr! Halleluja!

Das dritte Telephonat kam von Zeppelin.

Hofbauer hörte aufmerksam zu. Stellte ein paar Fragen, erhielt kurze, präzise Antworten.

Das Gespräch hatte es in sich, Hofbauer rieb sich gutgelaunt die Hände. Die Sache begann, Spaß zu machen!

In der Ettstraße angekommen, fühlte er sich stark wie ein Riese. Man bedeutete ihm, in Dieckmanns Zimmer zu gehen, sofort, ohne Umwege. Mit einem schnellen Blick auf seine Post stellte er fest, daß der Laborbericht, auf den er so lange gewartet hatte, endlich gekommen war. Er riß das Couvert auf, überflog den Inhalt. »Na, also!« war alles, was er sagte. Es fügte sich prächtig ineinander. Und paßte ganz hervorragend zu dem, was Zeppelin erzählt hatte.

Pfeifend machte sich Hofbauer auf den Weg, trat polternd ein, wünschte lautstark einen »Guten Morgen«.

Anita hüstelte verlegen. Sie trug verwaschene Jeans und eine Bluse von undefinierbarer Farbe. Hofbauer hatte sie noch nie in einem derart langweiligen Outfit gesehen.

»Habe die Ehre!«

Dieckmann antwortete fast flüsternd. »Wünsche wohl geruht zu haben!«

»Die Nacht war kurz«, erwiderte Hofbauer. »Bei uns zumindest. Wie's bei Ihnen war, weiß ich nicht!«

Der Staatsanwalt bückte sich, rieb sich seinen schmerzenden Knöchel. Hofbauers Unverfrorenheit geruhte er nicht zur Kenntnis zu nehmen.

»Sie haben sich ja gestern abend nicht unbedingt mit Ruhm bekleckert«, begann er. »Wenn Sie ein paar Minuten früher gekommen wären, würde dieser Kobol noch unter den Lebenden weilen. Meine Hochachtung!«

»Wir können nicht zaubern«, antwortete Hofbauer. Er sah zu Lichtlein hinüber, der ungeniert in der Nase bohrte.

Der Staatsanwalt raunte in Richtung Lichtlein: »Berichten Sie, was inzwischen vorgefallen ist! Jedoch in aller Kürze, wenn ich bitten darf.«

Lichtlein holte tief Luft, aber Anita kam ihm zuvor.

»Die Jungs von der Spurensicherung haben angerufen«, ihre Augen begannen zu glitzern, »die Kugel, mit der Kobol getötet wurde, ist tatsächlich von einem anderen Kaliber, als die im Fall Keller.« Sie sah zu Hofbauer hinüber. »Das bedeutet ...«

»Kobol hat Patrizia erschossen!« Stolz kehrte Lichtlein zu seiner ursprünglichen Theorie zurück. »Aus Eifersucht. Sie ist das älteste Motiv aller Gewaltverbrechen!«

Er wartete, bis alle seine Weisheit gebührend bewundert hatten, dann erklärte er: »Wir können die Akte Patrizia Keller schließen. Ich habe es ja von Anfang an gesagt, wenn ich mit dabei bin, dann ist uns der Erfolg sicher!«

Hofbauer beobachtete den Staatsanwalt, der sich über Lichtleins Selbstlob sichtlich ärgerte.

»Nun bleiben Sie mal auf dem Teppich!« Dieckmann warf einen erbosten Blick in die Runde. »Schließlich haben wir die Tatwaffe noch nicht gefunden. Das ist fact oder etwa nicht?«

Über diesen nicht zu übersehenden Stolperstein dachte Lichtlein stirnrunzelnd nach.

»Was ist mit Fatmir Krjezu?« platzte Hofbauer in die Runde. »Was haben Sie mit ihm gemacht?«

Der Staatsanwalt fing den Namen auf, kaute ein wenig darauf herum.

»Abschiebehaft!« knurrte er. Und schob ein paar Sätze hinterher, die mit »vertaner Zeit« und der Tatsache zusammenhingen, daß der Kosovo-Albaner bei einem Ehepaar Scherle Unterschlupf gefunden habe. Aber diesbezüglich natürlich kein Wort aus ihm herauszupressen gewesen war. Auch das Ehepaar habe »von nichts eine Ahnung« gehabt. Stellte sich »dumm wie Bohnenstroh«.

Hofbauer gratulierte sich im Stillen. Dann ließ er sich bestätigen, was er schon längst wußte. »Krjezu ist also unschuldig?«

»Gewiß.«

»Und die Pistole?«

»Ein höchst seltsames Kaliber. Haben wir noch nie gesehen!«

Dieckmann begann einen Vortrag über Asylrecht und Einwanderungspolitik, von seiner, des Staatsanwalts Warte aus gesehen und deshalb einzig und allein richtungsweisend. Seine Zuhörer ließen die Suada geduldig über sich ergehen.

»Könnte ich ein frisches Tuch bekommen?« fragte er, als er am Schluß seiner Ausführungen angelangt war. Er deutete auf seinen lädierten Fuß.

Da keiner sich fand, dieses Tuch aufzutreiben, gab Dieckmann mürrisch zu verstehen, daß die Visite sich ihrem Ende zuzuneigen habe.

Hofbauer erkundigte sich, ob er sich verabschieden dürfe.

»Aber natürlich«, sagte der Staatsanwalt abwesend.

Sie wechselten noch ein paar nichtssagende Sätze über Hochgebirgstouren, über Hubschrauberrettungen, dann gelang es dem Kommissar, sich abzuseilen.

»Kommst du?«

Anita murmelte einen Gruß, bedachte Lichtlein mit einem frivolen Blick, wandte sich ebenfalls zur Tür.

Der Staatsanwalt beschloß, sein leidendes Gesicht wieder in ein strenges umzuwandeln.

»Vergessen Sie nicht: Wir haben die Tatwaffe noch nicht gefunden!« rief er gebieterisch. Und er befahl Lichtlein, sich ab sofort nicht mehr mit dem Fall Keller, sondern mit der ebenfalls noch ungelösten Sache Petermann aus Trudering zu beschäftigen. Man brauche hier einen mit allen Wassern gewaschenen Spezialisten.

Lichtlein stotterte erbleichend, er werde sich Mühe geben.

Niemand widersprach.

»Servus!«

Leise klappte die Bürotür zu.

»Und was machen wir jetzt, Chef?« Sie saßen im Auto, froh, wieder auf sich gestellt zu sein.

»Ab jetzt machen wir große Oper!«

»Aha!«

Hofbauer genoß seinen taktischen Erfolg in vollen Zügen. Der Tag hatte blendend angefangen und ging blendend weiter, in jeder Beziehung. Lichtlein war kaltgestellt, es war nicht zu fassen. Drei kleine, weiße Kügelchen! Sie taten wahre Wunder. Hofbauer wirkte wie befreit, seine Begleiterin stellte es staunend fest.

»Semmeln-Knödeln!«

»Spritzbrunnenaufdreher!«

»Heit is zünftig, Babba!«

Kichernd kämpften sie sich durch den zähen Verkehr Richtung Autobahn.

»Darf ich dich was fragen?« Geschickt wich Hofbauer einem verirrten Radfahrer aus.

»Ich bitte darum.«

Er reihte sich in die rechte Abbiegespur ein, obwohl sie geradeaus fahren mußten. Seelenruhig wartete er, bis er wieder Gas geben konnte.

»Warum bist du heute so, hm, merkwürdig gekleidet?«

Anita wurde auf bezaubernde Weise rot. Sie dachte ein wenig nach, dann sagte sie: »Der Fall Keller macht mich nervös. Und Kobol geht ein wenig zuviel auf unsere Rechnung, finde ich.« Sie unterbrach sich. »Darf ich rauchen?«

Hofbauer nickte.

Sie zündete sich eine Zigarette an, blies den Rauch aus dem Fenster, ohne zu inhalieren. »Da hatte ich absolut keinen Bock mehr«, gestand sie ernst, »tolle Klamotten anzuziehen.«

Konzentriert glitt Hofbauer auf der Schnellstraße dahin. Richtung Gräfelfing bog er ab.

»Kann ich verstehen«, nickte er ebenso ernst. »Die Akte Keller ist noch keineswegs geschlossen. Wir schlagen sie jetzt erst richtig auf!«

Er bremste, um eine Oma über den Zebrastreifen tippeln zu lassen.

»Wir besuchen erst einmal Herrn Dr. Woerner«, erklärte er unvermittelt. »Und dann einen Typen namens Zeppelin.«

»Ist das Ihr Ernst?«

»Absolut.«

»Und was hat dieser Penner mit uns zu tun?«

»Er ist kein Penner. Er ist unser Eichel Ober!«

Anitas Staunen war grenzenlos.

Planeggs Kieslaster kosteten wieder einmal den letzten Nerv, im Schneckentempo zockelten sie durch den Ort. Hofbauer zockelte hinterher, verfiel zwischendurch in ein wohliges Grinsen.

»*Einsamer Witwer sucht zum zweiten Mal sein Glück in der Ehe!*« nuschelte er.

Anita starrte ihn an. »Tatsächlich?«

»Aber nein!« wieherte Hofbauer. »War nur ein Zitat von unserem gemeinsamen Freund!«

»Da haben die Frauen aber nochmal Glück gehabt!« lachte Anita.

Hofbauer widersprach empört.

Plötzlich sagte er: »Ich habe noch ein As im Ärmel. Der Laborbericht ist heute gekommen. Die Sprays und die Tropfen aus Patrizias Wohnung sind eindeutig gefälscht. Nicht alle, aber mindestens ein halbes Dutzend davon.«

»Also doch!«

»Und dein sogenannter Penner ist von der Kripo Frankfurt, Sondergebiet Arzneimittelfälschungen. Er hat gute Spezialkenntnisse und einen erstklassigen Photoapparat.«

Anita erklärte, sie habe aufgehört, sich zu wundern.

»Also keine Schicksalsschläge mit Scheidung und so weiter?« fragte sie.

»Keine!«

»Und Sie meinen, unsere momentane Arbeit hat mit diesen Fälschungen zu tun?«

»Sicher. Unser neuer Kollege wird uns dazu einiges erzählen.« Die Kieslaster bogen ab, Hofbauer wandte sich nach rechts Richtung Waldkrankenhaus. Sie stiegen aus.

»Übrigens noch was«, der Kommissar warf die Autotür zu. »Darf ich du zu dir sagen?«

»Das muß ich mir erst mal überlegen«, grinste Anita.

Die Kabine des Waldkrankenhauses war mit einem grobschlächtigen Monster besetzt, männlich, von umwerfender Unhöflichkeit.

»Und wer san Sie? « begrüßte er den Kommissar.

Hofbauer zückte seinen Ausweis. »Dr. Woerner, bittschön«, sagte er, »es pressiert.«

»Ja mei!« Mit aufreizender Langsamkeit wählte der Allgewaltige eine Nummer, quetschte ein paar Worte hervor und widmete sich ungerührt wieder seiner Brotzeit.

Woerner erschien, abweisend und spröde wie immer. Sie zogen sich an einen der Besuchertische zurück. Der Doktor tat, als habe er die Beamten nie gesehen. Er schien von den Ereignissen in der Obsidian-Apotheke noch nichts zu wissen.

»Worum handelt es sich?« fragte er. »Ich bin fest im Geschirr. Jede einzelne meiner Minuten ist kostbar. «

»Das ist bei allen wichtigen Menschen so«, erwiderte Hofbauer. Dann zielte er direkt ins Schwarze.

»Sie haben Herrn Kobol ein kleines Päckchen gegeben«, sagte er ruhig. »Vorgestern abend auf dem Schiff. Was war der Inhalt dieses Päckchens?«

Der Halbgott in Weiß verzog keine Miene. »Seekarten«, antwortete er. »Von einem Segeltörn.«

»Aber Herr Doktor!« Der Kommissar schüttelte mißbilligend den Kopf.

»Was wissen Sie von den Arzneimittelfälschungen, von denen seit Wochen die Rede ist?« Anita war wieder einmal fast zu schnell.

Aber man konnte deutlich erkennen, daß der Doktor mit der Frage Probleme hatte. Peinlich berührt blickte er um sich, schielte besorgt zu dem kauenden Ungetüm hinüber.

»Es ist alles nur ein Gerücht«, er sprach so leise, daß sie ihn kaum verstehen konnten. »Ein sehr böses Gerücht!«

»Die Sonne bringt es an den Tag.«

»Ihre Scherze öden mich an!«

Mit einem gewinnenden Lächeln beschloß Anita, ihre Krallen wieder einzuziehen.

Hofbauer sagte: »Wir haben in Frau Kellers Wohnung eine ganze Sammlung Asthmasprays und -tropfen entdeckt. Einige davon sind gefälscht. Die Fläschchen enthielten pures Wasser.«

Der Doktor erschrak. »Das ist kriminell!«

»Allerdings. Und Sie haben nichts damit zu tun?«

»Erlauben Sie mal!«

»Patrizia hat Ihnen nie etwas davon erzählt?«

»Nie!«

Er sah zur Uhr. Schwankte zwischen echtem Zorn und schlecht gespielter Ungeduld.

Hofbauer aber ließ nicht locker: »Was war in besagtem Päckchen? Damals, auf dem Schiff? Ich könnte zu Kobol gehen«, setzte er hinzu, so beiläufig wie möglich, »und ihn fragen. Wenn ich es vielleicht nicht schon getan habe ...«

Nur das eilige Vorüberhasten eines Hausschuhbesitzers war jetzt noch zu hören.

»Haben Sie eine Zigarette?«

»Naa!«

Woerner schwieg. Hofbauer und Anita ließen deutlich erkennen, daß sie unendlich viel Zeit hatten.

»Kobols Apotheke«, begann der Doktor nach einer langen Pause, »läuft schlecht, eigentlich überhaupt nicht.«

Er sah sie mit feindseligen Blicken an. »Patrizia wollte ihm ein wenig beistehen. Sie konnte es einfach nicht mitansehen, was da vor sich ging. Beziehungsweise«, er lächelte betrübt, »was da nicht vor sich ging. Da hat sie mich gebeten, ihm immer mal wieder, nun ja, ein paar Rezepte zukommen zu lassen. Aus dem Krankenhaus.«

»Das ist verboten, nicht wahr?«

Woerner nickte.

»Und?«

»Er hat ihr Kosmetika dafür gegeben.«

»Weiter?«

»Auch sonstige Kleinigkeiten. Für mich. Mal ein Rasierwasser, mal ein paar andere lächerliche Dinge.«

Hofbauer verstand. Der Tauschring hatte auch hier vorzüglich geklappt.

»Und außerdem? Sie haben sich gestritten oder was?«

Woerner antwortete nicht gleich. »Kobol hat mich angefaucht, ich hätte Patrizia auf dem Gewissen«, erwiderte er schließlich. »Hat irres Zeug gequatscht und dann die Rezepte eingesteckt. Einfach so, ohne sich zu bedanken.«

»Nicht unbedingt vornehm.«

Eine weibliche Stimme gab durch den Lautsprecher bekannt, Dr. Woerner werde dringend nach Zimmer 147 gebeten.

Der Arzt erhob sich. »Machen Sie mich jetzt fertig?« flüsterte er. »Berufsgericht und so weiter?«

Hofbauer beruhigte ihn. »Wir suchen einen weitaus größeren Hecht. Übrigens«, auch er stand auf, »ich habe leider noch eine schlimme Mitteilung für Sie. Apotheker Kobol ist tot. Er wurde heute nacht erschossen. Von Frau Kriebig, seiner Kollegin. Sehr, sehr bedauerlich.«

Woerner gab keine Antwort.

»Wußten Sie, daß Patrizia an jenem Sonntagabend bei Kobol Dienst machen mußte?«

Der Doktor schüttelte den Kopf.

Wie eine Marionette tappte er die Treppe hinauf. Sein weißer Kittel schlotterte verzagt um seine kaum mehr heroisch zu nennende Gestalt.

Zeppelin roch noch immer sanft nach Knoblauch, war aber sonst kaum wieder zu erkennen. Er trug einen saloppen Anzug, teures Polohemd, Strümpfe schien er allerdings vergessen zu haben. Die zusammengefaltete FAZ steckte in seiner Jackentasche.

Sie trafen sich in einem verschwiegenen Bistro in Pasing, der Mann vom Sonderdezernat hatte es ausgesucht. Hofbauer machte bekannt, informierte den Kollegen aus Frankfurt kurz, was in der vergangenen Nacht vorgefallen war.

Zeppelin, so stellte sich heraus, hieß mit bürgerlichem Namen schlicht Theo. Nachnamen besaß er angeblich keinen.

Kobols Tod ließ ihn kalt.

»Der Mann, der uns interessiert, heißt Delft«, sagte er.

Die Bedienung erschien, Anita bestellte Orangensaft, Theo nach einigem Zögern einen trockenen Martini mit Eis. Hofbauer orderte Kamillentee, was Anita zu einem verblüfften »Na, sowas!« veranlaßte.

Der Gast aus Frankfurt warf einen Stoß Photos auf den Tisch.

»Der Fälscher-Ring ist weit verzweigt und schwer zu fassen.« Er hielt eines der Photos in die Höhe.

»Das hier ist Legau, der Besitzer der Arzneimittelfirma Legau Vital AG in der Schweiz. Hinter dieser Firma verbirgt sich ein Netz rücksichtsloser Geschäftsleute. Ihre Schlüsselfiguren sitzen in Rußland, Indien und Bangladesch.«

Er nippte an seinem Martini. Deutete auf fünf andere Bilder: »Die Firma Severin und Co. aus Hamburg. Sollte einen Lastwagen mit Herzglykosiden nach Moskau bringen. Der Lastwagen ist spurlos verschwunden. Seine Fahrer wurden auf einem Rastplatz überfallen und umgelegt.«

Drei weitere Photos folgten.

»Roglewski, Spediteur aus Köln. Bei einer Durchsuchung haben wir eine Lieferung des Medikaments Zorral beschlagnahmt. Die für die Kapselhülle verwendete Gelatine und die Bedruckung waren Imitate. Der Inhalt war wertlos.«

Stumm legte er die übrigen Bilder nebeneinander.

Sie zeigten das verliebte Paar, das die beiden Kriminaler im Bräustüberl beobachtet hatten. Die jungen Leute waren erneut mit ihrem Tütentausch beschäftigt.

Auf dem beträchtlichen Rest der Photos aber sah man Delft und einen unbekannten Herrn mit Backenbart. Sie standen vor Delfts Auto, ins Gespräch vertieft.

»Meine wertvollste Beute«, stellte Theo zufrieden fest. »Dieser Mister mit Bart beliefert deutsche Kunden, allerdings über höchst dunkle Kanäle. Sein Spezialgebiet sind Asthmasprays und -tropfen, gefälscht, selbstverständlich.«

Anita legte ihre Stirn in krause Falten. »Ich verstehe noch immer nicht, wie das alles zusammenhängt.«

»Ganz einfach!« Zeppelin alias Theo gönnte sich einen weiteren Schluck. »Wir vermuten, Ihr smarter Apotheker hat von Mister Backenbart eine uns unbekannte Anzahl dieser Sprays gekauft und in den Handel gebracht.«

Hofbauer nickte bestätigend. Er nahm den Laborbericht, strich ihn liebevoll glatt, reichte ihn dem Kollegen aus Frankfurt hinüber.

»Heute angekommen. Paßt bestens in unser Puzzlespiel.«

»Herrlich!« Theo vertiefte sich in das Schreiben, rief mehrmals »Oh!« und »Ah!« und hieb verzückt auf den Tisch. Seine Begeisterung war grenzenlos.

»Patrizia Keller ist also tatsächlich auf einem Weg, den wir noch nicht kennen, an die Fälschungen herangekommen«, sagte Hofbauer

»Sie war bei Delft beschäftigt. Aber er hat sie rausgeschmissen, Zeppelin hat das brühwarm erfahren.«

Hofbauer lachte. »Wir werden in Zukunft nur noch als Gammler verkleidet unserem Beruf nachgehen.«

Er wurde wieder ernst. »Patrizia war also nicht nur ständig auf der Suche nach ihrer Heilsfigur, sondern, ganz prosaisch, auch auf der Spur eines scheußlichen Verbrechens.«

»Und deswegen mußte sie sterben.«

»Ich fürchte, ja.«

Die Wirtin erschien.

»Brauchen's no was?« fragte sie.

Hofbauer wollte eine Runde Kamillentee bestellen, aber Theo kam ihm zuvor.

»Hawe Sie Ebbelwei?« rief er kämpferisch.

Wortlos drehte sich die Wirtin um, um das Gewünschte zu holen.

»Ich hab da noch eine Frage«, meldete sich Anita zu Wort. »Warum machen die das, diese Fälschungen? Was steckt da dahinter?«

Theos Gesicht wurde ernst. »Kennen Sie den Film ›Der dritte Mann‹?«

»Ich hab ihn fünf mal gesehen.«

»Harry Lime hat in dem Streifen Impfstoffe verhökert. Impfstoffe, die keinerlei Wirkstoffe enthielten. Hunderte von Kindern sind deshalb gestorben.«

»Ich verstehe.« Anitas Augen wurden schmal.

»Die Leute, die Herrn Delft beliefern, sind noch ein ganzes Stück gerissener. Sie füllen den Inhalt der Arzneimittel um und verkaufen ihn nach Rußland oder sonstwohin.«

»Aber ...«

»Die Originalfläschchen beschicken sie mit irgendeinem Placebo. Sie haben also doppelten Gewinn!«

Anita schüttelte sich. »Ich bin ja allerhand gewöhnt«, entfuhr es ihr, »aber das ist schon mehr als ekelhaft.«

»Und die Apotheken, die das Zeug bekommen, sind ahnungslos.«

An dieser Stelle griff Hofbauer in das Gespräch ein.

»Sie machen Stichproben, hat man mir erklärt, Arzneimittelanalysen. Jedoch«, seine Stimme sank nach unten, »sie haben immer weniger Zeit. Personalprobleme aus Kostengründen, sagen sie.«

Er überlegte, dann setzte er hinzu: »Außerdem, wie sollen sie ausgerechnet dieses eine Fläschchen finden, das gefälscht worden ist?«

Sie schwiegen, dachten nach über das, was sie da ausdiskutiert hatten.

»Wir lassen diesem Delft keine Ruhe mehr!« Zeppelin konnte die negative Stimmung, die unerwartet aufgekommen war, nicht ertragen.

»Er ist dran! Und diesem Tütenspiel kommen wir auch noch auf die Schliche.«

Er betrachtete Anita, in deren Augen sich ein ganz kleines Lächeln spiegelte. Das machte ihm wieder Mut.

»Ich laufe doch nicht umsonst wochenlang durch die Gegend, mit einem Photoapparat um den Hals und mit einem stinkigen Mantel bekleidet. Wer bin ich denn?«

»Das haben wir uns zuweilen auch gefragt«, sagte Hofbauer.

Es war zehn Minuten vor sechs, ein sonnendurchglühter Planegger Nachmittag. Mit dem letzten Glockenschlag des quergestreiften Kampanile sollte die Übergabe erfolgen: 5000 Euro hatte Jerome gefordert, sonst würde er Bastian umlegen, diesmal ohne Gnade.

Hofbauer stand im Eingang zur Sakristei, gut verborgen hinter einer Reklametafel. Zinner hatte sich in einem der umliegenden Häuser versteckt. Ein weiterer Beamter saß, in Zivil, scheinbar harmlos auf einer Bank.

Sie hatten ausgemacht, erst einmal abzuwarten. Bastian sollte mitspielen, er sollte das Geld übergeben und dann würden sie rasch und zügig zugreifen.

Drüben, unter der Plane eines stillgelegten Kinderkarussells, hockte Anita. Ihr war es zu verdanken, daß endlich der Schlußstrich unter die Tragödie gezogen werden konnte. Ein hartes Stück Arbeit lag hinter ihr, aber nach drei vergeblichen Versuchen, nach endlosem Zureden, war es Anita gelungen, Bastian zum Sprechen zu bewegen.

Und was er zu sagen hatte, trieb Hofbauer den kalten Schweiß auf die Stirn. Es war ein Kriminalfall für sich, in den sein Sohn da hineingeraten war.

Auf welchem Planeten lebten 16jährige Jungen?

Er hatte versucht, sich an seine eigene Jugendzeit zu erinnern, an ähnliche Vorfälle. Ganz verschwommen war dieser Feind von damals aufgetaucht, obwohl er heute nicht einmal mehr wußte, wie er ausgesehen hatte. Hofbauer war 15 gewesen, und dieser um ein paar Jahre ältere Typ hatte ihn wochenlang verfolgt, ihn angerempelt, zu Boden geworfen, hatte versucht, ihn mit einem brennenden Feuerzeug zu traktieren. Allerdings hatte er ihn nicht erpreßt, das war damals noch nicht ›in‹ gewesen.

Plötzlich war der Kerl wie vom Erdboden verschluckt, war weggezogen oder hatte die Lust an seinen Quälereien verloren. Hofbauer hatte es erst gar nicht begriffen, war dann aber über die Maßen froh.

Aber, und das schien ihm von entscheidender Bedeutung, seinen Eltern hatte auch er keinen Ton davon erzählt.

Warum wunderte er sich also, daß Bastian genauso handelte?

»Alles in Ordnung?« Er startete eine letzte Orientierung per Funk.

»Alles klar!«

Bastian saß auf der Mauer des winzigen Biotops, das der Mesner vor Jahren hatte anlegen lassen. Er war blaß, sah klein aus und verloren. Das Briefcouvert mit den Scheinen steckte in seiner Brusttasche.

18 Uhr. Vier Glockenschläge voraus, sechs hinterher. Die beiden Omnibusse surrten hintereinander her, ein fünfjähriges Mädchen tänzelte herbei, wollte unbedingt auf dem Mäuerchen balancieren.

Hofbauer holte tief Luft, drückte die Lippen fest aufeinander.

Die Mama half, die ersten Trippelschritte gelangen, da fiel dem Mädchen ein, doch lieber eine Waffel zu mögen. Mutter und Kind zogen sich in Richtung Eisdiele zurück.

Erleichtert preßte Hofbauer die angestaute Luft aus seinen Lungen.

Jetzt erschien Jerome, er mußte es sein, Bastians Beschreibung war perfekt.

Jeromes Kumpel blieb unter den Bäumen stehen, tat so, als gehöre er nicht dazu. Hofbauer betete, daß der Bursche dort auch blieb. Einer von dieser Sorte genügte vollauf.

Jerome umrundete die Mauer, sicherte nach allen Seiten, musterte jeden Passanten sorgfältig. Er zögerte, hockte sich dann breit neben Bastian. Träge steckte er sich eine Zigarette in den Mund, zündete sie an.

Plötzlich spielte er verrückt. Er zückte eine Pistole und rammte sie Bastian in die Seite, legte seine Jacke drüber.

Hofbauers Herz stand still. Nur mit äußerster Mühe gelang es ihm, nicht auf den Platz zu rennen. Er hatte nicht die geringste Ahnung, wie Bastian reagieren würde. Nicht auszudenken, wenn die Waffe geladen war.

Oder war es nur eine Attrappe?

Jerome schien etwas zu sagen, Bastian rührte sich nicht.

»Gib ihm die Kohle!« Hofbauer konnte nur hoffen, daß seine stumme Botschaft ankommen würde. »Ich bitte dich, gib sie ihm!«

Jerome quatschte, Bastian blieb reglos auf seinem Platz.

Sie unterhielten sich, natürlich konnte man nicht verstehen, worüber. Das Pickelgesicht lachte unverschämt. Die Pistole war noch immer unter der Jacke versteckt. Jeromes Begleiter kam näher, rief den beiden etwas zu, was den Halunken ungemein zu amüsieren schien.

Er quasselte unaufhörlich auf Bastian ein, griff sich zwischen die Beine, machte eine ordinäre Geste. Die Jacke fiel herunter, Jerome hatte auch damit seinen Spaß, er schien sich seiner Sache absolut sicher.

»Das war's aber jetzt, mein Herr!« Mit zwei schnellen Schritten war Hofbauer bei Jerome, schleuderte mit seinem Fuß die Pistole in die Luft und versetzte ihm einen kurzen, trockenen Haken. Er drückte den Ganoven hart auf den Boden, Zinner hatte Thorben im Griff, es war eine Sache von Sekunden.

Mit einem Blick zur Seite sah Hofbauer Anita, wie sie die Pistole in eine Plastikhülle schob.

»Wer bist du?«

»Sag ich nicht!«

»Du heißt Jerome, stimmt's?«

Keine Antwort.

Hofbauers Griff wurde fester. Die Handschellen klickten. Er preßte Jerome auf den Boden, rücksichtslos.

»Dein Nachname?«

Nichts.

»Jetzt, sowas«, eine alte Frau schob ihr Wägelchen ganz nahe heran, »des is doch der Bua vo meim Dokta!«

»Frau Kachlmeier! Was machen Sie denn noch hier draußen?«

Die Alte strafte Hofbauer mit einem verachtungsvollen Blick. »Sie moana, i ghör scho ins Bett? Deischns eahna net!« Sie warf einen Blick auf Jerome, »Jetzt woaß i's wieda! Der Bua hoaßt Scherom. Sei Vatta is Awotheka. Vom Bahnhof, vastehngans!«

Ein zorniger Ausruf war die Antwort.

Hofbauer übergab den grimmig in den Boden Starrenden dem Beamten in Zivil, der mit Zinner und Thorben zum Streifenwagen ging. Frau Kachlmeier betrachtete mit offenem Mund die ungewohnte Szene.

Hofbauer setzte sich neben seinen schluchzenden Sohn. Legte seinen Arm um ihn.

»Es ist vorbei«, sagte er, »du hast es überstanden! Kein Mensch wird dich mehr belästigen.«

»Bist du sicher?«

»Absolut!«

»Meinst du, er wollte mich umbringen?«

»Er hatte keine Chance«, sagte Hofbauer.

Bastian sah ihn unendlich dankbar an.

Am nächsten Morgen, die Geschäfte hatten gerade geöffnet, parkte Hofbauer den Wagen vor der Bahnhof-Apotheke Planegg. Sie stiegen aus, Anita und der Mann vom Sonderdezernat aus Frankfurt, der unbedingt mit dabei sein wollte.

Zinner hatte den Streifenwagen genommen. Der Planegger Polizist blieb vor der Tür stehen, die anderen betraten die Offizin.

Delft war alleine. Im strahlend weißen Kittel, angriffslustig wie immer, erwartete er die ersten Kunden. Seine dienstbaren Geister hantierten unsichtbar in den hinteren Räumen.

»Guten Morgen«, grüßte Hofbauer sachlich.

Der Pharmazeut nickte überrascht.

»Brauchen Sie wieder Ihre Tropfen?« erkundigte er sich mißtrauisch.

»Keineswegs!« Der Kommissar trat einen Schritt nach vorne, »Herr Delft, Sie haben mir seinerzeit in Kobols Betrieb empfohlen, Apothekenluft zu schnuppern. Das habe ich getan, ausführlich und intensiv.«

»Ich erinnere mich vage.«

»Der Apothekerschaft geht es schlecht, habe ich gelernt. Die Goldenen Zeiten sind vorbei. Viele Ihrer Kollegen kämpfen ums Überleben.«

»So ist es.«

»Sie auch, Herr Apotheker Delft?«

»Ich ...« Der Mann in Weiß verstummte. Er betrachtete Theo, als wäre er ein Hund vom anderen Stern, wußte überhaupt nicht, was er mit ihm anfangen sollte.

»Hamse mal 'nen Euro?« nuschelte Zeppelin.

Der Apotheker lachte. Aber sein Lachen klang nicht echt.

»Soll das ein Scherz sein oder was?« rief er gereizt. »Schon in aller Herrgottsfrühe?«

Hofbauer beschloß, dem Spektakel ein Ende zu bereiten.

»Herr Apotheker Delft«, sagte er mit amtlicher Stimme, »ich verhafte Sie wegen des dringenden Verdachts, Patrizia Keller ermordet zu haben. Sie haben sie getötet, weil sie massiv auf der Spur Ihrer schändlichen Geschäfte war. Alles, was Sie ab jetzt sagen, kann gegen Sie verwendet werden.«

Delft reagierte zunächst überhaupt nicht. Zum ersten Mal allerdings fiel ihm kein einziger seiner dummen Sprüche mehr ein. Er stand da, wortlos, hinter seiner Stirn jedoch arbeitete ein ganzes Bergwerk von Gedanken.

»Wir haben gestern abend Ihren Sprößling Jerome auf frischer Tat ertappt«, fuhr Hofbauer fort, »wie er meinen Sohn Bastian mit einer glücklicherweise nicht geladenen Pistole bedrohte, um 5000 Euro von ihm zu erpressen. Die Pistole haben wir sichergestellt. Sie ist vom gleichen Kaliber wie die, mit der Patrizia Keller umgebracht wurde. Ich muß Sie bitten«, hier machte der Kommissar eine Pause, »mit mir zu kommen. Selbstverständlich können Sie Ihren Anwalt konsultieren.«

Ein Kunde mit einem Rezept in der Hand erschien, sah die amtlichen Mienen der illustren Gesellschaft vor sich und suchte irritiert das Weite.

Delft schüttelte den Kopf, machte eine Bewegung, als wolle er eine unsichtbare Last von sich werfen.

»Was haben Sie mit meinem Sohn gemacht?« fragte er fast unhörbar.

»Jerome ist bestens aufgehoben«, antwortete Hofbauer, nicht ohne Sarkasmus. »Er hat ein volles Geständnis abgelegt. Was ich Ihnen übrigens auch raten würde.«

»Sie sind leider auf dem Holzweg.« Der Apotheker war langsam dabei, seine Fassung wiederzugewinnen.

»Sie haben sich derart im Maisfeld verirrt, daß es fast schon wieder lustig ist.« Er nahm ein kleines Tütchen mit Gummibären aus einer Schublade, riß es auf und bot es den staunenden Beamten an. Niemand rührte sich.

Delft schob eines der Bärchen in den Mund, kaute mahlend darauf herum.

»Ich habe Patrizia Keller nicht getötet«, rief er schrill. »Das habe ich Ihnen aber, glaube ich, schon mal erzählt. Ich besitze keine Pistole, kein Gewehr und keine Bombe. Ich weiß auch nicht, hinter welche meiner sogenannten Schandtaten Fräulein Keller gekommen sein soll. Wollen Sie mir ernsthaft einen Mord in die Schuhe schieben?«

Da niemand antwortete, fuhr er fort, allerdings wesentlich gemäßigter.

»Mein Sohn«, sein widerliches Grinsen verschwand, »mein Sohn ist ein Tölpel. Ich muß mich für ihn entschuldigen. Immer vorausgesetzt, es stimmt, was Sie mir da aufgetischt haben.«

Erneut bimmelte die Türglocke, eine nicht mehr ganz junge Frau verlangte einen Hustensaft, Nasentropfen und die neueste Ausgabe der Apotheken-Illustrierten.

»Ich habe einen blendend guten Rechtsanwalt«, flüsterte Delft. »Dies nur zu Ihrer Information. Wann und wo kann ich meinen Sohn sprechen?«

»Vorerst überhaupt nicht!«

»Das werden wir sehen!«

»Gewiß!«

Ein anderer weißer Kittel erschien. Höflich fragte er die wartende Frau, ob er in Sachen Arzneimittel oder dergleichen weiterhelfen könne.

»Nun mach schon!« wisperte Theo nervös. »Zugriff!«

Aber Hofbauer rührte sich nicht.

Er betrachtete den gummibärenkauenden Delft abschätzend, mißtrauisch und sehr, sehr nachdenklich. Die Nähe, das war's! Wer kam nahe genug an Patrizia Keller heran?

Er knurrte: »Freu dich nicht zu früh, Bursche!« Drehte sich um und rannte nach draußen.

»Ich glaub, mich tritt ein Eichhörnchen«, murmelte Theo.

Sie fuhren nach Gräfelfing.

Theo fraß in kleinen Stücken seine FAZ, Anita hockte im Fond des Wagens und schnappte mehrmals hörbar nach Luft.

»Was, bitte, Chef, soll das bedeuten? Können Sie mir sagen, ich meine, uns, warum wir hier, warum wir nicht ...«

Hofbauer gab keine Antwort.

Er parkte das Auto oben in der Bahnhofsstraße, stieg hastig aus, gefolgt von Zinner, der seinen Streifenwagen schlicht auf dem Gehweg abstellte. Theo und Anita tippelten wie die Schäflein hinterdrein.

Es war kurz nach neun, ein Mensch in strahlend weißem Mäntelchen ging prüfend vor seinem Schaufenster auf und ab, einem mit Reklame-Pappkartons vollgestopften Rechteck.

»Halt!« Hofbauer konnte sich jetzt nur mehr schwer beherrschen. »Erwin Gerlach, wir haben mit dir zu reden, auf der Stelle! Fraktur zu reden, wenn ich es so nennen darf.«

Sein Schulfreund hustete erschrocken, musterte erstaunt das vor ihm aufgetauchte Quartett.

»Was wollt ihr denn? Ich habe keine Zeit, in zehn Minuten kommt ein Dekorateur, um das alles hier umzugestalten.« Er deutete auf die große Glasscheibe. »Ich möchte neue Naturprodukte ins Sortiment nehmen, Bio-Artikel, Säfte und ähnliches, das muß logistisch von A bis Z durchorganisiert werden.«

»Schick deine Leute nach Hause!«

»Ich soll ...« Gerlachs Verblüffung war grenzenlos. Er betrachtete die finster dreinblickenden Gestalten, die da vor ihm standen, machte eine Handbewegung, als wolle er sie alle wegscheuchen, dann drehte er sich um und starrte demonstrativ auf die hinter ihrer Scheibe prunkenden Pappkartons.

Hofbauer packte den Apotheker am Arm und zerrte ihn in die Offizin, in ein neues Arzneimittel-Paradies, das allen bisherigen doch so ähnlich war.

Zwei weißbekittelte Wesen standen erschrocken hinter dem Verkaufstisch.

»Für heute ist Feierabend«, herrschte Hofbauer sie an. Er zückte seinen Ausweis. »Kripo München! Gehen Sie! Sie werden hier nicht mehr gebraucht!«

Er führte die beiden zur Tür, erklärte ihnen mäßig höflich, daß er ihrem Chef jetzt ein paar gesalzene Probleme bereiten müsse, und schob sie sanft, aber bestimmt nach draußen.

Breitbeinig stellte sich Zinner vor den Eingang.

Der Apotheker betrachtete sie voller Haß. Er stand vor ihnen, die Fäuste erhoben wie ein Boxer, so als wollte er niemanden auch nur einen Zentimeter an sich heranlassen.

Hofbauer hieb auf den Gong zur ersten und damit zugleich zur letzten Runde: »Erwin Gerlach, ich muß dich verhaften!« Er sagte nicht leider, es fiel ihm nicht im Traum ein, es zu sagen. »Wir sind der festen Überzeugung, daß du Patrizia Keller getötet hast. Es hat keinen Zweck zu leugnen.«

Gerlach ließ die Fäuste sinken.

»Wir haben das doch alles schon hundertmal durchgekaut!« keuchte er. »Jetzt fängst du schon wieder damit an. Ich habe Patrizia kein Haar gekrümmt! Geh zum Teufel!«

Er zerknüllte ein Taschentuch, schnitt die wunderlichsten Grimassen.

Hofbauer blieb cool. »Ich bin ein altes Zirkuspferd«, sagte er, beinahe gemütlich. »Bin seit ewigen Zeiten im Geschirr. Fast so lang wie du. Man kann mich nicht zum Narren halten. Jetzt nimmer!«

Er sprach von der Pistole. Er sprach von Jeromes ständigen, leider geglückten Versuchen, aus Bastian Geld herauszuquetschen. Von Jeromes Festnahme auf dem Kirchplatz und von seinem Geständnis.

Der Apotheker hob den Kopf, bückte sich abrupt. Ein Hustenkollaps hätte ihn beinahe zu Boden geworfen.

»Ich habe ein Alibi«, war alles, was er herauszuwürgen imstande war.

»Du weißt, daß es nichts taugt.«

»Das sagst du!«

»Wie kam Jerome an die Waffe?« beharrte Hofbauer.

Gerlach lehnte sich mit beiden Händen gegen eine Säule. Er umklammerte sie, als wollte er sie erdrosseln. Sein Schweigen war meilenweit zu hören. Hofbauer bewegte sich um keinen Millimeter, er rührte sich nicht, ließ die Sekunden stumm verstreichen.

»Gib's endlich zu!«

»Ich hasse dich!«

»Und ich habe keine Lust mehr, deine Lügen anzuhören!«

Gerlach hielt noch immer die Säule fest.

Hofbauer sagte: »Du bist nachts um elf zur Obsidian-Apotheke gefahren, hast dich heimlich von der Party davongemacht, das war kein Problem. Bist durch die Tiefgarage ins Nachtdienstzimmer geschlichen. Dann hast du die schlafende Patrizia aus nächster Nähe erschossen, verstehst du, aus nächster Nähe! Heimtückisch und kalt.«

Stille.

»Woher wußtest du, daß sie in der Apotheke war?«

Keine Antwort.

»Pack endlich aus! Es hat doch alles keinen Zweck!«

Gerlach tobte, bewegungslos. Selbst sein Husten hatte sich auf leisen Sohlen davongemacht.

Unvermutet begann er zu reden. Flüsternd, stockend, mit nie gekannter Verachtung in seiner Stimme.

»Sie hat es nicht besser verdient«, zischte er. »Sie war eine Nutte! Hat es mit Krethi und Plethi getrieben. Wollte das Kind abtreiben, hat sich von diesem Woerner vögeln lassen, jeden Tag.«

»Wie kam Jerome an die Pistole?«

»Geklaut«, war die kurze Antwort. »Jerome stiehlt wie ein Rabe. Geht bei uns aus und ein. Leider. Es war ein Fehler, das Ding nicht sofort wegzuschmeißen.«

Hofbauer war weder erleichtert noch froh, endlich die Wahrheit zu erfahren. Er spürte keinerlei Genugtuung. Er fühlte sich nur maßlos erschöpft.

»Du hast mich ganz schön verschaukelt«, sagte er bitter.

»Wie?«

»Hast eine gekonnte Show abgezogen. Bei eurer Versammlung im Arabella, auf dem Schiff. Überall.«

»Auf dem Schiff?«

»Genau! Hast mir vorgejammert und meine Freundschaft ausgenutzt. ›Das Kind ist von mir! Aber gerade deshalb bin ich unschuldig! Du mußt mir vertrauen!‹.«

Er versuchte, Gerlachs Stimme nachzuahmen, aber es gelang ihm nicht. »Du wolltest ganz besonders schlau sein, und du hast es tatsächlich geschafft, mich hinters Licht zu führen.«

»Ich war fix und fertig. Außerdem ist das alles mein gutes Recht. Das Recht des Angeklagten. Was hätte ich denn sonst tun sollen?«

Gerlach drehte sich um, öffnete eine seiner Schubladen, ließ sie mit einem leisen Zischen wieder zurückgleiten.

»Ich habe sie geliebt«, er war kaum noch zu hören, »auch wenn mir das niemand glaubt.«

»Es wird uns schwerfallen!«

»Meine Frau ist die einzige, die es weiß.«

»Gerlach!«

»In den Sielen sterben«, es würgte ihn wieder, als hätte er einen Strick um den Hals. »Umgeben von tausenden kleiner und kleinster Pappschachteln. Was gibt es Schöneres?« Sein weißer Kittel, sein Gesicht, seine Hände: Alles wirkte Grau in Grau.

»Mein größter Wunsch war, Jura zu studieren. Aber Papa hat es anders befohlen. Er hat mir diesen Alptraum hier hingestellt, diesen riesigen Karton. Warum? Ich kann ihn nicht mehr fragen.«

Aufs neue zischte die schmale Schublade auf und wieder zu.

»The sun descending in the west ...« Gerlachs Stimme wurde weich. Seine Feindseligkeit war von ihm abgeblättert wie wilder Wein von einer Mauer.

»Patrizia war ein Engel. Weißt du, daß sie an Gott geglaubt hat?« Er lächelte.

»Apotheker töten mit Gift, predigt der gute Delft. Wenn sie auch manchmal auf die etwas prosaischere Pistole zurückgreifen müssen. Aber standesgemäß allein«, wieder lächelte er, »ist doch nur das gute, alte Zyankali.«

Und noch ehe sie eingreifen konnten, schob sich Gerlach eine Kapsel in den Mund, zerbiß sie und schluckte den Inhalt hinunter. Es dauerte noch ein paar Sekunden, dann polterte er krachend zu Boden.

Ein widerlicher Geruch nach Bittermandel durchströmte die Offizin.

Hofbauer nahm sein Handy, gab die Meldung durch, scheinbar unberührt und kühl. Es würde eine Zeitlang dauern, bis er kapiert hatte, was geschehen war. Er hatte auch hier seine Erfahrung.

Sie standen da und warteten.

Es herrschte Totenstille, nur hin und wieder unterbrochen von einem Knacksen der Schubladen, einem Stöhnen der Schränke, einem Rappeln der bunten kleinen Schachteln. Gerlachs Geist verabschiedete sich.

»Entschuldigung, Chef«, Anita zupfte Hofbauer zaghaft am Ärmel, »woher haben Sie das alles gewußt? Das mit Jerome und den Fingerabdrücken und so?«

Hofbauer schwieg.

»Ich habe überhaupt nichts gewußt!« sagte er schließlich. »Nicht das geringste. Aber es hat plötzlich geblitzt, verstehst du? Nenn es Intuition. Oder Zufall. Oder was weiß ich! Außerdem«, er grinste, »hab ich doch gesagt: Ab jetzt machen wir große Oper!«

»Es gibt mehr Ding im Himmel und auf Erden, als Eure Schulweisheit sich träumen läßt, Horatio.« Das war Theo, mit klassischem Zittern in der Stimme.

»Hamlet«, sagte Anita. »Erster Akt, fünfte Szene.«

Theo nickte zustimmend.

Die Kollegen von der Spurensicherung tauchten auf, der Arzt, der Krankenwagen.

Routine hatte wieder das Sagen.

Ein paar Leute versammelten sich neugierig vor der Apotheke, wurden von Zinner sanft, aber bestimmt gebeten weiterzugehen.

»Es gibt nichts zu glotzen!« rief er patzig. »Absolut nichts! Kommen Sie morgen wieder!«

Zeppelin stand abseits, sehr schlechter Laune und schwer in Gedanken versunken.

»Was hast du?«

Zeppelin begann, auf seinen Nägeln herumzubeißen.

»Nichts!«

»Nun sag schon!«

»Ich bin frustriert,« erklärte er mürrisch. »Ganz und gar! Ihr habt euren Mörder, gratuliere! Aber was ist mit Legau und Roglewski und Mister Backenbart? Sie panschen ungeniert weiter. Habt ihr schon gehört? In Karlsruhe ist vor drei Tagen eine ganze Charge Tiamol-Kapseln verschwunden, ein Präparat gegen Rheumaschmerzen. Toll, nicht wahr?«

»Allerdings«, sagte Hofbauer schwach.

»Und euer Delft ist unschuldig!« Zeppelin widmete sich hingebungsvoll seiner Wut. »Diese Mafia ist mit allen Wassern gewaschen! Und ich bin wieder mal allein auf weiter Flur. In diesem himmlischen *Pla*-negg!«

»Es heißt Pla-*negg*. Mit der Betonung auf der zweiten Silbe! Außerdem gibt's hier keine Mafia!«

»Nur Apotheker, die sich gegenseitig abmurksen.«

Hofbauer zuckte die Achseln. »Ich bin nur ein kleiner Kripo-Beamter«, erklärte er bescheiden.

»Und ich bleibe dran!« Zeppelin ließ sich nicht beirren. »Ich habe die Photos, und ich habe meinen Verdacht. Du hast mir doch selbst schon von dem merkwürdigen Tütentausch erzählt«, wandte er sich an Hofbauer.

»Es sieht so aus, als sei der völlig harmlos«, mußte Hofbauer zugeben. Aber gleichzeitig dachte er an Dr. Woerner und an die Szene mit Kobol auf dem Schiff.

»Das Ganze ist harmlos und hochbrisant«, sagte er kryptisch.

Der amtliche Photograph tauchte auf, sprang durch die Gegend, die unvermeidliche Wanne, mit der man den Toten davontragen sollte, wurde hereingeschleppt.

Wie von Geisterhand gerufen erschienen die Lokalreporter, mit spitzem Bleistift und hungrigem Notizblock. Hofbauer gab mürrisch Auskunft, die beiden Mitarbeiter Gerlachs kamen zurück, standen fassungslos zwischen den Beamten. Sie flüsterten miteinander, geschockt und aschfahl, hatten keine Ahnung, was sie tun sollten und was aus ihnen werden würde.

Zinner malte ein großes Schild: »Vorübergehend geschlossen«. Es war schon das zweite innerhalb von ein paar Tagen.

Theo sagte, er werde »vor Ort« bleiben, bis er die Nachfolger von Harry Lime erwischt habe. Er denke nicht daran, die Flinte ins Korn zu werfen.

Der Geruch nach Bittermandel war hartnäckig und noch immer sehr intensiv. Er würde noch lange zu riechen sein.

Es war Montag, der 28. Mai.

Hofbauer saß in seinem Büro und feilte an den letzten Korrekturen des unvermeidlichen Berichts. Anita war schon nach Hause gegangen, sie war längst mit einem anderen Fall beschäftigt, einem Mord in der Buttermelcherstraße, sehr schwierig, keine Zeugen, nur eine Handvoll Indizien. Ihr Partner war Kriminalhauptmeister Schilcher, ein offener, sehr erfahrener Kollege.

Auch die Ergebnisse der Spurensicherung waren eingetroffen. Auf der Tatwaffe in Mordfall Keller hatte man, wie konnte es anders sein, Jeromes Fingerabdrücke gefunden. Aber auch die eines gewissen Apothekers Erwin Gerlach.

»Ein Geistesblitz zu rechten Zeit«, murmelte Hofbauer, »schafft mehr als nur Zufriedenheit.«

Oder waren es Kobols weiße Kügelchen gewesen? Seine geheimnisvollen Botschaften?

»Ois is blues ...«

Auf Hofbauers falschem Biedermeier-Schreibtisch stand ein echtes Photo von Bastian. Gerahmt und mit Unterschrift.

Es hatte ein paar Gespräche gegeben zwischen Hofbauer und seinem Sohn. Die Gespräche waren schwierig gewesen. Denn der Graben zwischen Vater und Sohn war tief, und Hofbauer wußte nicht, ob es ihm gelingen würde, ihn jemals wieder zuzuschütten. Die Streitigkeiten mit seiner Frau belasteten das Verhältnis zu Bastian, und ganz allmählich und Stück für Stück war es Hofbauer klar geworden, daß er drauf und dran war, die beiden endgültig zu verlieren.

Das Telephon klingelte. Hofbauer hob ab.

»Ich höre!«

Theo meldete sich, amtlich, aber voller unverhohlener Freude.

»Mir hawwe se!« sagte er. »Wir haben sie endlich! Unser dickes Mädchen und ihr Galan sind in die Falle getappt! Vor einer halben Stunde!«

»Du moanst?«

»Ich *moane*, daß sich unsere Geduld gelohnt hat. Daß es gut war, noch über eine Woche dranzubleiben.«

»Erzähl!«

Theo räusperte sich. Hofbauer hörte Stimmengewirr und Schreibmaschinengeklapper.

»Wo bist du?«

»In der Polizeistation Pla-*negg*. Deine Kollegen sind prima drauf. Wir brauchen dich ü-ber-haupt nicht!«

»Dann bin ich ja beruhigt.«

»Leider ist der Kopierapparat kaputt.«

»Immer noch?«

Der Mann aus Frankfurt schien eine Flasche Äppelwei neben sich stehen zu haben, denn er wurde immer vergnügter.

»Die Dicke hat ihrem Süßen gut ein paar tausend Tabletten verpaßt, diesmal nicht von Tüte zu Tüte, sondern gleich von Kofferraum zu Kofferraum. Weißt du, wie die Tabletten heißen?«

»Ich ahne es.«

»Tiamol! Die Dinger kommen direkt aus Karlsruhe, wie ich vermutet habe. Sie gehen morgen ins Labor zur Untersuchung.«

»Prachtvoll!«

»Und das Auto des dicken Mädchens gehört eurem großartigen Apotheker Delft! Was sagste nun?«

Hofbauer sagte kein Wort.

Also doch! Der unschuldige Delft! Der bei der Versammlung im Arabella-Hotel eine zu Tränen rührende Rede gehalten hatte. Gegen Arzneifälschungen aller Art.

Patrizia Keller war zur wahrhaft tragischen Gestalt geworden. Gerlach hatte sie getötet, und Kobol hatte sie zur Seite geschafft. Und der eigentliche Verbrecher stand dabei und wusch sich seine nikotingelben Hände in Unschuld.

»Wo habt ihr das Mädchen und ihren Liebsten erwischt?«

»Auf dem Parkplatz am Ortseingang. Neben dieser kleinen Kapelle, Maria Eich heißt sie, glaube ich. Wir sind in den Ort zurück und haben den Apotheker aus seiner Höhle gefischt, er war grade beim Abendessen.«

Ein kleiner Schluck, dann war Theo wieder am Apparat.

»Der feine Pinkel leugnet alles ab. Er sagt, er wisse nichts. *Übahaupt nix!* Dafür plaudert das Mädchen wie ein Wasserfall. Bist du noch da?«

»Ich bin!«

»Delft war Adressat und Verteiler der Ware, so sieht es jedenfalls aus. Wie das im einzelnen funktioniert hat, wissen wir allerdings noch nicht.«

»Und Mister Backenbart?« hakte Hofbauer nach.

»Der ist uns leider durch die Lappen gegangen. Aber ich schwöre, den erwischen wir noch.« Theo wurde plötzlich sehr ernst.

»Die Sache geht mir an die Nieren, mehr als du glaubst. Wenn ich mir vorstelle, ich müßte lebenswichtige Arzneien einnehmen, und die sind getürkt, da wird mir ganz übel.«

Sie sprachen noch ein Weilchen miteinander, dachten gemeinsam an Patrizia Keller, die den Fall Delft ins Rollen gebracht hatte, durch ihren scheinbar sinnlosen Tod.

»Übrigens«, sagte Hofbauer, »nur nebenbei: Bayrisch sprechen ist für Preußen verboten!«

Worauf Theo beleidigt erklärte, er sei Hesse und keineswegs ein Preuße. Und er rede, wie es ihm gefiele. Was er hiermit feierlichst feststellen wolle.

»Bis zum nächsten Ebbelwei!«

»Servus!«

Ende der Durchsage.

»Der Erfolg hat viele Väter«, sinnierte Hofbauer, nachdem er den Hörer aufgelegt hatte. »Aber diesen Erfolg gönne ich dir, lieber Zeppelin.«

Er dachte an Lichtlein, und er war froh, mit ihm nichts mehr zu tun zu haben.

Und dann warf er den fast fertigen Bericht in die Schreibtisch-Schublade und fuhr nach Hause.

Hofbauer saß in der Badewanne, umgeben vom allerletzten Moorbad, das er im Begriff war, sich zu Gemüte zu führen. Die Packung war leer, das Wasser viel zu heiß, seine Schmerzen für immer und ewig vergessen.

Das Handy piepste auf dem Stuhl neben der Wanne, Hofbauer preßte es vorsichtig an sein Ohr. Es war Freddy Rilke aus der Morisken-Apotheke, konsterniert und fassungslos.

»Delft!« rief er entrüstet, nachdem er den Kommissar kurz begrüßt hatte. »Man berichtet mir, Delft sei in U-Haft! Ist das wahr?«

Hofbauer bejahte.

»Er ist in einen Arzneimittel-Skandal verwickelt?«

»Sie werden es morgen in der Zeitung lesen.«

»Welche Schande!«

»Tja!«

»Da wird man sich seitens der Presse wieder mal das Maul zerreißen. ›Sind den Apothekern ihre Millionen noch nicht genug? Müssen sie jetzt auch noch zu Verbrechern werden?‹.«

Hofbauer dachte über ein paar passende Worte nach, wunderte sich, woher Rilke in der kurzen Zeit seine Informationen hatte und schwieg.

Rilke schien dies nicht zu stören. »Glauben Sie mir«, rief er fast flehentlich, »Delft ist ein Einzelfall! Nicht alle Apotheker sind kriminell! Wir tun unsere Pflicht! Wir stehen in der Verantwortung!«

»Natürlich!«

»Ich kann das alles noch gar nicht begreifen!«

»Ich verstehe.«

»Eine Pleite allererster Klasse. Für uns, für den Apothekerstand.«

»Nun denn ...«

»Aber wir sind selber schuld. Wir haben es nicht besser verdient.«

Hofbauer konnte dem nur beipflichten.

»Und dann noch diese Sache mit Delfts Filius. Jerome taugt nichts, das habe ich immer schon gewußt. Haben Sie Kinder?«

»Einen Sohn.« Hofbauer war froh, daß der Münchner Apotheker von Bastian nichts zu wissen schien.

»Die Apotheke in Gräfelfing könnte vorläufig von mir betreut werden«, sagte Rilke in einem unvermuteten Gedankensprung, »bis ich einen geeigneten Nachfolger gefunden habe. Und in Kobols Betrieb eröffnet einer meiner Freunde einen Computershop.«

»Aha!«

»Derartige Tante-Emma-Läden rentieren sich heute sowieso nicht mehr.«

»Das ist aber sehr bedauerlich. Ich meine, für die Leute, die dort wohnen.« Hofbauer erinnerte sich an das, was Kobol ihm von der Versorgung der Bevölkerung erzählt hatte.

Sein rechter Arm fing an weh zu tun, mühsam wechselte er die Hand und bugsierte das Telephon an das linke Ohr.

»Die Regierung ist für all dies verantwortlich«, Rilke kam wieder einmal in Fahrt. »Massenentlassungen! Abwanderung ins Ausland! Freie Bahn den Rechten und den Linken!«

»Ich glaube, ich muß jetzt Schluß machen ...« Hofbauer spürte, wie das Wasser langsam kalt zu werden begann. Er tastete sich zum Hahn, ließ warmes Wasser nachlaufen. Ob Rilke das Plätschern hören konnte?

»Übrigens«, des Apothekers Stimme klang zum ersten Mal wirklich freundlich, »es war nett, daß Sie damals mit auf dem Schiff waren.«

»In der Tat?«

»Aber ja! Ich habe mich sehr gefreut. Auch wenn wir kaum Muße hatten, miteinander zu plaudern. Es war sowieso Freddy Rilkes letzte Fete, nach all dem, was vorgefallen ist. Und bei diesen schlechten Zeiten!«

Er wurde plötzlich pathetisch, seine Stimme klang, als wollte er wieder mal eine Replik auf des Präsidenten Rede halten. Er sprach von Preisspannenverordnung und Preisverfall. Von Knebelung durch die Kassen und Tyrannei durch die chemische Industrie.

»Opas Apotheke ist schon lange tot!« sagte er gepreßt. »Es lebe der Drugstore! Mit Aspirin und Cola. Und ganz hinten